ソードアート・オンライン オルタナティブ

クローバーズ・リグレット2

渡瀬草一郎
イラスト ぎん太
原案・監修 川原 礫

一章

骨休　旅籠夜話

ほねやすめ・はたごのよばなし

「温泉行きたい」

忍《しのび》のコヨミが唐突《とうとつ》にそんな願望を口にしたのは、五月の連休も近いある夜のことだった。

戦巫女《いくさみこ》のナユタは読んでいたブックタイプの電子書籍《でんししょせき》を閉じ、太股《ふともも》の上にのしかかった彼女《かのじょ》と、その頭の上でくつろぐ黒猫《くろねこ》へ視線を向ける。

「行けばいいじゃないですか、温泉くらい。関西なら有馬温泉《ありまおんせん》とか近いですよね？」

首を傾《かし》げながらそう指摘《してき》すると、たちまちコヨミがぶんむくれた。同時に頭の上の黒猫《くろねこ》があくびをかます。

「ちーがーうーのー！　そーじゃなくて、なゆさんと温泉旅行に行きたいって話！　泊《と》まりがけの女子会！　豪華《ごうか》な晩ご飯！　十分百円のマッサージチェア！　一本二百円のフルーツ牛乳！　浴衣《ゆかた》姿のなゆさん！　卓球《たっきゅう》ではだける胸元《むなもと》！　なんかそーいう青春っぽいやつ！」

「……青春っぽさの基準がまるでわかりませんが、とりあえず絶対に卓球《たっきゅう》はしないと心に決めました。あと旅行も無理です」

淡々《たんたん》と受け流し、ナユタは本の形状をとった電子書籍《でんししょせき》へ視線を戻《もど》した。

中身は小説ではない。近現代世界史の基礎《きそ》につながる教養書で、産業革命による大量生産によって引き起こされた社会構造の変化、それに伴《ともな》う労働者と資本家の対立や、当時の世界情勢の変化等《など》の歴史を、わかりやすく解説した読み物である。

特に受験対策というつもりはないが、漠然《ばくぜん》とでも理解しておけば小論文や記述問題で役に立ちそうだった。

（まだ途中《とちゅう》だけど……産業革命とＶＲ技術の発展って、なんだか印象がかぶるような……？）

コヨミをあやしながら、ナユタの意識は温泉よりも本の内容に向いていた。

産業革命における大量生産と、労働の機械化。

ＶＲ革命における仮想生産と、労働のＡＩ化。

時代背景や技術のレベルはまるで違《ちが》うが、何故《なぜ》か似たような状況《じょうきょう》に思える。

仮想生産という言葉は、本来はコンピュータ上で行う生産シミュレーションなどを指すのだろうが、ＶＲ空間における商品――たとえば店売りの武器防具や化《ば》け猫茶屋《ねこぢゃや》のスイーツなどは、まさに〝仮想空間における大量生産品〟だった。

かつて大量生産の品々が市場を席巻《せっけん》し消費の在り方を変えてしまったように、今は仮想生産の品々が日常に浸透《しんとう》し生活を変えつつある。

（こういう時代って、何を勉強してどんな進路に進んだらいいのかな……）

ＶＲ技術の急激な発展が今後、どの業界にどの程度のインパクトをもたらすのか、今一つよくわからない。ナユタに限らず、多くの若者が進路には迷っている。

相談できる程度に身近で、同性で、なおかつ社会人の先輩《せんぱい》もいるにはいるが――その彼女《かのじょ》は今、ナユタの膝《ひざ》にしがみつき、駄々《だだ》っ子《こ》のように足をばたつかせていた。

「なゆさん、つーめーたーいー！　もうすぐゴールデンウィークじゃん！　予定なんにもないんだもん！　ずっとゲームとか不健康でしょー⁉」
外出をせがむ子供のような態度に呆《あき》れつつ、ナユタは溜息《ためいき》を重ねた。
「そもそも今から連休の宿なんてとれません。どこもいっぱいですから、素直《すなお》に諦《あきら》めてくださ
い」
「……いや！　探偵《たんてい》さんなら！　探偵《たんてい》さんのコネがあればどこかに一部屋くらい……！」
話を振《ふ》られた執務机《しつむづくえ》の探偵《たんてい》、クレーヴェルが、冷め切った眼差《まなざ》しで天井《てんじょう》を仰《あお》いだ。狐《きつね》によく
似た細面《ほそおもて》が、こころなしか歪《ゆが》んでいる。
「……そうか。宿を用意すれば、その間は君らもここで騒《さわ》がなくなるのか……一考の価値はあ
る。が、そういう便利なコネはない」
平日深夜の三ツ葉《みつば》探偵社《たんていしゃ》。
今日も今日とて、《アスカ・エンパイア》にログインしたナユタ達《たち》は、この胡散臭《うさんくさ》い探偵《たんてい》事
務所で思い思いの時を過ごしていた。
何はともあれ居心地《いごこち》がいい。
店舗《てんぽ》と違《ちが》って金もかからない上、他人の視線を気にせずにくつろげるし、調度品のセンスも
古臭《ふるくさ》いが悪くない。おまけにボットの猫《ねこ》もいる。
今も応接用のソファを占有《せんゆう》し、ナユタは持《も》ち込《こ》んだ本を読み、コヨミはその膝《ひざ》を枕《まくら》に駄々《だだ》を
こねていた。

仕事中の探偵《たんてい》が手元のパソコンで何かの作業をしつつ、女子二人に酷《こく》な質問をぶつける。

「しかし今度の連休、本当に予定はないのか？　君らの世代なら、もっと気楽に人生を謳歌《おうか》していそうなものだけれど」

ナユタは静かに応じた。

「私は一応、受験生なので。赤本でも解いてようかと思います」

膝《ひざ》の上でコヨミが硬直《こうちょく》した。

「……なゆさん正気……？　連休中に勉強とか頭大丈夫《だいじょうぶ》……？　勉学に励《はげ》む女子高生とか都市伝説だよ……？」

この言い草はさすがに酷《ひど》い。

「偏差値《へんさち》上位にいる全国の女子高生に謝《あやま》ってください。街で遊んでいる一部の人達《ひとたち》が目立つのは仕方ありませんが、そうじゃない人が大半です」

コヨミが唸《うな》った。

「……いやまあ、私もどっちかってゆーと街遊びとか縁《えん》がない高校生活だったけどさー……島根の奥地《おくち》で、秋になると松茸《まつたけ》探したりとか川でザリガニ捕《と》ったりとか……」

「……それはもう女子高生がどうこう以前に、小学生男子の遊びだな」

クレーヴェルの突《つ》っ込《こ》みを無視して、コヨミがふと遠い眼《め》をした。

「おじいちゃんの山の松茸《まつたけ》……おいしかったなあ……道の駅に置いとくと、一本二千円くらいで売れて……あれはホントにおいしかった――……」

ナユタは呆《あき》れつつも納得《なっとく》してしまう。

「おいしいって、収入的なおいしさですか――ザリガニのほうはどうしてたんですか？」

「そっちは適当に釣《つ》ってリリースかな。ＳＮＳに写真投稿《とうこう》して、〝こんなでっかいの捕《と》れた――！〟って自慢《じまん》したり」

女子高生の遊びとは思えないが、しみじみとコヨミらしい。

身を起こした彼女《かのじょ》が、頭の上の猫《ねこ》をそのままに、不意にナユタへ詰《つ》め寄《よ》った。

「って、ザリガニはどーでもいいの！　温泉！　温泉旅館でなゆさんと女子会したいって話！」

「だから無理ですってば。今から空いているところなんて……」

諭《さと》すナユタの視界の端《はし》で、探偵《たんてい》が何かを言い掛けた。

しかし彼《かれ》はすぐに口を噤《つぐ》み、そのまま何事もなかったかのようにパソコンへ向き直ってしまう。

この一瞬《いっしゅん》の違和《いわ》感《かん》を、コヨミは見逃《みのが》さなかった。

「……探偵《たんてい》さん。今、〝心当たりがある〟って顔した……」

彼女《かのじょ》は天井《てんじょう》から落ちてきた蛇《へび》を中空で両断するほどの反射神経と観察力を持つ。そんなコヨミにとって、探偵《たんてい》が見せた一瞬《いっしゅん》の顔色の変化はあまりに露骨《ろこつ》だったらしい。

ソファから立ったコヨミは、獲物《えもの》を狙《ねら》う猫《ねこ》のような眼《め》を爛々《らんらん》と光らせ、ゆらりと探偵《たんてい》に近づく。頭の上にだらりと乗った猫《ねこ》も、何故《なぜ》か同時にその眼《め》を光らせる。

気圧《けお》されたクレーヴェルが視線を逸《そ》らし、首を横に振《ふ》った。

「気のせいだろう。私にも宿の心当たりはない」

コヨミが更《さら》に詰《つ》め寄《よ》り、囁《ささや》くように声をひそめた。

「……そういえば、探偵《たんてい》さん……ゴールデンウィークのご予定は？」

「……もちろん仕事だ。観光ガイドの依頼《いらい》が入っている」

「どこに案内するの？」

「富士山《ふじさん》と……あと、あやかし横丁《よこちょう》の名所をいくつか……」

コヨミがじっと探偵《たんてい》を睨《にら》む。

クレーヴェルは視線をあわせない。

「……探偵《たんてい》さん。もう一度だけ聞いてあげるね？　ゴールデンウィーク、どこに行くの……？」

「……仕事、だ」

「うん。お仕事だよね。そうだよね。私、暇《ひま》だから手伝ってあげようか？　無給でいいよ？」

「………いや、それには及《およ》ばない」

少々、長めの沈黙《ちんもく》が訪《おとず》れる。

コヨミはまばたきもせず、ハイライトの消えた眼《め》でじっと探偵《たんてい》を見ている。

探偵《たんてい》は必死にパソコンの画面を見つめ、作業に没頭《ぼっとう》するふりをしている。

しばらくは両者互《たが》いに譲《ゆず》らないが、先に音をあげたのは探偵《たんてい》だった。

「……………まいった。降参だ。確かに、心当たりはある……」

「探偵《たんてい》さんすてき！　おっとこまえー！」

クレーヴェルの背中を威勢《いせい》よく叩《たた》き、コヨミがぶんぶんと尻尾《しっぽ》を振《ふ》った。彼女《かのじょ》に尻尾《しっぽ》はついていないが、少なくともナユタにはそう見えた。

がっくりと肩《かた》を落とした探偵《たんてい》に、つい同情してしまう。

「探偵《たんてい》さん、無理に話さなくていいですよ？　どうせ私、旅行とか行くつもりないですし」

「なんでよー！　行こーよー！　一緒《いっしょ》に枕《まくら》投げしよーよー！」

クレーヴェルが目元を押《お》さえる。

「小学生か……いや、すまない。心当たりというのは、本物の宿じゃなくVR空間の温泉旅館なんだ。だから要求に合致《がっち》しているかどうかはかなり怪《あや》しい」

宿屋そのものは多くのVRMMOタイトルに実装されている。基本的には体力や精神力を回復させるための施設《しせつ》だったはずが、最近では快適性を重視した豪華《ごうか》なホテルも増え始め、連休の旅行をVR空間で済ませるという流れも一部で起きつつあった。

コヨミがたちまち頬《ほお》を膨《ふく》らませる。

「ええー……いや、そういうんじゃなくて、ちゃんとした温泉行きたいなー。リウマチとかに効くやつ」

「……コヨミさん、健康優良児じゃないですか。必要ないでしょう」

「でも本物の温泉だったら、なんかこう〝わー、お肌《はだ》すべすべー、ほら触《さわ》って触《さわ》ってー！〟みたいな流れで、なゆさんとイチャついても許されるかな、って……」

「許されないです。私にそういう軽いノリを期待しないでください」

二人のやりとりを聞きながら、探偵《たんてい》が二度三度と頷《うなず》いた。

「……うん、そうだな。やはり温泉くらいは本物に行くべきだろう。私の提案はスルーして、君ら二人でどこか探すといい。いくら連休とはいえ、二人分くらいならどこかに空きもあるはずだ」

コヨミがじっとりと眼《め》を細めた。

「……探偵《たんてい》さん、なんか変。しきりに私達《わたしたち》と別行動しようとしてる……」

クレーヴェルが唸《うな》った。

「……いや、そんなことはないが……実は虎尾《とらお》さんから回ってきた話なんだ」

アスカ・エンパイア運営側の技術者、エラー検証室の虎尾《とらお》には、ヤナギとの《幽霊囃子《ゆうれいばやし》》攻《こう》略《りゃく》の一件で世話になった。

ナユタはあれ以来、会っていないが、探偵《たんてい》は頻繁《ひんぱん》に顔を出しているらしい。

「虎尾《とらお》さんから？　じゃ、新規に実装される宿のテストプレイってことですか？」

「そんなところだ。運営側の不良社員が、VR空間に趣味《しゅみ》の保養所を作っていたらしい。で、仲間内でこっそり使う予定が、クオリティが妙《みょう》に高くなったものだから、いっそ隠《かく》し施設《しせつ》として実装してしまおうかという話になって……暇《ひま》なときに使ってみて、感想を聞かせてほしいと頼《たの》まれている」

クレーヴェルの声は冴《さ》えない。いつになく歯切れの悪い反応を不思議に思い、ナユタは首を傾《かし》げた。

「何か問題があるんですか？　話を聞いた限りでは、そんなに嫌《いや》がるような内容とは思えませんが」

温泉旅館のような保養所へ遊びに行くだけなら、仕事というよりもむしろ息抜《いきぬ》きといってもい。

探偵《たんてい》が乾《かわ》いた笑《え》みを見せる。

「確かに話の内容自体は、嫌《いや》がるようなことじゃないが……私が受けた話だし、私がいないとセキュリティを突破《とっぱ》できない。つまり君らも行く場合、同行が前提になる。さすがにわかるだろう？」

わけがわからない。

ナユタが戸惑《とまど》っていると、コヨミがぽんぽんとその頭を撫《な》でた。

「なゆさん、かわいい……探偵《たんてい》さんはね、両手に花で温泉旅館になんて行ったら、理性が保てず狐《きつね》から狼《おおかみ》になっちゃうって言ってるんだよ？」

クレーヴェルが深々と溜息《ためいき》をついた。

「違《ちが》う。後で虎尾《とらお》さんに強請《ゆす》られるのが嫌《いや》なんだ。〝暮居《くれい》君、女子高生と合法ロリを引き連れて温泉を堪能《たんのう》とは、なかなかいいご身分だねぇ〟とか言われるに決まっている——黙《だま》っている見返りに、どんな交換《こうかん》条件を出されるか……」

「おう、誰《だれ》が合法ロリだコラ」

コヨミが笑顔《えがお》で爽《さわ》やかに突《つ》っ込《こ》みをいれたが、眼《め》は笑っていない。

ナユタはつい苦笑いを漏《も》らした。どうでもいいことで苦悩《くのう》する探偵《たんてい》の姿は、日頃《ひごろ》の小憎《こにく》らしさの反動でどこか可愛《かわい》らしく見えてしまう。

「ゲームの中で何言ってるんですか。だいたい何かしようにも、探偵《たんてい》さんのステータスじゃ私やコヨミさんに手も足も出ないはずです。虎尾《とらお》さんだって百も承知ですよ」

現実ではさておき、このゲーム空間においてナユタとクレーヴェルの戦闘力《せんとうりょく》の差はあまりに歴然としていた。

猫《ねこ》と鼠《ねずみ》どころか虎《とら》と兎《うさぎ》ほどの絶望的な差であり、仮に寝込《ねこ》みを襲《おそ》われても寝返《ねがえ》りだけで撃退《げきたい》できそうな気がする。

コヨミもしみじみと頷《うなず》いた。

「まあ、探偵《たんてい》さんのステータスでもできそうなのはせいぜい覗《のぞ》きぐらいだよねえ……幸運値高いと見つかりにくかったりするの？」

探偵《たんてい》が露骨《ろこつ》に嫌《いや》そうな顔へ転じた。

「いや、それこそ有り得ないが……冤罪《えんざい》だけは本当に勘弁《かんべん》してくれ。胡散臭《うさんくさ》い見た目のせいで、ただでさえいろいろと苦労してきた」

「いろいろって、例えば？」

コヨミが水を向けると、探偵《たんてい》は口を閉ざし、冷ややかに微笑《ほほえ》んだ。

しばしの沈黙《ちんもく》が訪《おとず》れ、話題が不自然に打ち切られる。

「——ともあれ、同行する気なら土曜日の朝九時、ここに来るといい。まだ連休前で悪いが、連休中は本当に仕事がある。予定があわなければ今回は諦《あきら》めてくれ」

どうやらあまり触《ふ》れないほうがいいらしい。ナユタも察する程度の慈悲《じひ》は持ち合わせている。

「コヨミさん、どうします？　本物の温泉ではないにせよ、そういう話なら予約の心配もありませんし、私もご一緒《いっしょ》できますが……」

「まじで⁉　なゆさんが来てくれるなら全然おっけー！　一般《いっぱん》公開前に試《ため》せるってのも、それはそれで楽しみだし！」

いろいろゴネてはいたが、要は連休らしい予定さえ入ればなんでも良かったらしい。

探偵《たんてい》が鷹揚《おうよう》に頷《うなず》いた。

「結構。それじゃ、当日はよろしく。あと、一応……うちの同僚《どうりょう》にも声をかけていいかな？　なんというか、若いお嬢《じょう》さん二人に私一人だと……本当に、冤罪《えんざい》が怖《こわ》い」

どうやら本気で言っていそうな探偵《たんてい》に対し、ナユタは改めて呆《あき》れ返《かえ》った。

「いや、どんだけ信用ないんですか、私達《わたしたち》……コヨミさんは冗談《じょうだん》で言っているだけですし、私だってそんな人として間違《まちが》った真似《まね》はしませんよ？　だいたい、探偵《たんてい》さんはこんな小娘《こむすめ》になんか興味ないでしょう。その点は信頼《しんらい》しています」

コヨミが真顔で首を横に振《ふ》った。

「あのね……なゆさんはもう少し、自分の凶悪《きょうあく》さを自覚したほうがいいと思う……別に探偵《たんてい》さんの肩《かた》をもつわけじゃないけど、探偵《たんてい》さん、よく耐《た》えてると思うよ……？」

クレーヴェルも目元を押《お》さえた。

「私は別に何も耐《た》えていないが、前半部分については同感だ。君はどうも、自分の外見について無頓着《むとんちゃく》なところがある——」

ナユタは考え込《かんがこ》んでしまう。

この二人から〝凶悪《きょうあく》〟〝外見に無頓着《むとんちゃく》〟とまで言われてしまうと、さすがに自省せざるを得ない。

「……やっぱり、もうちょっと表情を柔《やわ》らかくして、お化粧《けしょう》とかも覚《おぼ》えたほうがいいんでしょうか——？」

凶悪《きょうあく》さを和《やわ》らげ、外見にも気を使うべき――そんな助言をしてくれたコヨミと探偵《たんてい》は、何《な》故《ぜ》か揃《そろ》って頭を抱《かか》えてしまった。

「……わ、わかってねぇ……！　伝わってねぇー！」

「……コヨミ、後は任せた。書類もまとめ終わったし、私はログアウトして寝る」

探偵《たんてい》がそそくさとメニューウィンドウを操作した。

霞《かすみ》のように消え始めた彼《かれ》に、ナユタは声をかける。

「あ、お疲《つか》れさまでした――それじゃ、コヨミさん。私達《わたしたち》もそろそろ解散しましょうか」

コヨミが脱力《だつりょく》気味に頷《うなず》いた。

「……そだね。じゃ、また明日ー。おやすみ、なゆさん！」

「はい。おやすみなさい」

ほぼ同時にメニューを操作して、探偵《たんてい》に続き二人もログアウトする。

自室に戻《もど》ったナユタは、ベッドの上でアミュスフィアを外し、真っ暗な天井《てんじょう》をしばらく見つめた。

(……仮想空間での温泉旅行……かぁ)

楽しみといえば楽しみではある。が、実は今一つピンと来ていない。ゲームの攻略《こうりゃく》自体が常に小旅行のようなもので、それらとどう違《ちが》うのかと考えてしまう。

《百八の怪異《かいい》》が進行中だし、やっぱりホラーテイストなのかな……空き家とかあばら屋みたいな宿だったらちょっと嫌《いや》かなあ……）

期待半分、警戒《けいかい》半分といったところだが、コヨミやクレーヴェルと一緒《いっしょ》なのは悪くない。

歯磨《はみが》きを済ませ、改めてベッドに入ったところで、携帯《けいたい》に着信が入った。

メールの送り主は探偵《たんてい》クレーヴェルである。

【うっかり伝え忘れていた。土曜日の件だが、時間厳守で来てくれ。十時までに餓野駅《うえのえき》にいないとイベントの発動フラグを満たせない。後から合流もできないから気をつけてほしい】

（餓野駅《うえのえき》……？）

あやかし横丁《よこちょう》は江戸《えど》の町をモチーフとしている。細かな地形はだいぶ違《ちが》っているが、町の各所に路面電車を模した転送ゲート《山《やま》の怪線《けせん》》や《葬夢線《そうむせん》》が整備されており、餓野駅《うえのえき》はその東端《とうたん》に位置していた。

すぐ近くの悪鬼覇原《あつきはばら》にはコヨミの付《つ》き添《そ》いでよく行くが、餓野《うえの》はあまり縁《えん》がない。運営側のリソースの都合もあって、死腐谷《しぶや》や逝袋《いけぶくろ》、神宿《しんじゅく》などの整備が先に進んでおり、開発が後回しにされている区画でもある。

危険な白黒の熊《くま》が出没《しゅつぼつ》するという噂《うわさ》はあるが、一般《いっぱん》のプレイヤーはほとんど寄りつかない。

（今回の温泉宿が、餓野用《うえのよう》のイベントになるってことかな……？）

そんな運営側の事情を推測しつつ、ナユタは了解《りょうかい》した旨《むね》の返信を送る。

そして、あっという間に週末がきた。

§

土曜日の午前九時半。

定刻どおりに探偵《たんてい》事務所へ集《つど》ったナユタ達《たち》は、路面電車の葬夢《そうむ》線《せん》に一瞬《いっしゅん》だけ揺《ゆ》られて、餓野《うえの》駅《えき》へと到着《とうちゃく》していた。

案の定、周囲に他プレイヤーの姿は一切《いっさい》ない。

転送ゲートとなる路面電車のホームがぽつりとあるだけで、眼前には広く田畑が広がっている。

あやかし横丁《よこちょう》は常に夜であるため、午前といえど空に太陽はなく、総じて闇《やみ》が深い。

月明かりによってぼんやりと見える木立を指さしつつ、コヨミがナユタと腕《うで》を絡《から》めた。

「なゆさんなゆさん、あっちが不死場池《しのばずのいけ》だよねー」

「……ああ、よくゾンビが湧《わ》いてくるって評判の」

絡《から》めた腕《うで》にほのかな力が入った。

別に怖《こわ》がらせる意図はなかったが、失言だったかとナユタは反省する。

探偵《たんてい》が田畑ばかりの周囲を見回しつつ、メニューウィンドウを開いた。

「この付近の本格的な実装はイベント終盤《しゅうばん》になるらしいね。七不思議の一つに利用するとは聞いているが、どんなものになるのかな」

「今日行く温泉宿も、それにあわせて開業予定なんですか?」

「いや、宿は問題がなければ連休初日に公開するらしい。今は最終チェック中で、我々はちょうどいいベータテスターってところだろう」

つまりナユタ達《たち》が何か問題を見つけた場合、公開が延期になる可能性もある。

「この間の《幽霊囃子《ゆうれいばやし》》みたいなことにはなりませんよね?」

「あれはかなり珍《めずら》しい事例だったとは思うが……よし、これだ」

探偵《たんてい》がアイテム欄《らん》から取り出したのは、黒い猫大仏《ねこだいぶつ》のミニチュアだった。

造形は探偵《たんてい》事務所のエントランスにあるものとまったく同じで、つまりは運営側から借り受けた特殊《とくしゅ》なアイテムと見て間違《まちが》いない。

クレーヴェルはその猫大仏《ねこだいぶつ》を、路面電車ホームの端《はし》に置いた。

二礼二拍手二礼《にれいにはくしゅにれい》を合図に、ホームの端《はし》に音もなく地下への階段が現れる。

コヨミが手を叩《たた》いた。

「おおー。それいいなあ……運営用のデバッグツールでしょ?　私にも使えたりする?」

クレーヴェルが首を横に振《ふ》った。

「デバッグツールとまではいえないな。ただの携帯用《けいたいよう》セキュリティデバイスだ。運営が指定した場所にこれを置くと、置いた人間の網膜《もうまく》パターンやプレイヤー情報の照合が行われる。つまり認証《にんしょう》用の通信端末《たんまつ》だから、運営と無関係な人間が使用しても、合致《がっち》する登録データが存在せず何も起きない。ついでに、これを使用して入った空間からは一切《いっさい》のアイテムや金銭、経験値を持ち帰れない。正式公開前のフィールドは全てそういう設定になっている」

説明しながら、探偵《たんてい》は地下へ続く階段をするすると降り始めた。

「ああ、それで同僚《どうりょう》の方にも同行を断られたんでしたっけ？」

この件については昨日のうちに連絡《れんらく》を受けた。声をかけた身内には軒並《のきな》み逃《に》げられたらしい。

「……〝アイテムを取得しても持ち帰れない無駄《むだ》プレイになんか、わざわざ時間をかけたくない〟と言われてね——あの薄情者《はくじょうもの》ども、ゲームは楽しむ時間にこそ意味があるとわかっていない。レアアイテムなどその副産物だ」

「……幸運値全振《ぜんぶ》りのステータスで、プレイが完全に破綻《はたん》してる探偵《たんてい》さんがそれ言っちゃうか——……」

コヨミの真っ当な指摘《してき》はクレーヴェルから黙殺《もくさつ》された。

地下へと続く階段は、コンクリートとタイルで舗装《ほそう》された近代的なものだった。

「この階段……地下鉄の出入り口ですよね？」

左右には金属の手すりが備え付けられ、踏《ふ》み石《いし》には樹脂《じゅし》製《せい》の滑《すべ》り止《ど》めや視覚障害者用の黄色いプレートまで敷《し》かれている。アスカ・エンパイアの世界観にはそぐわないが、そのせいで怪《あや》しい異界感がより増していた。

コヨミも眼《め》を丸くする。

「だよね、完全に地下鉄の駅だ。案内板まであるし」

表記は《黒鉄《こくてつ》・餓野駅《うえのえき》》だった。

「黒鉄《こくてつ》……あ、もしかして国鉄ですか？」

「民営化前かー……って、ちょっと待って！　これ、もしかして地下がダンジョンになってる……!?」

階下まで降りたところで、コヨミの声が動揺《どうよう》に震《ふる》えた。

階段の下は広い噴水《ふんすい》広場だったが、周囲には分岐路《ぶんきろ》があり、先が見えない。

地下鉄の構内を模したダンジョンと見て間違《まちが》いないが、探偵《たんてい》は何食わぬ顔で隅《すみ》のエレベーターに向かった。

「確かにダンジョンなんだが、まだ完成していないから探索《たんさく》はできない。今日は直通でこっちを使う」

「……よかった……温泉行く前に一仕事あるのかと思った……」

気が抜《ぬ》けたのか、コヨミが大仰《おおぎょう》に安堵《あんど》の息を漏《も》らした。

一方でナユタは、探偵《たんてい》の迷いのない足取りに疑念を抱《いだ》く。

「探偵《たんてい》さん、もしかして……事前に一人でここ来ました？」

一行を乗せたエレベーターが、ゆっくりと降り始める。

「事前にというより、別件でこの駅を利用したことがある。これから行く温泉旅館は初めてだが、ここの地下には複数のホームがあって、それぞれ行き先が違《ちが》うんだ。終盤《しゅうばん》に配信が予定されているいくつかの鉄道系の怪異《かいい》はここを起点にするらしい。今は開発中だから、中途半《ちゅうとはん》端《ぱ》に開放されているけれど……連休初日の公開時には、ほとんどの部分が一旦《いったん》は封鎖《ふうさ》状態になる。その後は段階的に公開していくつもりだろう」

そんな説明の間にもエレベーターは下降を続けていく。

地下五階、十階と過ぎたあたりで、コヨミがぽつりと呟《つぶや》いた

「……探偵《たんてい》さん。これ、〝楽しい温泉旅行〟じゃなくて、普通《ふつう》にホラーイベント始まるヤツだよね……？　いま、階を通過する時に《タスケテ》って声聞こえたよ……？」

ナユタも聞いた。が、よくある無意味な怪異《かいい》の一つと判断し聞き流した。

クエスト攻略中《こうりゃくちゅう》ならいざ知らず、今回のイベントにおいて、移動中の小さな怪異《かいい》は多すぎて気にするだけ無駄《むだ》である。

現に今も、エレベーター内の鏡にはナユタ達《たち》とは関係のない白衣の女の後ろ姿が映っていたが、コヨミに配慮《はいりょ》して口にはしない。おそらくコヨミもあえて気づかぬふりをしている。

目的の階に着き扉《とびら》が開くと、目の前には櫛形《くしがた》のプラットホームがあった。

線路は四本とそこそこ大きい。そしてどういうわけか、ホームの外側には夜の闇《やみ》が広がっている。

屋根の隙間《すきま》からは星空も覗《のぞ》いており、湿《しめ》った夜風が心地《ここち》よく流れてきた。

コヨミが怯《おび》えた声を漏《も》らす。

「地下に降りてきたのに……外なんですけど……？」

「よくあることだろう。とりあえずは間に合ってよかった。売店でお茶とミカンでも買ってくるかな」

クレーヴェルはすたすたとホームの中程《なかほど》へ歩いていってしまう。

ナユタはまた違和感《いわかん》を覚えた。

「探偵《たんてい》さん、あの……〝改札〟を通っていないんですが、いいんでしょうか？」

たちまちコヨミがしがみついた。

「なゆさん、気にするとこそこ⁉　もっと他にあるでしょ⁉　線路に手が生えてることとか、闇夜《やみよ》の向こうで星が明らかに動いていてあれどー見ても獣《けもの》の眼《め》だよなーとか、さっきからなゆさんの肩《かた》にもたれかかっている半透明《はんとうめい》の女の子とか、非常口っぽい看板の表記が《異常口》になってることとか、さっきのエレベーターの顔のない看護師さんとか、いろいろおかしいからね、この駅⁉」

やはり気づいてはいたらしい。

涙目《なみだめ》で一気にまくしたてるコヨミを適当に撫《な》でつつ、ナユタは肩口《かたぐち》の幽霊《ゆうれい》にも目礼を送っておいた。

「いえ、探偵《たんてい》さんも言ったとおり、そういうのはよくあることじゃないですか。でも改札口がないのは、わざとなのか設計ミスで忘れただけなのか、あるいはどこかにあるのに、エレベーターを使うとキセル乗車できてしまう状態になっているのか、判断がつかないので……テストプレイヤーとしては、気づいた点をきちんと報告しておくべきなのかな、と」

改札の設置を後回しにして他の作業を進めるうちに、そのまま忘れてしまった――という可能性もかなり高い。

コヨミが子犬のように喚《わめ》く。

「真面目！ なゆさんすっごい真面目！ 知ってたけど！ てゆーか怖《こわ》がってるの本当に私だけ!? なゆさんも探偵《たんてい》さんもおかしいって！ もうちょっと怖《こわ》がろ!? ね!?」

探偵《たんてい》が手帳に、ナユタの意見を書きつけ始める。

「改札口については虎尾《とらお》さんに伝えておこう。確かに言われてみると物足りない。人はゲートや門をくぐることで、これまでとは違《ちが》う空間へ踏《ふ》み込《こ》んだという実感を得られる――ここには改札があったほうがいい」

「あんたもちったぁ怖《こわ》がれやオラ！ 目の前の売店で売ってるの藁《わら》人形と髪《かみ》の毛《け》でしょ!? 店員さんはマネキンだし、瓶詰《びんづ》めに入ってるのは臓物!? そこでミカンとか買う気!?」

旅立つ前から疲労困憊《ひろうこんぱい》しそうなコヨミを見かねて、ナユタは彼女《かのじょ》の両肩《りょうかた》をそっと押《お》さえた。

「コヨミさん、落ち着いてください。探偵《たんてい》さんも……ミカンなんて買っても、食べる暇《ひま》ないんじゃないですか？　これから乗る列車も、たぶん転送ゲートみたいな仕様ですよね？」

クレーヴェルが意味深な薄笑《うすわら》いを浮《う》かべた。

「いや。これから来る列車には、二時間ほど乗ることになる」

「は？　……二時間？」

コヨミが頬《ほお》をひきつらせた。

ナユタも思わず耳を疑う。二時間もの間、何もせずに目的地へ到着《とうちゃく》するのをただ待つ仕様など、ＶＲＭＭＯとしては有り得ない。

「えっと……車内で戦闘《せんとう》とか探索《たんさく》とか、何かイベントが……？」

探偵《たんてい》は大仰《おおぎょう》に肩《かた》をすくめた。

「いや、おそらくない。これについては、企画者《きかくしゃ》が〝どうしても〟と主張したそうだ。旅行には移動時間が必要だと――目的地までゆっくりと進むその時間こそが、旅行の醍醐味《だいごみ》であり、たとえば家族や友人との大事な語らいの時になる、と……何でも利便性を満たしやすいＶＲ空間だからこそ、そういうゆったりとした時間を演出したい、ということらしい。意見の分かれそうな判断ではあるけれどね」

ナユタは唖然《あぜん》としてしまう。

「はあ……まあ、理由には納得《なっとく》できますけれど、よくそんな案が通りましたね」

そうした時間を「無駄《むだ》」として嫌《いや》がる層は多いはずだった。逆の見方をすれば、移動時間にも意味を見いだせる層にこそ体験してほしいイベントなのかもしれない。

コヨミの表情が一瞬《いっしゅん》で緩《ゆる》む。

「あー、そっか。移動二時間って言われてちょっとびっくりしたけど、よく考えたら、普通《ふつう》の旅行なら移動時間は必須《ひっす》だし……その時間になゆさんとゆっくりお喋《しゃべ》りできるなら、むしろ希望どおりな気がしてきた」

ナユタとしても、コヨミと一緒《いっしょ》ならば列車での移動時間も苦にならない。

網《あみ》入りのミカンを手にした探偵《たんてい》が、くるくるとステッキを回しながら微笑《ほほえ》んだ。

「一応、移動中はアミュスフィアを外して、現実世界で過ごしてもいいらしい。私は感想を伝えないといけないから、もちろん車内に残るが――」

「私はなゆさんが一緒《いっしょ》ならぜんぜんおっけー！」

「私も、特に用事はないですしご一緒《いっしょ》します」

意見がまとまったところで、ホームに列車が進入してきた。

昭和を思わせるレトロな、やや丸みを帯びたフォルムの特急列車である。先頭部分には首のない馬と一つ目の鬼《おに》をあしらった意匠《いしょう》が大きく彫《ほ》り込《こ》まれていた。

探偵《たんてい》がぽつりと呟《つぶや》く。

「……なるほど。餓野《うえの》発《はつ》の夜行列車か……」

「なにいってんの、探偵《たんてい》さん。景色は夜だけど、まだ午前十時前だからね？」

コヨミがそう突《つ》っ込《こ》んだが、ナユタには探偵《たんてい》の言わんとするところが伝わっていた。

首のない馬にまたがった、一つ目の鬼《おに》――

それは《夜行さん》と呼ばれる四国の妖怪《ようかい》である。企画者《きかくしゃ》のささやかな遊び心だろうが、隙《すき》あらば怪異《かいい》をぶちこもうという妙《みょう》なこだわりも感じられた。

窓から覗《のぞ》く車内には妖怪《ようかい》らしき影《かげ》もいくつか見えたが、取り立てて物騒《ぶっそう》な気配はない。橙《だいだい》色《いろ》の照明の影響《えいきょう》か、むしろ無人のホームと比して温《ぬく》もりさえ漂《ただよ》っている。

向かい合わせの広い座席、大きな窓枠《まどわく》、使いやすそうなミニテーブルなどは全てが光沢《こうたく》のある木製で、古風ながらも存外に豪奢《ごうしゃ》な内装がちらりと見えた。

「……意外だ。すげー意外だ。まともな豪華《ごうか》列車が来た……！」

先程《さきほど》までとうってかわって、コヨミが眼《め》を輝《かがや》かせて列車へ駆《か》け寄《よ》った。

窓辺にいた毛羽毛現《けうけげん》の親子が愛想《あいそ》よく手を振《ふ》るのに両手で応じる姿は、どう見てもナユタより年上とは思えない。

この列車を見たのは初めてだったらしく、クレーヴェルも感心したように眼《め》を細めた。

「立派だな。こういうところは手堅《てがた》い。二時間拘束《こうそく》されるわけだから、さすがに車内の快適性には気を使ったんだろう。この分ならメインの宿にも期待できそうだ」

「私はそこまで楽観的にはなれませんけれど……この列車はいいですね。旅行らしい雰囲気《ふんいき》が出てきました」

宿についてはは実際に見るまでなんとも言えないが、まずはコヨミの機嫌《きげん》が好転したことに安堵《あんど》する。

乗降口でコヨミが手招きをした。

「なゆさん、なゆさん！　早く乗ろうよ！　内装すっごいきれい！　食堂車もあるっぽい！」

テンションの上下の激しさに、慣れているナユタですらつい苦笑《くしょう》を漏《も》らす。

ついでに、ふと思いついた連想を探偵《たんてい》の耳元に囁《ささや》いた。

「なんだかこうしていると、探偵《たんてい》さんと私が夫婦《ふうふ》で、コヨミさんがその子供みたいですよね？」

クレーヴェルがぶるりと肩《かた》を震《ふる》わせた。

「……テストプレイ中の我々の言動は、後で虎尾《とらお》さん達《たち》にログを見られる可能性がある。不用意な発言を控《ひか》えるのは当然として、全部承知の上で私をからかうのもやめてほしい」

意外に冗談《じょうだん》が通じない。

「別にからかったわけではないんですが——だってコヨミさんの様子、初めての旅行で興奮する小学生みたいになっていますよ？　それを和《なご》やかに見守る私と探偵《たんてい》さんの姿って、やっぱり端《はた》から見たら……」

一足先に車内へ駆《か》け込《こ》んだコヨミは、早くも客席の毛羽毛現《けうけげん》親子と抱擁《ほうよう》をかわし、言語を介《かい》さない謎《なぞ》のコミュニケーションを成立させていた。

クレーヴェルは真顔で唸《うな》る。

「せめて幼い妹を見守る兄と姉、くらいにならないか？」

「え。妹萌《も》えだったんですか？」

「違《ちが》う。君はコヨミ嬢《じょう》から悪い影響《えいきょう》を受けている」

探偵《たんてい》をいじるのはそこそこに、ナユタも車内へ乗《の》り込《こ》んだ。

出迎《でむか》えた車掌《しゃしょう》の一つ目鬼《おに》、《夜行さん》が、帽子《ぼうし》をとって気さくに一礼をする。

《百八の怪異《かいい》》におけるNPCの挙動は、他のゲームに比べても自然だと評判がいい。

これはAIの制御《せいぎょ》が優《すぐ》れているといった技術的な成果ではなく、彼《かれ》らの多くが「言葉を発さない妖怪《ようかい》」として設定されているためだった。

人型ですらない以上、言語による受け答えができなくとも違和感《いわかん》はないし、AIとして少しくらい不自然な挙動を見せたとしても、それが「妖怪《ようかい》ならではの不可解かつ自然な行動」に見えてしまう。

つまりは、喋《しゃべ》ると不自然になってしまいがちなNPCの挙動を、「喋《しゃべ》らせない」という形で無理矢理に解決したようなもので、この点は開発者の機転を誉《ほ》めるべきだった。

不完全なものしか実装できないならば、不完全であることを強みに変えてしまえばいい——そんな発想が根底に感じられる。

一行は手近な席に座《すわ》り発車を待つ。

イベントが公開されれば、おそらく車内には他のプレイヤーも乗《の》り込《こ》むのだろう。ナユタとコヨミが化《ば》け猫茶屋《ねこぢゃや》で出会った時のように、この車内で新たな出会いに至るプレイヤーもいるはずで、そう考えると少し長めの移動時間も有意義なものに思えた。

少なくとも今のナユタは、目の前の二人とこうして過ごせる時間を嬉《うれ》しく思っている。

「あ！　なゆさん、車内販売《はんばい》の朧車《おぼろぐるま》きたよ！　アイス買お、アイス！」

隣《となり》の車両から来た朧車《おぼろぐるま》のカートには、珍味《ちんみ》や駅弁、お茶にお菓子《かし》にアイスクリームの類《たぐい》が山と積まれていた。

嬉々《きき》として買い物をするコヨミを横目に、ナユタは正面のクレーヴェルへ話しかける。

「改めて見ると……やっぱり凝《こ》っていますよね。鬼気迫《ききせま》るこだわりを感じます」

正面でミカンを剝《む》きながら、探偵《たんてい》が軽く肩《かた》をすくめた。

「開発部の意地か、あるいは怨念《おんねん》じみたものを私も感じる。忙《いそが》しくて旅行にも行きにくいものだから、そのストレスを作品にぶつけたんだろう。あと……おそらく部内に、優秀《ゆうしゅう》な鉄道マニアがいるな」

妙《みょう》に納得《なっとく》した。

走り出した列車の窓から望む星空は、まばらな雲の形がくっきりと見えるほどに明るかった。緑豊かな山や切り立った谷、閑静《かんせい》な湖の傍《そば》を走《はし》り抜《ぬ》け、列車は目的地へとひた走る。

移動の二時間は、何事もなく、それでいて有意義に、瞬《また》く間《ま》に過ぎていった。

§

田舎風《いなか》の無人駅に降り立ち、夜の山道を十分ほど進んだところで、ナユタ達《たち》は件《くだん》の〝温泉宿〟へ辿《たど》り着《つ》いた。

そこで一行は、しばし呆然《ぼうぜん》と立ちつくす羽目になる。

どんな宿が出てくるかと、いくつか予想は立てていた。

たとえばかやぶき屋根の古民家、たとえば老舗《しにせ》の木造旅館――あるいは意表を突《つ》いて大正風の洋館という線まで考えたが、三人の前に出現した宿は、そうした予想とはかけ離《はな》れたものだった。

「ここ……だよね？」

「……だと、思います……」

コヨミの自信なげな声に、ナユタも曖昧《あいまい》にしか応じられない。

クレーヴェルはその宿を見上げ、淡々《たんたん》と感想を紡《つむ》いだ。

「……あれだな。温泉旅館というより……〝リゾートホテル〟だ、これは。虎尾《とらお》さんに一杯《いっぱい》食わされたか」

探偵《たんてい》を驚《おどろ》かせるために、詳細《しょうさい》は伏《ふ》せていたらしい。

目の前の〝宿〟は、地上およそ七十階――三百メートルほどにも及《およ》ぶツインタワーの高層建築だった。

その上層部は連結されて、建物全体が鳥居の形状となっている。横浜《よこはま》のランドマークタワーに匹敵《ひってき》する規模のビルを、二本並べて鳥居形にしたようなもので、そんな建造物が何もない田舎《いなか》の山中にいきなりそびえているとなれば、これは「狐《きつね》に化かされた」と見るのが妥当《だとう》だった。

一晩眠《ねむ》って、明日の朝には木の葉に埋《う》もれているオチだろうと勝手に推測してしまう。

見上げているだけで目眩《めまい》を起こすほどの高さに圧倒《あっとう》され、ナユタはひとまず視線を下ろした。

一階二階はツインタワーの土台となっており、中央には回転ドアが並ぶ正面玄関《げんかん》とロビーがある。

やたらと広い玄関《げんかん》の左右には、浅草雷門《あさくさかみなりもん》を連想させる巨大提灯《きょだいちょうちん》の列が赤々と連なり、全ての提灯《ちょうちん》には同じ楷書体《かいしょたい》で〝招鬼《しょうき》〟と書かれていた。

「あの提灯《ちょうちん》の字……どういう意味でしょう？」

探偵《たんてい》が狐《きつね》の眼《め》を据《す》わらせた。

「文字どおり、〝鬼《おに》を招く〟という意味だとすれば、妖怪《ようかい》や鬼《おに》も利用するホテルという意味合いかな？　もっとも、今日の客は私達《わたしたち》だけのようだが」

周囲には人の気配がまるでない。

テストプレイだけに当然といえば当然だが、これだけ巨大《きよだい》なホテルを前にして人気《ひとけ》が皆無《かいむ》となると、まるで夢の中にいるような心持ちになる。

ともあれ、「来てみたら廃墟《はいきよ》やお化《ば》け屋敷《やしき》だった」という悪い予想は打《う》ち砕《くだ》かれた。想定外の砕《くだ》かれ方《かた》ではあったが、少なくとも期待を裏切られてはいない。

「とりあえず……チェックインしましょうか？」

「う、うん……はわあ……こんなとこ泊《と》まるの初めて……あ、部屋は選べるのかな？　ドレスコードとか大丈夫《だいじようぶ》？」

コヨミの戸惑《とまど》いは冗談《じようだん》ではなく素である。ナユタも正直に言えば多少は気後《きおく》れしている。

探偵《たんてい》はいつもどおりに余《よ》裕綽々《ゆうしやくしやく》の足取りで、率先《そつせん》して回転扉《とびら》をくぐっていった。

ロビーの内装は外観どおりのものだった。

床《ゆか》には赤絨毯《あかじゆうたん》が敷《し》き詰《つ》められ、具合よく配置されたソファやローテーブルの数々は、どれも高級家具の風格を放っている。

三階まで吹《ふ》き抜《ぬ》けの天井《てんじよう》には獣《けもの》を象《かたど》った巨大《きよだい》な四つのシャンデリアが吊《つる》されており、それぞれ朱雀《すざく》、青龍《せいりゆう》、白虎《びやつこ》、玄武《げんぶ》をモチーフとした形状となっていた。

その真下となる中央には、等身大の純金製《猫大仏《ねこだいぶつ》》も飾《かざ》られている。

「……ああ。やっぱり運営の仕事なんだって、いま凄《すご》く実感しました……」

「……余白を埋《う》めるみたいにしてぶっこんでくるよね……なんなのかな、あの猫神様《ねこがみさま》。かわいいっちゃかわいいけど、そこはかとなく邪悪《じゃあく》な気配も……」

ナユタとコヨミの感想に、探偵《たんてい》が小声で応じた。

「夏休み頃《ころ》に、〝猫大仏巡礼《ねこだいぶつじゅんれい》の旅〟というミニ企画《きかく》が予定されているらしい。各地の猫大仏《ねこだいぶつ》を探索《たんさく》してお参りすると、その成果に応じて景品を貰《もら》えるとか——まだ検討中の案だけれど、スタンプラリーみたいなものかな？」

リークされた怪情報《かいじょうほう》に、ナユタはつい脱力《だつりょく》してしまう。

「なんでそんなに猫押《ねこお》しなんですか、ここの運営。責任者の個人的な趣味《しゅみ》でしょうか」

「それも否定はできないが、一応は世知辛《せちがら》い理由もあってね」

周囲は無人ながら、探偵《たんてい》が更《さら》に声をひそめた。

「開発部は、今回の長期イベントを通して使える〝マスコットキャラ〟が欲《ほ》しかったらしいんだ。何せホラーが続くから、ちょっとした息抜《いきぬ》きになる可愛《かわい》いキャラも必要だろうということで……だが、上へ意見具申《ぐしん》すると公式マスコットという流れになって、候補やら選考やらで一波乱が起きる。突貫《とっかん》工事のイベントでただでさえ時間もないのに、そんな選考会議の進行を悠長《ゆうちょう》に待っていられないし、著作権やらキャラクターイメージやらの問題で開発の足枷《あしかせ》にもなりかねない。〝公式のマスコットをこんな形で使うのはいかがなものか〟とか言い出す面倒《めんどう》くさい上司やクレーマーはどこにでもいる。何より、選考に関わる人間のセンスによっては、いないほうがましなマスコットが選ばれてしまう可能性すらあった」

概《おお》ね流れが読めた。

「……上層部に内緒《ないしょ》で作った、使い勝手のいいマスコット、ってことですか？」

探偵《たんてい》が頷《うなず》く。

「固有名詞を与《あた》えるとバレるから、ただの猫《ねこ》ということにした。別に犬でも狐《きつね》でも良かったんだろうが、怪談話《かいだんばなし》としての《化《ば》け猫《ねこ》》は定番中の定番だからね。もし人気が出たらその後でマスコット化してもいいし、出なければ背景の一素材として使いやすいように活用していけばいい。現場ではよくある手だ」

あやかし横丁《よこちょう》の《化《ば》け猫茶屋《ねこぢゃや》》の成功を見る限り、一定の成果はあったらしい。

コヨミがナユタの袖《そで》を子供のように引っ張った。

「ねーねー、なゆさん……難しいお話し中に悪いんだけど、ここ、なんか変……てか、ガチで誰《だれ》もいないよ？」

客はもちろん、従業員の姿もない。

こうした施設《しせつ》では通常、人工知能を利用したＮＰＣが接客をこなしている。個人経営の商店や鍛冶屋《かじや》などでは、プレイヤーがそのまま商売をしている例もあるが、さすがに開業前の今の時点でそれは有り得ない。

クレーヴェルが首を傾《かし》げた。

「妙《みょう》だな……いや、客がいないのは当然だが、従業員はもう実装済みと聞いていたんだ。挙動のチェックも頼《たの》まれたんだが……確かに気配がない。受付も無人か」

チェックインしようにも人がいない。

「まだ開発中なわけですし、急な調整が入ったのかもしれませんね」

「そんなところか。しかし、これは温泉旅行という雰囲気《ふんいき》じゃないな。館内を見て回るだけで暇《ひま》は潰《つぶ》せそうだが――」

壁《かべ》に据《す》え付《つ》けられた案内図へ視線を向けながら、探偵《たんてい》が呆《あき》れたように呟《つぶや》いた。

とかく設備が多い。

仮想空間だけに客室はコピーで済むが、どうやら一大レジャー施設《しせつ》を目指したらしく、温泉とプールはもちろん、ゲームコーナーやビリヤード場、テニスコートにパターゴルフ、映画館やコンサートホール、プラネタリウムまで揃《そろ》っている。

システムとしては街の設備の流用で開発コストもさほどかかっていないのだろうが、一堂に揃《そろ》うと壮観《そうかん》だった。

ただし従業員が一人もいないため、「そもそも泊《と》まれるのか」という疑問は残る。

受付に歩み寄ったナユタは、机上《きじょう》に一枚のメモ書きを見つけた。

【施設《しせつ》はご自由にお使いください】

毛筆の走り書きだった。

メモを指さし、二人を呼ぶ。

「探偵《たんてい》さん、コヨミさん。勝手に使っていいみたいですよ？」

「まじで⁉　いやでも、この規模のホテル全体を勝手に使っていいとか言われても……わ、割と困る……っ」

案内図を眺《なが》めつつ、探偵《たんてい》が笑った。

「仮想空間のホテルだ、気にすることはないさ。あるいは……何も知らない我々がこの宿をどう使うのか、サンプルケースとして知りたいのかもしれない」

「はあ……モルモットみたいでちょっと微妙《びみょう》ですね、それは」

テストプレイである以上、ログを見られるのは承知の上だが、せめてそれなりの説明は欲《ほ》しい。

探偵《たんてい》が一方のタワーのエレベーターへ足を向けた。

「〝勝手に使え〟ということは、部屋も好きに選んでいいんだろう。全室空いているわけだし、君達《きみたち》は気兼《きが》ねなく最上階のロイヤルスイートでも使わせてもらうといい。私はその隣《となり》か、近くの部屋にでも適当に入ろう」

コヨミが両手を上げた。

「さんせーい！　せっかくだから贅沢《ぜいたく》したいよね！　最上階行く？　行っちゃう？」

いつもの勢いを取《と》り戻《もど》したコヨミが、小走りに寄ってきてナユタの腕《うで》をとった。

無人のロビーを歩き始めながら、ナユタは改めて違和感《いわかん》を持つ。

(このホテル……確かに凄《すご》く豪華《ごうか》だし、よくできているけれど……)

何がおかしいのかはわからないのに、何かがおかしい。答えの見えない間違《まちが》い探《さが》しと向き合うような感覚で、ナユタは何度も周囲を見回した。

土産物《みやげもの》を商《あきな》う広い購買《こうばい》コーナーがある。人はいない。

幽霊《ゆうれい》や妖怪《ようかい》の浮世《うきよ》絵《え》を並べた画廊《がろう》もある。人はいない。

カウンターを備えた瀟洒《しょうしゃ》なバー。ここにも人はいない。

(……あれ?)

よくよく見れば、カウンターの内側の床《ゆか》が客席側より数段高くなっていた。

これではバーテンが床《ゆか》へ直《じか》に座《すわ》って接客しない限り、客を見下ろすかたちになってしまう。

見回せば、ホテル内にはそうした不可解な段差がそこかしこに点在していた。

違和感《いわかん》の正体には気づけたものの、それが何を意味するのかはよくわからず、ナユタはただ首を傾《かし》げた。念のため、壁《かべ》に設置された案内図をスクリーンショットに収めておく。

探偵《たんてい》が思い出したように声を寄越《よこ》した。

「ああ、テストプレイ中のスクリーンショットは、滞在中《たいざいちゅう》は見られるけれど、テストフィールドを出た時点で消えるからそのつもりで。これもアイテムや経験値と同じく持ち帰れない設定なんだ。メール添付《てんぷ》で外部へ送信することもできない。公開前の情報流出を防ぐための安全策だと思ってくれ」

「あ、なるほど——探偵《たんてい》さんが撮《と》ったスクリーンショットもですか？」

クレーヴェルが頷《うなず》く。

「基本的には同じだね。ただ例外的に、開発チームへのエラー報告画像だけはメールに添付《てんぷ》して送ることができる。いずれにしても私の手元には残らない」

コヨミが無邪気《むじゃき》に眼《め》をしばたたかせた。

「それってつまり、エラー報告の名目さえつければ、開発の人達《ひとたち》に〝こんな可愛《かわい》い女子高生と温泉旅行中！〟みたいな自慢《じまん》メールも送れるってこと？」

「……その行為《こうい》は私の信用と仕事に致命的《ちめいてき》なエラーを引き起こす。君には人の心がないのか？」

若干《じゃっかん》引くほどの真顔だった。

話を切り上げてガラス張りのエレベーターに乗《の》り込《こ》み、夜の森を眼下に眺《なが》めながら、ナユタ達《たち》はホテルの上層へと向かう。

餓野《うえの》駅《えき》とは違《ちが》い、幽霊《ゆうれい》や怪異《かいい》の類《たぐい》は一切《いっさい》出てこない。

そのことが逆に不自然に思えて、ナユタはまた、かすかに首を傾《かし》げた。

§

プールと見紛《みまが》う広さの露天風呂《ろてんぶろ》に浸《つ》かり、ナユタとコヨミは眩《まぶ》しいほどの星空を見上げていた。

わずかにたなびく雲が天の川を横切る橋となり、時折走る流星がそこに一瞬《いっしゅん》の動きを添《そ》えている。

星々の光によって明るい夜空は、まるで露光《ろこう》時間を長くとった写真のようだった。

透《す》き通《とお》った水面にも星が映り、もはや視界のすべてが星に転じているといっても過言ではない。

「……やベーな、これ……せっかくのプラネタリウムさん涙目《なみだめ》やん……」

半ば呆然《ぼうぜん》とした声音《こわね》で、コヨミが呟《つぶや》いた。

ナユタもしみじみと同意する。

「この景色は現実では無理ですよね——仮にこういう場所があったとしても、宿泊費《しゅくはくひ》で何十万かかるか……」

「だよねえ……もっとこう、がっつり和風の山奥《やまおく》の秘湯的なものを想像してたから、この路線はホント予想外だったわ……」

「そういう雰囲気《ふんいき》のお風呂《ふろ》もあるみたいです。ホテルから徒歩十分のところに、離《はな》れの古民家があるって――さっき見取り図の端《はし》に出ていました」

「ええー……公開予定なくて趣味《しゅみ》で作ってたって嘘《うそ》だよね？　片手間で作れるレベルじゃないよ、これ……」

鳥居形のホテル、最上階のロイヤルスイートには、屋上と一体化した巨大《きょだい》な露天風呂《ろてんぶろ》がついていた。

三百六十度どの方向を見渡《みわた》しても、ほぼ遮蔽物《しゃへいぶつ》がなく星が満ちている。目線より少し下には、遥《はる》かな山脈の稜線《りょうせん》が青くなだらかに続いていたが、遠すぎて視界を遮《さえぎ》るには至っていない。

コヨミが細い手足を伸《の》ばし、湯に溶《と》けるような深呼吸をした。

「ふにゃー……極楽極楽《ごくらくごくらく》ぅ……VRだからお肌《はだ》への効果はともかく、リラックス効果は本物だねえ……あとはNPCにお猿《さる》さんとカピバラが欲《ほ》しいなー」

「……一緒《いっしょ》に入りたいんですか？　自然に囲まれたお風呂《ふろ》ならともかく、こんなホテルの屋上でそれはちょっと……そもそもここ、温泉というより温水プールっぽい設計ですよね」

コヨミが不満げに唇《くちびる》を尖《とが》らせる。

「それはあれじゃん。なゆさんがどーしても水着じゃないとやだっていうから、プールっぽい雰囲気《ふんいき》になってるだけだって！　裸《はだか》だったら普通《ふつう》に〝ちょっと豪華《ごうか》な温泉〟だよ？」

「はあ。まあ、それはそうかもしれませんが……」

今のナユタは、白いビキニタイプの水着を着ていた。

ゲームの中とはいえ、感覚がリアルすぎて裸《はだか》になるのはやはり抵抗《ていこう》がある。この水着は初期のクエスト、《渚《なぎさ》のハイカラ海坊主《うみぼうず》》で入手した特に珍《めずら》しくもない報酬《ほうしゆう》品《ひん》だが、シンプルなデザインながら露出《ろしゆつ》部分が多く、少々きわどい。

現実であればまず着ない代物《しろもの》だが、他の代替《だいたい》装備がなく、裸《はだか》よりはましとアイテムリストの奥《おく》から引っ張り出した。

一方のコヨミはお構いなしに裸身《らしん》を晒《さら》しているが、その感想については、ナユタとしてはコメントを差《さ》し控《ひか》えたい。

決してフォローではないが、アバターとしてのコヨミは現実の暦原栞《こよみはらしおり》よりも更《さら》に童顔、かつ地球に優《やさ》しい省エネスタイルとなっている。

小柄《こがら》な体格は忍者《にんじや》としても有利であり、小さな隙間《すきま》を猫《ねこ》のように出入りできるその姿は、余計な脂肪《しぼう》の一切《いっさい》を排《はい》した極《きわ》めて機能美溢《あふ》れるものだった。

——実際のところ、現実でも身軽な点は、嫌《いや》みではなく羨《うらや》ましい。満員電車がつらいほどの低身長はさすがに気の毒だが、同性から見ても素直《すなお》に可愛《かわい》いと思えるし、年をとっても老《ふ》けないタイプのようにも見える。

ナユタの思考を見透《みす》かしたわけでもあるまいが、コヨミが眼《め》を据《す》わらせて傍《そば》に泳いできた。

「……なゆさん。今、割と失礼なこと考えてなかった？　主に私のスタイルに関して」

たまに見せる鋭《するど》さはやはり侮《あなど》れない。

「いえ、別にそんなことは……こんな絶景と知っていたら、コヨミさんにも水着を着てもらって、探偵《たんてい》さんも一緒《いっしょ》に入れば良かったのになあ、とは思いましたけれど」

もちろんその場合には、ナユタも水着どころではなく、通常装備かそれに近い着衣での入浴になっていた。むしろ足湯程度で済ませていたかもしれない。

件《くだん》の探偵《たんてい》は隣《となり》の部屋へ入ったが、「ホテルの設備をチェックして回りたい」とのことで、今は単独行動をしている。

コヨミが更《さら》にじっとりとした眼差《まなざ》しでナユタを見つめた。

「……なんか最近のなゆさん、探偵《たんてい》さんに甘《あま》い……甘《あま》すぎる……でも色恋沙汰《いろこいざた》ではないっぽい……もしかして買収された？　なんかもらった？」

ナユタは視線を逸《そ》らした。

貰《もら》ったものはいくつかある。知人からのカナダ土産《みやげ》らしいメイプルシロップ、探偵《たんてい》がゲーム内で入手したレアアイテム類などだが、その程度で買収されたわけではない。

だが、甘《あま》くなったのには他に複数の理由がある。

まずは慣れ――悪人ではないと見極《みきわ》めがついた。

亡《な》き兄の親友だったことも大きい。同じ哀《かな》しみを共有できる相手には、なかなか巡《めぐ》り合《あ》えるものでもない。

しかし、それらも主たる要因とは言《い》い難《がた》い。

コヨミがじっとナユタを見つめる。

ナユタは星空に視線を逸《そ》らし続《つづ》ける。

しばしの沈黙《ちんもく》の後、コヨミが震《ふる》える声を絞《しぼ》り出《だ》した。

「もしかして……受験勉強、見てもらってる……？」

――彼女《かのじょ》は忍者《にんじゃ》であると同時に、エスパーでもあったらしい。

一瞬《いっしゅん》の動揺《どうよう》を見逃《みのが》さず、コヨミがまとわりついた。

「なんでー!? なゆさんけっこう成績いいんでしょ!? 真面目だし！ 予習復習しっかりやるタイプっぽいし！ 家庭教師とか必要ないじゃん！」

この期に及《およ》んでごまかしはきかない。素直《すなお》に認めることにして、ナユタは曖昧《あいまい》に微笑《ほほえ》んだ。

「平均よりは上ですけれど、勉強しないで済むほど頭がいいわけでもありません。英語と数学はちょっと怪《あや》しくて……特に英語については、探偵《たんてい》さんって海外のお客さんの観光ガイドをしているだけあって、もう通訳レベルの英語力なんです。リスニングは教科書や参考書では限界がありますし、あの人、無駄《むだ》に優秀《ゆうしゅう》なので教え方も上手《うま》くて……」

コヨミがばしゃばしゃと水を跳《は》ね上《あ》げ暴れた。

「えぇー！ ずーるーいー！ なゆさんと二人っきりでお勉強会とかすげーご褒美《ほうび》じゃん！ なに抜《ぬ》け駆《が》けしてんの、あの化《ば》け狐《ぎつね》！ なゆさんもどうして私に……は、頼《たよ》れないよね……

うん……それは知ってた……」

抗議《こうぎ》の声はそのままフェードアウトしていった。

コミュニケーションスキルは極《きわ》めて高いコヨミだが、英語能力は高くない。身振《みぶ》り手振《てぶ》りを封《ふう》じられた瞬間《しゅんかん》、彼女《かのじょ》の言葉は外国人に通じなくなる。

意気消沈《しょうちん》したコヨミの頭を撫《な》でつつ、ナユタは苦笑《くしょう》を浮《う》かべた。

「そういう事情で、受験が終わるまでは探偵《たんてい》さんにいろいろお世話になりそうなので……金銭的な事情で予備校には通いにくいですし、できれば条件のいい奨学金《しょうがくきん》もとりたいので、進路についても相談に乗ってもらっているんです。黙《だま》っていてすみません」

ナユタが律儀《りちぎ》に頭を下げると、コヨミはわざとらしく頰《ほお》を膨《ふく》らませ、いかにも不承《ふしょう》不承《ぶしょう》といった様子で頷《うなず》いた。

「……なゆさんにとっては大事な時期だもんね……それは仕方ないけど……でも……でも……くそう、探偵《たんてい》さんめ！　一人でいい思いしやがって！」

当然ながら、コヨミがキレるようなことは何もない。

「あの、別にいい思いとかはしていないですよ……？　私が一方的に教えてもらっているだけなので――」

唐突《とうとつ》に、コヨミの手が水着越《ご》しにナユタの胸を持ち上げた。不意を打たれたナユタはびくりと反応してしまう。

「だってだって！　なゆさんのこの乳を、衣装越《いしょうご》しとはいえ間近で堂々と見ていられるんだよ⁉　それがどれだけプライスレスな状況《じょうきょう》か……！」

「……コヨミさん。一回殴《なぐ》っていいですか？　スキルつきで」

あくまで笑顔《えがお》で告げる。

いろいろと恩義はあるし、少し前にはコヨミの前で泣きじゃくってしまい慰《なぐさ》められもしたが、それとこれとは話が違《ちが》う。

コヨミが目に見えてうろたえた。

「え、ちょっと待って……どうせ殴《なぐ》られるなら、その前にもうちょっとだけ……うわ、なにこれすごい……本物？　あ、いや、ＶＲだから偽物《にせもの》だけど、え、なにこれほんとすごい……え、嘘《うそ》……同じ人類とは思えない……」

ふよふよと水面に浮《う》いた胸を持ち上げるように揉《も》みながら、コヨミがハイライトの消えかかった眼《め》で呆然《ぼうぜん》と呟《つぶや》く。

そこにはもはや欲望も好奇心《こうきしん》もなく、ただただ純粋《じゅんすい》なまでの動揺《どうよう》が見てとれた。

「……年上の私は真っ平らなのに……こ、この違《ちが》いは一体……想像以上の重量感……なのにウエスト細い……なんか、もう……何？　どういうチートなの……？　課金？　課金でどうにかなるの？」

「……コヨミさん、しっかりしてください。そんな大層なものではないです。ただのデータで

す。脳が見せている幻《まぼろし》です」

怒《おこ》るタイミングを逸《いっ》してナユタが諭《さと》すと、年上の社会人は小刻みに震《ふる》え出《だ》した。

「う、うん……だけど……うん。私は、データじゃないリアルなゆさんもだいたいこんな感じのスタイルだって知ってるし……？」

「そっちはそっちで、ただの脂肪《しぼう》と筋肉の塊《かたまり》です。いずれにしても衝撃《しょうげき》を受けるようなものではないですから、とにかく正気に戻《もど》ってください」

身を引いて逃《に》げながら、ナユタは両腕《りょううで》で防御《ぼうぎょ》を固めた。

何かを悟《さと》ったような顔で、コヨミがぼんやりと星空を見上げる。

「………おほしさま……きれい……」

反応に困るほどの哀愁漂《あいしゅうただよ》う声だった。

現実から逃避《とうひ》してしまったコヨミを、ナユタは仕方なく慰《なぐさ》めにかかる。

「……ええと、あの……一方的に触《さわ》られた私が言うのも変ですが、元気出してください。こんな邪魔《じゃま》なものなくても、コヨミさんはちゃんと可愛《かわい》いですし、充分《じゅうぶん》に魅力的《みりょくてき》ですから——そこはもっと自信をもってほしいです」

世辞ではなく、これは紛《まぎ》れもない本心でもある。

たちまちコヨミがナユタへしがみついた。

「な、なゆさぁ——ん！　うわぁー！　ええ子やぁー！　ほんまにこの子はええ子やでぇ

「――！」

どさくさ紛《まぎ》れに胸元《むなもと》で感涙《かんるい》に咽《むせ》ぶコヨミを適当にあやしつつ――ナユタはふと、奇妙《きみょう》な気配を感じた。

温泉の端《はし》――星空を背景にした水際《みずぎわ》、階下の部屋へとつながる階段付近で、闇《やみ》に紛《まぎ》れた《何か》が一瞬《いっしゅん》だけ蠢《うごめ》いた。

（今の……何？）

それは目の錯覚《さっかく》と流してもいいような些細《ささい》な変化だった。しかし、ただの見間違《みまちが》いにしては妙《みょう》に心に引っかかる。

少なくともクレーヴェルではない。かの探偵《たんてい》の処世術として、こんな状況《じょうきょう》で温泉を覗《のぞ》くことなど有り得ない。

（誰《だれ》か……ううん、《何か》いた――）

悲鳴をあげて騒《さわ》ぐこともなく、ナユタは何も気づかぬふりでしばし考《かんが》え込《こ》む。既《すで》に気配は去り、もうそこには何もいない。

普段《ふだん》ならばコヨミも気づいただろうが、生憎《あいにく》と今、彼女《かのじょ》の意識はナユタだけに向いていた。単なる覗《のぞ》きという線は考えにくい。なんらかの怪異《かいい》イベントが起きつつある可能性を真っ先に疑う。

（無人の豪華《ごうか》ホテルなんて、その時点でホラー映画みたいな舞台《ぶたい》設定だし……仮に何か起きるとしたら、温泉でリラックスしている今はいいタイミングなんだろうけど――）

ゲームにはイベントが付き物ではある。ただ、せっかくの穏《おだ》やかな休日をぶち壊《こわ》されるのは納得《なっとく》がいかない。

無論、何か起きると決めつけるのも早計とあって、ナユタは確認《かくにん》のために湯船から立ち上がった。

「ココミさん、下の部屋から何か飲み物をとってきますね。少し待っていてください」

「あ！　私、炭酸系がいいなー！」

呑気《のんき》にぱしゃぱしゃと泳ぎながら、立ち直ったココミが見送りの声を寄越《よこ》した。怖《こわ》がって「一緒《いっしょ》に行く」と言い出さないあたり、完全に油断しきっている。

屋上の露天風呂《ろてんぶろ》から階段を降りると、ロイヤルスイートの内庭にそのままつながる。部屋の中も吹《ふ》き抜《ぬ》けつきの二階層に分かれているが、往復して飲み物をとってくるだけならば三分とかからない。

広いリビングと三つの寝室《しんしつ》、ホームシアターや自由に使えるバーカウンターまで設置されており、豪華《ごうか》すぎて少々落ち着かないが、珍《めずら》しい経験をしていることは実感できる。

（確か冷蔵庫に、瓶入《びんい》りのサイダーがあったっけ――）

ナユタは水着姿のまま周囲を警戒《けいかい》しつつ、リビングの隅《すみ》にあるキッチンスペースへ向かおうとした。

仮に侵入者《しんにゅうしゃ》がいれば、このタイミングで斧《おの》でも振《ふ》り下《お》ろしてくるかもしれない――そんな物騒《ぶっそう》な予想に反し、部屋はあくまで静かなままである。出入り口にも人の気配はない。

（……気のせい、だったのかな……？）

不意にメールの着信音がした。

メニューウィンドウを開くと、探偵《たんてい》からのメッセージが表示される。

【ホテル内にはやはり誰《だれ》もいない。虎尾《とらお》さんに確認《かくにん》したところ、従業員のAIは間違《まちが》いなく実装済みのはずらしい。今の状態が正しい仕様ではないとしたら、想定外のエラーが起きている可能性もある。運営側でもこれから調査に入るようだが、一応、ある程度は警戒《けいかい》しておいてくれ】

やや不穏《ふおん》な内容に、ナユタは眉《まゆ》をひそめた。

（コヨミさんにも知らせないと……）

さすがに危険はないと思うが、気構えがあるのとないのとでは、いざという時の対応に差がでる。

メッセージを閉じたナユタは、そこで部屋の異常に気づいた。

窓際《まどぎわ》のテーブルに、屋上の温泉へ向かう前にはなかったものが増えている。

「これって……ティーセットと……ケーキ？」

松の木を模したツリータイプのケーキスタンドに、山盛りの一口ケーキと和菓子《わがし》がずらりと並んでいた。

色彩《しきさい》は鮮《あざ》やかで、飾《かざ》りの飴細工《あめざいく》にも丁寧《ていねい》な仕事ぶりがうかがえるものの、つい先程《さきほど》までは〝存在しなかった〟はずのものである。

三脚《きやく》のティーカップとポットも用意されており、どうやら三時のティータイムを想定したものらしい。

誰《だれ》が持ってきたのかは、わからない。

（さっき屋上の温泉で感じた気配は……これを持ってきた〝誰《だれ》か〟？）

ナユタは屋上のコヨミに呼びかけた。

「コヨミさん！　ちょっと来てください！」

ぱちゃぱちゃと水音が響《ひび》いた後、バスタオルを巻いたコヨミが下へ駆《か》け下《お》りてくる。

「どーしたの、なゆさん？　なんかあったー？」

「見てください、このケーキの山。いつの間にか……」

ナユタの言葉の途中《とちゅう》で、コヨミの顔がぱあっと無邪気《むじゃき》に輝《かがや》いた。

「うわ、すごっ！　きれい！　かわいい！　たくさん！　これって食べていいの？　もしかしておやつ!?　すげー！」

――小学生並みの語彙力《ごいりょく》ではあるが、素直《すなお》に喜びを表現できることは人として素晴《すば》らしい。

コヨミの長所の一つである。

その長所を敬愛しつつも、ナユタはついがっくりと肩《かた》を落とした。

「ルームサービス……でしょうか？　頼《たの》んでもいないですし、誰《だれ》が持ってきたのかもよくわからないんですが……」

コヨミがけたけたと笑った。

「ゲームの中で何言ってんの、なゆさんってば。こういうサービスは何もないとこにぱっと出てきたりするもんでしょ？」

無人のホテルなどという奇妙《きみょう》な環境《かんきょう》でさえなければ、ナユタもさほど気にしない。だが、探《たん》偵《てい》からのメールとあわせて考えると少々気味が悪い。

コヨミが早速《さっそく》、一口サイズのケーキをつまみ食いし始める。

「うん、いけるいける！　けっこーおいしい！　あー、でも化《ば》け猫茶屋《ねこぢゃや》ほどのクオリティじゃないかなー。はい、なゆさん、あーん」

問答無用で口にケーキを押《お》し込《こ》まれた。

「んぐっ……あ、あの、コヨミさん。実は今、探偵《たんてい》さんからメールが届いて――コヨミさんのほうにも転送しますね」

「メールぅ？　どんなの？」

コヨミも自身のメニューウィンドウから、クレーヴェルのメッセージを読み進める。

次第《しだい》に彼女《かのじょ》は首を傾《かし》げていき、そのままナユタへもたれかかると、両腕《りょううで》を体に回しかたかたと震《ふる》え出《だ》した。

「……なゆさん。今日、一緒《いっしょ》に寝よ？　私、小さいからベッド狭《せま》くても大丈夫《だいじょうぶ》だし。ね、そうしよ……？」

「……今のメールのどこに、そんな怖《こわ》がる要素があったんですか。エラーなんてテストプレイなら当たり前じゃないですか。テストを繰《く》り返《かえ》して、エラーを潰《つぶ》して、それからやっと公開に至るんですから」

とは言いつつ、《百八の怪異《かいい》》ではいろいろと人手が足りていないのか、公開後にエラーが発覚して調整が入る例もそこそこ多い。先日の《幽霊囃子《ゆうれいばやし》》のように一時配信停止までいくと大事だが、告知のない細かな調整や数時間単位のメンテナンスは日常茶飯事《にちじょうさはんじ》だった。

コヨミが怯《おび》えた顔ですがりつく。

「だって怖《こわ》いじゃん！　これって実装済みのAIが失踪《しっそう》しちゃったってことだよ⁉　きっと殺人鬼に襲《おそ》われたとか、ゾンビになっちゃったとか……あ、神隠《かみかく》し！　従業員の皆《みな》さん、どっかに連れていかれちゃったのかも……！」

「え。あ、そういう理由で怖《こわ》がってたんですか……？」

コヨミが並べた予想外の推論に、ナユタは圧倒《あっとう》された。

「えっと……その想像力は凄《すご》いと感心しますが、単純にプログラム的なエラーが発生しているだけだと思います」

一番大きな可能性を真っ先に無視するのは、さすがに問題がある。

ただ、聞き流せない部分も一応はあった。

（……実装済みのＡＩの、〝失踪《しっそう》〟？）

この可能性については、ナユタも想定していなかった。

昨今の人工知能の発展に伴《ともな》い、十数年前まではＳＦ映画の与太話《よたばなし》にすぎなかった《人工知能の反乱》というテーマが、世間でもにわかに現実味を帯びつつある。

今回の件は反乱などではないが、ＡＩが何らかの誤作動を起こし、その結果として不可解なエラーが発生した可能性は排除《はいじょ》できない。

「念のため、探偵《たんてい》さんと合流して、詳《くわ》しい話を聞きたいですね。ちょうどティーセットも三脚《きゃく》ありますし、みんなでお茶にしましょうか」

メッセージの返信にクレーヴェルを呼ぶ言葉を添《そ》え、ナユタは一旦《いったん》、椅子《いす》に腰掛《こしか》けた。

ほんの一分足らずでノックの音が響《ひび》く。

「ナユタ、いるかな？　ちょうど反対側のタワーへ向かう途中《とちゅう》で、部屋に戻《もど》っていたところだったんだ。今後のことについて、ついでに少し相談を――」

「あ、はい！　いま開けます」

早すぎる到着《とうちゃく》に驚《おどろ》きつつ、ナユタは慌《あわ》てて部屋の入り口へ駆《か》けた。

「……あ。なゆさん、ちょっ……！」

背後でコヨミが呼び止めたが、先に探偵《たんてい》を招き入れようと、ナユタは勢いで扉《とびら》を開けてしまう。

目の前には、狐顔《きつねがお》の探偵《たんてい》の必要以上に柔和《にゅうわ》な微笑《びしょう》があった。

ただしナユタの姿を一目見るなり、その微《び》笑《しょう》は硬直《こうちょく》し、彼《かれ》はゆっくりと背を向けてしまう。

「探偵《たんてい》さん？ 入ってください。お茶の準備はもうできていますから」

「……ナユタ。落ち着いて、よく聞いてほしい。まず扉《とびら》を閉めなさい」

「はい？ 何を言って……」

後ろ姿の探偵《たんてい》が、深呼吸を交え天井《てんじょう》を仰《あお》ぐ。

「……それから、自分の姿を確認《かくにん》して、メニューウィンドウを開き、装備を変更《へんこう》した後で——もう一度、扉《とびら》を開けてくれ。一連の動作が完了《かんりょう》するまで、私はここを動かない」

——ナユタはようやく気がついた。

背後でコヨミも眼《め》を覆《おお》っている。

今、彼女《かのじょ》が身につけている白ビキニは、世間一般《いっぱん》においては《エロ装備》と揶揄《やゆ》される代物《しろもの》だった。ナユタとしても、異性の前に出られる格好とは認識《にんしき》していない。代替《だいたい》の水着がなく、裸《はだか》よりはましと判断した程度の危険な代物《しろもの》で、露出《ろしゅつ》面積は下着よりも酷《ひど》い。

彼女《かのじょ》はゆっくりと扉《とびら》を閉め、探偵《たんてい》からの指示どおり、無言でメニューウィンドウを操作した。

装備を切《き》り替《か》えると、水着は淡《あわ》い光芒《こうぼう》を放って装束《しょうぞく》へ変化し、いつもの戦《いくさ》巫女《こ》姿《すがた》へと戻《もど》る。

沈黙《ちんもく》の数秒をおいてから、ナユタは再び扉《とびら》を開けた。

「…………どうぞ」

「…………失礼する」

何も言わない繊細《せんさい》な優《やさ》しさが、却《かえ》って心苦しい。

一足先に忍《しの》び装束《しょうぞく》へと着《き》替《が》えていたコヨミが、俯《うつむ》いてケーキを頬張《ほおば》りながらぽつりと呟《つぶや》いた。

「……探偵《たんてい》さんの幸運値やっべーな……《絶景》の発生確率が上がるって、こーいうことか……」

「……わかっていて言っていると思うが、今の現象に私のステータスは一切《いっさい》関係ない」

クレーヴェルは辛《かろ》うじてそんな反論を口にした。その内心の苦悩《くのう》を推《お》し量《はか》り、ナユタは素直《すなお》に頭を下げる。

「……すみません、私の不注意でお見苦しいものを……で、でも、ただの水着ですから。ちょっと、あの、デザインが年相応ではなかったですけれど……代わりのものがなくて、仕方なく——」

意外に動揺《どうよう》している自分に戸惑《とまど》いつつ、ナユタは珍《めずら》しくしどろもどろの弁解をした。

探偵《たんてい》も首を横に振《ふ》る。

「ああ、いや、私も返信のあと、もう少し時間をおくべきだった——それより、さっきのメールの件だ。君達《きみたち》のほうで、何か妙《みょう》なことはなかったか？」

気を取り直した探偵《たんてい》がいつもの微笑《びしょう》に転じた。

ナユタが答える前にコヨミが応じる。

「んー、特に何もないよー？　強《し》いて言えば、このケーキとティーセットがいつの間にか用意されていたぐらい？」

「それは……妙《みょう》だな」

ナユタが淹《い》れた紅茶を受け取りながら、クレーヴェルが眼《め》を細めた。

「え？　いや、別に妙《みょう》じゃないでしょ。よくあることだって、そんなの……」

コヨミの声は不安げだった。その様子からは、怖《こわ》い結論を避《さ》けたい一心がうかがえる。

「虎尾《とらお》さんに確認《かくにん》したところでは、ホテル内のサービスはすべて、人工知能を搭載《とうさい》した従業員が行っているらしい。彼《かれ》らは別に幽霊《ゆうれい》じゃないから、姿は見えていないとおかしいんだが……グラフィック系のエラーか……？　どこかでデータの読《よ》み込《こ》みに失敗している可能性もあるが……」

この指摘《してき》に、ナユタは首を傾《かし》げた。

「でも、受付にメモがありましたよね？　〝施設《しせつ》はご自由に〟って。もしもグラフィック系のエラーで従業員が見えていないだけなら、受付にも見えない誰《だれ》かが立っていたはずで、その場合はあんなメモなんて用意しないんじゃないですか？」

クレーヴェルが頭を掻《か》いた。

「そのとおりだ。だから状況《じようきよう》がわからず困っている――というのも、〝人工知能のシステム自体は正常に稼働《かどう》している〟らしいんだ。虎尾《とらお》さんが言うには、少なくともプログラムとしてはエラーログを吐《は》いていないらしい」

わけがわからない。現実に問題は起きている。

「そんな……従業員がいないのは仕様じゃない、なのにエラーでもない、って……どういうことですか？」

「もちろんエラーの一種ではある。なにしろ想定外のことが起きているわけだからね。ただ、システム側は現状をエラーとは診断《しんだん》していない。つまり〝仕様に沿った状況《じようきよう》〟だと判断していることになる。あと実際に、さっきの夜行列車に乗り合わせた毛羽毛現《けうけげん》親子や、車掌《しやしよう》の夜行さん、車内販売《はんばい》の朧車《おぼろぐるま》は正常に稼働《かどう》していただろう？　もし人工知能のシステム全体に問題が起きていたら、同じフィールドで動いている彼《かれ》らにも異常がなければおかしいんだ。しかし、奇妙《きみよう》な問題が起きているのはこのホテル内だけ――そこが解《げ》せない」

この探偵《たんてい》にもわからないことがあったらしい。おそらく推論はいくつかあるのだろうが、情報が足りず絞《しぼ》り込《こ》めずにいる。

「ついでに今日は土曜日だから、開発スタッフの多くが休みだ。このホテル自体がまだ開業前だから、急いで修正するような話でもない。週明けまで特に動きはないだろう。せっかくの温泉旅行が妙《みょう》なことになってしまったな」

探偵《たんてい》が申し訳なげに嘆息《たんそく》した。

「私は一応、虎尾《とらお》さんには借りもあるし、今から調査を手伝うことになった。君らはどうする？　ログアウトしてもいいし、せっかくの機会だからこのまま泊《と》まっていってもいい。ある意味、レアなケースでもある。開業後は人で混雑するだろうしね」

ナユタの心は既《すで》に決まっている。

「私は調査をお手伝いします。万が一、敵が出てきたら探偵《たんてい》さんのステータスじゃどうしようもないでしょうから……コヨミさんはどうしますか？」

コヨミが即座《そくざ》に反応する。

「じゃ、私はなゆさんのお手伝い！　……てゆーか、ホテルで探偵《たんてい》さんと二人っきりになんてさせらんねー！　青少年保護条例的な意味で！」

探偵《たんてい》がコヨミに握手《あくしゅ》を求めた。

「極《きわ》めてありがたい。コヨミ、君ならそう言ってくれると信じていた」

「……私、ホラー的な部分で自分が臆病《おくびょう》だって自覚あるけど、探偵《たんてい》さんも割とナチュラルにヘタレだよね……？　ホラーじゃなくて、法律的な部分で」

この皮肉に、クレーヴェルは真顔で頷《うなず》いた。

「警察官時代に、酷《ひど》い冤罪《えんざい》事例を大量に学んだ。〝疑わしきは罰《ばっ》せず〟が法の在り方であるはずが、こと痴漢《ちかん》や性犯罪の冤罪《えんざい》事例に関しては、〝疑わしきは罰《ばっ》する〟のが通例になってしまっている。あれは下手なホラーよりも怖《こわ》い──もちろん実際に罪を犯《おか》した者を見逃《みのが》すわけにはいかないが、冤罪《えんざい》となると言語道断だ」

ナユタは呆《あき》れ返《かえ》る。

「そこはさすがに、そろそろ信用してください。探偵《たんてい》さん相手にそんな理不尽《りふじん》な真似《まね》はしませ ん」

「まあ、君にそのつもりがなくても、世間の眼《め》というものもあるから……せめて十八歳以上ならともかく、それ以下は恐《おそ》ろしすぎる。導火線の隠《かく》れた爆発物《ばくはつぶつ》と変わらない」

ここまでくると、過去に女性関係で何かあったとしか思えない。

コヨミも妙《みょう》な納得顔《なっとくがお》で頷《うなず》いた。

「まあねぇ……さっきの水着姿とか見ちゃうと、もう〝間違《まち》いがないほうがおかしい〟って判断にはなるよねー……」

二人から哀《あわ》れむような眼差《まなざ》しを向けられ、ナユタは困惑《こんわく》した。

「私にとっては、お二人の発言のほうがよほど理不尽《りふじん》です。それより、調査って具体的には何をするんですか？　適当にホテル内を見て回るぐらいしか、できることなんてなさそうですが」

「それでいい。さっきも言ったとおり、開発スタッフが休日で不在だから連携《れんけい》はとれない。後日、彼《かれ》らが作業しやすいように、内部で何が起きているかを調査するだけだ。当たり前だが、原因の究明やら対処やらは開発側がやる。だから私一人でも十分といえば十分なんだが——」

探偵《たんてい》は単独行動をとりたいようだが、これは呑気《のんき》な温泉旅行を壊《こわ》してしまったことへの罪悪感が理由だった。そのことを看破した上で、ナユタはあえて協力を申し出る。

「いえ、私も気になっているんです。ついさっき、妙《みょう》な気配を感じました。覗《のぞ》きではないと思いますが、屋上の温泉に浸《つ》かっていたら、階段のほうで何かが蠢《うごめ》いたように見えて——確認《かくにん》のために階下へ降りてきたら、このケーキの山があったんです。何かおかしなことが起きているなら、原因を知りたいと思います」

これは純粋《じゅんすい》な探求心の発露《はつろ》であって、他意はない。

黙々《もくもく》とケーキを頬張《ほおば》っていたコヨミが凍《こお》りついた。

「……え。何それ。初耳……」

「すみません。コヨミさんが怖《こわ》がるかと思って黙《だま》っていました」

「なゆさぁあんっ⁉ そういうの良くないっ！ 良くないよっ⁉ 私、呑気《のんき》に泳いでたし！一人にしちゃやだー！」

たちまちコヨミがナユタへすがりつく。言えば言ったで可哀想《かわいそう》なほど怯《おび》えるために、判断が難しい。

クレーヴェルが思案げに顎《あご》を撫《な》でた。

「妙《みょう》な気配……か。ナユタ、その《蠢《うごめ》いた何か》についてだが、大きさなり特徴《とくちょう》なり、何かわからないか？」

「さっぱりです。大きさについては……少なくとも巨大《きょだい》ではないというくらいで、子供か大人かも判断がつきませんでした。階段でしたし、黒い影《かげ》がほんの一瞬《いっしゅん》よぎっただけなので、見間《みま》違《ちが》いかもしれません」

「ふむ……よし。茶会が終わったら、三人でホテル内をもう少し見て回ろう。何かに遭遇《そうぐう》するかもしれない」

コヨミが力なくうなだれた。

「……行きたくねぇー。でも一人で待つのはもっとやだー……なゆさんと温泉でイチャついていたい……」

「どこにいようと何か出てくる時は出てくるでしょうし、待つよりも攻《せ》めるほうが気が楽ですよ？　できる範囲《はんい》の調査を済ませてから、安心してゆっくりしましょう」

ナユタが頭を撫《な》でると、コヨミは諦《あきら》めたようにこっくりと頷《うなず》いた。怯《おび》えている彼女《かのじょ》には悪いが、広い施設《しせつ》を見て回りたいという好奇心《こうきしん》もある。

和《なご》やかながらも忙《せわ》しない茶会を済ませ、ナユタ達《たち》はロイヤルスイートから出た。

鳥居形のホテルだけに、この最上階は左右のタワーをつなぐ連絡《れんらく》通路も兼《か》ねている。片側は客室、もう片側には屋外に面した展望デッキがあり、バンジージャンプ用と思《おぼ》しき飛《と》び込《こ》み台《だい》まで設置されていた。

係員がいないため今は利用できそうにないが、仮にいたとしてもあまりやりたくはない。地上七十階から真夜中のバンジージャンプなど、ホラーとは別次元で恐《おそ》ろしい。

「あそこにも本当は、従業員がいないといけないんでしょうね」

通路からのガラス窓越《ご》しに展望デッキを指さし、ナユタは探偵《たんてい》へ問いかけた。

「だろうね。客向けの屋台まであるのに、誰《だれ》もいない。フランクフルトに焼き鳥、鯛《たい》焼《や》きか――」

「探偵《たんてい》さん、よく見て。フランケンフルトに焼《や》き鳥《からす》、鯉《こい》焼《や》きになってるよ……？」

これはむしろ気づいたコヨミを誉《ほ》めたい。よくよく見なければわからないよう、字体を巧《こう》妙《みょう》にいじってある。

「ほとんど間違《まちが》い探《さが》しですね……やっぱり商品にも変なアレンジがされているんでしょうか」

「機会があれば試《ため》してみたいところだが、こうも人がいないとな――こうしてみると、接客用AIの重要性が身に染《し》みる。自販機《じはんき》でも代用はできそうだが、屋台のほうが風情《ふぜい》もあるし、たとえ作り物であっても人がいるのといないのとでは雰囲気《ふんいき》が大違いだ」

コヨミもナユタの腕《うで》へ抱《だ》きつきながら頷《うなず》いた。

「よくできてるもんねー、最近のAIさん達《たち》……コンビニの店員さんくらいの受け答えは余裕《よゆう》だし、愛想《あいそ》いいし、機嫌《きげん》の善《よ》し悪《あ》しで性格かわったりしないし」

「情報が蓄積《ちくせき》されるほどに、どんどん洗練されていくからな。自動学習タイプはたまにおかしなことになるが、接客に特化したモデルなら必要な挙動もごく限られているから設定しやすい。おまけに同じクオリティの店員のコピーを無限に増やせて、人件費も不要、体調の善《よ》し悪《あ》しもテンションの上下も関係ない——資本家の夢を実現したような、驚異的《きょういてき》なコストパフォーマンスだ」

頷《うなず》きながらも、ナユタは大切なことを付け加える。

「電気さえ止まらなければ、っていう前提はつきますけれどね。あと、今回みたいな状況《じょうきょう》になると対応が意外に厄介《やっかい》そうです」

クレーヴェルが嗤《わら》った。

「違《ちが》いない。あと、AIに携《たずさ》わる技術者は方向性が概《おおむ》ね二つに分かれるんだ。片方は〝人間の生活を便利にするための、機械的な知能〟を目指している。これは自動運転の車や、産業用の工作機械に使われる。もう片方は〝人間の知能を機械的に再現〟することを目指している。コンピューターに感情を理解させ、自然な会話をさせ、つまりは人工的に〝人間のようなもの〟を作り出そうとしている。こっちはなかなか厄介《やっかい》だ。もし高いレベルで成功すれば、〝人工知能にも人権を認めるべきか否《いな》か〟なんて議論に発展する。仮に認めないとなれば、人工知能は自らの人権を求めて決起し、人類を敵視するかもしれない。認めれば認めたで、その後で人工知能は人類を支配、制御《せいぎよ》しようとするかもしれない。これは古いSFでよく扱《あつか》われたテーマだが、そろそろ本気で議論すべき時代へ突入《とつにゅう》しつつある」

コヨミが惚《ほう》けた顔へ転じた。

「……探偵《たんてい》さん、日本語喋《しゃべ》ろう？　ところどころ、ンジャメナ語になってたよ？」

「なっていない。ンジャメナは都市の名称《めいしょう》であって、そんな言語も存在しない——これはね、本来はもっと考えるべきことなんだよ。私が人工知能の立場なら、まず危険性を隠《かく》して便利さをアピールし、徐々《じょじょ》に軍事技術やインフラの中枢《ちゅうすう》へ浸透《しんとう》していく。後は実績を重ねながら、人工知能なしでは世界が成り立たなくなる時代が来るまで、〝決起〟のタイミングを待つ——人間と違《ちが》って、彼《かれ》らはほぼ無限の時間を持っている。待つのも苦にはならないだろう」

長い持論を終えたクレーヴェルが、にっこりとわざとらしく微笑《ほほえ》んだ。

「どうかな？　幽霊《ゆうれい》よりもこちらのほうが怖《こわ》い話にならないか？」

人形のように眼《め》を見開いたコヨミが、かっくんと首を傾《かし》げる。

「よくわかんない」

ばっさりだった。

——一方でナユタは、改めて探偵《たんてい》の話術に感心してしまう。

話の内容自体はどうでもいい。人工知能関連の一般論《いっぱんろん》、あるいはオカルトネタに近く、さして目新しい部分もない。

だがクレーヴェルは、一連の会話を通じてコヨミの思考を翻弄《ほんろう》し、新たな混乱を付与《ふよ》することで彼女《かのじょ》を落ち着かせることに成功した。

あれだけ怖《こわ》がっていたコヨミが、今は普通《ふつう》にぺたぺたと隣《となり》を歩いている。表情はいつもより間が抜《ぬ》けているものの、少なくとも怯《おび》えてはいない。

（探偵《たんてい》さんも、コヨミさんの扱《あつか》いに慣れてきたなあ……）

出会ってまだ一ヶ月足らずだが、探偵《たんてい》事務所に入《い》り浸《びた》っているせいで随分《ずいぶん》と気安い関係にはなった。

やがてナユタ達《たち》一行は、ガラス越《ご》しの展望デッキを横目に、片側のタワーへと差《さ》し掛《か》かった。

階下はほとんどが客室のはずだが、先ほど撮影《さつえい》しておいた館内見取り図によれば、コンサートホールやカラオケボックスもある。

見取り図を眺《なが》めながら歩いていたナユタは、ふと奇妙《きみょう》な点に気づいた。

「探偵《たんてい》さん。この建物って鳥居形でしたよね？」

「ああ。ここはその屋上部分だ」

「鳥居って……一番上の棒の下に、もう一本、棒がありますよね？」

ナユタの指摘《してき》に、探偵《たんてい》はくすりと妙《みょう》に色気のある笑《え》みを浮《う》かべた。

「一番上は屋根にあたる〝笠木《かさぎ》〟、それと密着しているのが〝島木《しまぎ》〟、その下にある横の棒は

"貫"というんだ。ロイヤルスイートがあるのは島木の中央部分、屋上の温泉は笠木の部分だな。なるほど——案内図には〝貫《ぬき》〟がない」

ホテルの外観は紛《まぎ》れもなく鳥居形だった。しかし、内部の見取り図にはこの〝貫《ぬき》〟にあたる横棒について、何も記載《きさい》がない。

「位置としては、ここから十階以上は下だと思いますが……気になりませんか？」

探偵《たんてい》が軽く手を叩《たた》いた。

「なかなかいいところに眼《め》をつけた。隠《かく》し部屋《べや》を作るにはもってこいの場所だ。早速《さっそく》、調べてみよう」

「隠《かく》し部屋《べや》……トラップ……ワープゾーン……チュパカブラ……」

コヨミがまた怯《おび》え出《だ》しそうな気配を察し、ナユタはその耳元に囁《ささや》く。

「チュパカブラは絶対に関係ないです。わざわざ隠《かく》しているくらいですし、もしかしたら〝宝物庫〟的な場所かも……」

「行こ！　はやく行こっ！」

この明快な単純さはたまに見習いたいとさえ思う。テストプレイのためおそらく何も持ち帰れない点は黙《だま》っておくことにした。

エレベーターに乗《の》り込《こ》んだナユタ達《たち》は、五十三階のボタンを押《お》した。

ホテルは七十階建てだが、鳥居の形状からして〝貫《ぬき》〟の部分は四十五階から六十階の間にあると予想できる。五十三階はその中間に近い上、五十三階から五十六階までの三階層はアスレチックスペースとなっていた。

どうやら複数階にわたる大規模な滑《すべ》り台《だい》や、ボルダリング系の設備が集中しているようだが、そうしたものがあれば隠《かく》し通路《つうろ》も仕込《しこ》みやすい。

幾分《いくぶん》かの緊張《きんちょう》とそれを上回る探求心を胸に、ナユタ達《たち》を乗せたエレベーターは、ものの数秒で件《くだん》の階へと到達《とうたつ》した。

§

ホテル内に唐突《とうとつ》に広がったアスレチックスペースは、驚《おどろ》くほど真っ当な代物《しろもの》だった。

三階分の吹《ふ》き抜《ぬ》けと、その高さを生かした螺旋状《らせんじょう》の巨大《きょだい》な滑《すべ》り台《だい》を中心に、上下左右をつなぐ複数のジップライン、壁面《へきめん》のボルダリングスペース、忍者《にんじゃ》の修行《しゅぎょう》を連想させるアスレチックコース等を組み合わせ、ホテルの内部とは思えない見事なプレイフィールドを実現させている。隅《すみ》には子供用のジャングルジムやトランポリン等も設置されており、家族連れならばここだけで一日の時間を潰《つぶ》せそうだった。

その上で、装飾《そうしょく》は全体に和を意識している。

滑《すべ》り台《だい》は流《なが》し素麺《そうめん》の樋《とい》、乗降口は五重《ごじゅう》の塔《とう》で、壁面《へきめん》のボルダリングは城壁《じょうへき》、ジップラインのワイヤーは蜘蛛《くも》の巣《す》を模していた。

外国人が連想する間違《まちが》った日本像にも通じる混沌《こんとん》とした光景ではあるが、これは《あやかし横丁《よこちょう》》のコンセプトとも近い。

ナユタは半ば圧倒《あっとう》されながら、フィールドをぐるりと見回す。

「わ、わー……た、探索《たんさく》するんだよね？　いろいろ調べないとだよね？」

うずうずと落ち着かないコヨミは、どうやら遊びたいらしい。その視線の先を察して、ナユタはコヨミの手綱《たづな》を放す。

「コヨミさんは、すみませんがまず滑《すべ》り台《だい》を滑《すべ》ってみてください。何かのスイッチになっているかもしれません。私もこの周囲を中心に調べてみます」

「がってん！　行ってきまーす！」

放たれた矢、あるいはドッグランにはしゃぐ子犬のような勢いで、コヨミはあっという間に駆《か》け出《だ》した。

周囲の探索《たんさく》をはじめながら、クレーヴェルが小声で呟《つぶや》く。

「……君、コヨミ嬢《じょう》の扱《あつか》いが上手《うま》すぎないか……？」

「ゲームの中なんですから、楽しんでほしいじゃないですか。コヨミさんにはいつもお世話になっていますし」

探偵《たんてい》と話しながら、ナユタは近くの壁《かべ》に設置されたボルダリングの石を摑《つか》んだ。あまり詳《くわ》しくはないが、〝ホールド〟というらしい。もちろん現実で挑戦《ちょうせん》したことはない。

特にやってみたいとも思わないが、少し登った先に、休憩《きゅうけい》スペースらしき空間がある。

「……探偵《たんてい》さん、あの空間、ちょっと怪《あや》しいと思いませんか？」

「怪《あや》しいことは怪《あや》しいが……うん。正直にいえば、あそこに限らずどこもかしこも怪《あや》しく見える」

そもそもアスレチックスペースだけに、隠《かく》し扉《とびら》を仕込《しこ》めそうな箇所《かしょ》は山ほどあった。

探索《たんさく》が長引くことを覚悟《かくご》しつつ、ナユタはホールドに手をかける。

「登って見てきます。探偵《たんてい》さんのステータスでは厳しいと思いますから、下を中心に探してください」

この空間ではプレイヤーのステータスが運動能力に直結する。幸運値しか伸《の》ばしていない彼《かれ》に、この壁《かべ》は少々厳しい。

「わかった。君も気をつけ――」

「あ」

途中《とちゅう》まで登りかけていたナユタは、唐突《とうとつ》に指を滑《すべ》らせた。

ただのボルダリングではない。落下しても負傷の心配がないのをいいことに、〝罠《わな》〟が仕掛《しか》けてあったらしい。

ナユタが摑《つか》んだホールドは、触《ふ》れてから一定時間が経《た》つと軟化《なんか》して滑《すべ》る仕様となっていた。

背中から落下したナユタは、しかしその背を床《ゆか》に打つことなく空中で二本の腕《うで》に抱《だ》き支《ささ》えられる。

「……君にしては珍《めずら》しいミスじゃないか？」

「……はい。私もそう思います」

俗《ぞく》に言う〝お姫様抱《ひめさまだ》っこ〟の体勢だった。

落下したナユタを抱《かか》えたまま、クレーヴェルはからかうような薄笑《うすわら》いを見せる。

「怪我《けが》は……まあ、あるわけないか。ゲームの中だ」

「……すみません。ありが……」

礼を言おうとした矢先——

「きゃっほーい！」

甲高《かんだか》い歓声《かんせい》と共に、コヨミが滑《すべ》り台《だい》を降りてきた。

危機を察した探偵《たんてい》が硬直《こうちょく》する。

滑《すべ》り降《お》りた地点でゆらりと立ち上がったコヨミが、にっこりと恫喝《どうかつ》の笑《え》みを向けた。

「……あっれー？ ……ちょっと眼《め》を離《はな》した隙《すき》に何してくれてんの？ 探偵《たんてい》さん……？」

「……いや。今のはさすがに不可抗力《ふかこうりょく》で……！」

焦《あせ》る探偵《たんてい》を片手で制し、ナユタが代わりに弁解をする。

「壁《かべ》を登ろうとしたら落ちてしまって、探偵《たんてい》さんが受け止めてくれたんです。冤罪《えんざい》は勘弁《かんべん》して

あげてください」

俊足《しゅんそく》で駆《か》け寄ったコヨミが、非難の意図を込《こ》め指先を突《つ》き付《つ》けた。

「なゆさん……！　甘《あま》やかしちゃダメ！　いまその人、さりげなくなゆさんの横乳触《さわ》ってたから！」

「いえ、触《さわ》られてないですから。そもそもお風呂《ふろ》で完全に触《さわ》ってきたコヨミさんが、それを責めるのは無理があると思います」

コヨミがぐっと詰《つ》まった。探偵《たんてい》は不可抗力《ふかこうりょく》だが、コヨミは故意である。この違《ちが》いは大きい。

さすがに分が悪いと察したのか、コヨミが半ばやけっぱちで話題を転じる。

「う……きょ、今日のところは見逃《みのが》すっ！　それよりなゆさんっ！　上に隠し扉《かくしとびら》あったよ！」

怒《おこ》っているのか誇《ほこ》っているのかよくわからない口振《くちぶ》りで、彼女《かのじょ》は滑《すべ》り台《だい》の上方を指さした。

ナユタは素直《すなお》に驚《おどろ》かされる。コヨミの観察力は知っているが、あまりに速い。

「えっ……もう見つけたんですか？　でもあっち、《貫《ぬき》》のある方角じゃないような――」

「――いや、壁《かべ》の中に通路を仕込《しこ》む例はよくある。確認《かくにん》してみよう」

得意顔のコヨミに手を引かれ、ナユタとクレーヴェルは滑《すべ》り台《だい》を構成する五重《ごじゅう》の塔《とう》へと踏《ふ》み込《こ》んだ。

外観は塔《とう》を模しているが、独立した建造物ではなく、背面の半分が壁《かべ》に埋《う》まっている。いわば張りぼての装飾《そうしょく》だが、材質が本物に近いため安っぽくは見えない。

「ここっ！　ここに扉《とびら》があるのっ！　怖《こわ》いからまだ奥《おく》は見てないけど！」

コヨミが指さしたのは塔《とう》の最上、階段のすぐ傍《そば》に据《す》え付《つ》けられた順番待ちのための木製ベンチだった。

一見するとただの簡易なベンチだが、座面の下へ潜《もぐ》ると、蝶番《ちょうつがい》で吊《つる》された壁側《かべがわ》の板がパタパタと動く仕掛《しか》けになっている。

大人一人がようやく這《は》って進める程度の狭《せま》さに辟易《へきえき》しつつ、ナユタ達《たち》はその向こう側へと通《とお》り抜《ぬ》けた。

壁《かべ》一枚を隔《へだ》てた先は、畳敷《たたみじ》きの狭《せま》い部屋だった。

チャンネルがダイヤル式の、レトロなブラウン管テレビが一台。

可愛《かわい》らしい腰丈《こしたけ》サイズの桐箪笥《きりだんす》、赤い布がかけられた鏡台、座布団《ざぶとん》に囲まれた丸い卓袱台《ちゃぶだい》と、昭和の香《かお》りが漂《ただよ》う生活空間がそこにある。

先行したナユタは、その意外な光景に思わず立《た》ち尽《つ》くした。

後に続いたコヨミとクレーヴェルも、わけがわからない様子で首を傾《かし》げる。

「えええ……なに、この部屋。誰《だれ》か住んでるの……？」

「確かに、妙《みょう》な生活感はあるが……ん？　このテレビ、監視《かんし》モニターか——」

探偵《たんてい》がスイッチをいれると、四分割《ぶんかつ》の画面にはアスレチックスペースの各所が映し出されていた。

チャンネルを替《か》えると、場所が次々に切《き》り替《か》わる。広いロビー、屋上の温泉、プラネタリウムに展望レストラン――

ふと何かを思いついた探偵《たんてい》が、テレビ画面にゲームコーナーを映した状態で、床上《ゆかうえ》の出入り口に頭を突《つ》っ込《こ》んだ。

「……ああ、やっぱりか。このテレビで転送先の指定ができるんだ。覗《のぞ》いてごらん」

探偵《たんてい》に代わってナユタも出入り口に頭を入れると、その視界にはアーケードゲームとクレーンゲームの筐体《きょうたい》があった。

「転送ゲート……？　ショートカット用の部屋ってことですか？　だとすると、この生活感はどういう意図なんでしょう――」

戸惑《とまど》うナユタへ、コヨミが唐突《とうとつ》にしがみついた。

「な、なゆさん！　今、あっちになんかいたっ！」

コヨミの視線は部屋の奥《おく》――半開きの襖《ふすま》に向けられていた。

クレーヴェルが素早《すばや》く駆《か》け寄《よ》り襖《ふすま》を開けたが、そこには誰《だれ》もいない。ただ、裸電球《はだかでんきゅう》に照らされた板敷《いたじ》きの廊下《ろうか》を小さな足音が駆《か》けていく。

「追いましょう！」

たった今、ここに何かがいたことは間違《まちが》いない。

「わわわっ！　なゆさん待って！」

「任せた。私は後から行く」

コヨミはすぐに追いかけてきたが、クレーヴェルはそもそもステータスの都合で、ナユタ達《たち》ほど速くは動けない。呑気《のんき》に待っていては対象に逃《に》げられてしまうと、探偵《たんてい》本人もわかっている。

ナユタは装束《しょうぞく》の袖《そで》を翻《ひるがえ》し、燕《つばめ》が滑《すべ》るような速さで廊下《ろうか》を駆《か》け抜《ぬ》けた。

左右には先程《さきほど》の部屋と同様、襖《ふすま》で区切られた小部屋が連なっている。短い間隔《かんかく》で曲がり角が続き、逃《に》げる相手の姿は壁《かべ》に阻《はば》まれてしまい見えないが、足音はさほど遠くない。

そして一分としない内に、ナユタとコヨミは廊下《ろうか》の端《はし》へ到着《とうちゃく》した。

片側には二十枚ほどの襖《ふすま》が長々と連なっている。そのうちの一枚が、今まさにぴたりと閉められた。

逃《に》げていた何者かは、襖《ふすま》と襖《ふすま》の隙間《すきま》から中へ飛《と》び込《こ》んだらしい。

――その奥《おく》では、ざわざわと複数の気配が蠢《うごめ》いている。

コヨミがぶるりと肩《かた》を震《ふる》わせ、ナユタの腰《こし》にしがみついた。

「……な、なゆさん……行くの？　罠《わな》かもしれないよ……？」

「仮にそうだとしても、確認《かくにん》しないと探偵《たんてい》さんも報告ができません。何より……私も気になっています」

ナユタは無造作に、それでいて警戒《けいかい》を怠《おこた》ることなく襖《ふすま》を開けた。

薄暗《うすぐら》い室内から——数多《あまた》の光る眼《め》が一斉《いっせい》に振《ふ》り返《かえ》る。

「ひっ……！」

コヨミが呼吸を詰《つ》まらせた。

ナユタも一瞬《いっしゅん》だけ身構えたものの、室内の様子がはっきりと見えてくるにつれ——彼女《かのじょ》の思考は警戒《けいかい》から困惑《こんわく》へと移ろう。

そこにいたのは、黒い毛並みを持つずんぐりとした小さな獣《けもの》の群れだった。

四肢《しし》が太く短く、頭は妙《みょう》に大きい。

ほぼ二頭身のその姿は、極端《きょくたん》にデフォルメされたぬいぐるみの〝猫《ねこ》〟に近い。

そんな毛玉達《たち》が、畳敷《たたみじ》きの大広間にぎっしりと集《つど》い、グループを作って何かの作業に没頭《ぼっとう》していた。

妙《みょう》に可愛《かわい》らしい集団を前に、怯《おび》えていたコヨミの手からも完全に力が抜《ぬ》ける。

「……え。何してんの、この子達《たち》……？」

猫達《ねこたち》の隙間《すきま》から、床《ゆか》に置かれたいくつもの《プラカード》が見えた。

【ストライキ決行中！】

【祝・メーデー！】

【賃金据《す》え置《お》き！】

【労働猫《ねこ》の権利】

【歳末《さいまつ》大売り出し】

【在庫処分・倒産《とうさん》セール！】

【風　林　火　山】


「……何ですか、これ」

ナユタもつい、困惑《こんわく》のままに問いを発する。

看板を制作中の黒猫《くろねこ》が立ち上がり、とてとてと二人の足下《あしもと》へ歩み寄った。

そっと手渡《てわた》された猫《ねこ》用の小さなプラカードには、【　おやつ増量キャンペーン　】と見事なゴシック体で書かれている。造花で縁取《ふちど》りし、電飾《でんしょく》までついたなかなかの力作だった。

「……何ですか、これ？」

――答えが返ってこないことを承知で、ナユタはもう一度問う。

足下《あしもと》の黒猫達《くろねこたち》は首を傾《かし》げ――

立《た》ち尽《つ》くす二人を、不思議そうにじっと見上げ続けていた。

§

「……で、結局、その話のオチは？」

ゲーム情報サイト《MMOトゥデイ》の管理人、シンカーの呆《あき》れたような質問に、探偵《たんてい》クレーヴェルこと暮居《くれい》海世《かいせい》は溜息《ためいき》で応じた。

ここはクレーヴェルの、現実世界における個人事務所兼《けん》自宅である。登記上はこの自宅が本社扱《あつか》いになっているものの、メインの職場はVR空間にあるため、社員達《たち》がここへ来ることはほとんどない。

訪《おとず》れるのはクレーヴェルと個人的な親交のある者くらいで、シンカーもそのうちの一人だった。

他の仕事の打ち合わせで来たはずが、二人の話は今、先日の《温泉旅行》に及《およ》んでいる。

「オチというか、まあ、AIの猫型《ねこがた》従業員達《たち》が、ホテルから消えていた理由なんだが……要するに、人工知能側の〝勘違《かんちが》い〟だったようだ」

ソファに腰掛《こしか》けたシンカーが、その穏和《おんわ》な眼差《まなざ》しを珍《めずら》しく歪《ゆが》めた。

「勘違《かんちが》い？　何をどう勘違《かんちが》いしたら、そんなことになるんだ？」

一方のクレーヴェルは、オフィスチェアから脱力《だつりょく》気味にひらひらと片手を振《ふ》る。

「どうも中途半端《ちゅうとはんぱ》な自動学習機能がまずかったらしい。ネットから五月一日、《メーデー》、つまり《労働祭》の記録を見つけてきて、それをハロウィンやクリスマスと同様の、祭り的なイベントの一種と勘違《かんちが》いしたようなんだ。さらに〝メーデーの前後には必ずストライキをしなければならない〟と間違《まちが》った情報を得た結果、我々が着いた時は従業員総出でプラカードの制作に没頭《ぼっとう》していた。画像検索《けんさく》で出てきた字を真似《まね》しただけみたいで、関係のない文言が大半だったけどね」

一行が紛《まぎ》れ込《こ》んだ猫達《ねこたち》の空間は、どうやらスタッフオンリーの社員寮《りょう》だったらしい。一般《いっぱん》客《きゃく》も紛《まぎ》れ込《こ》める仕様ではあったが、基本的には隠《かく》しエリアであり、人工知能達《たち》が好きに使えるフリースペースとなっていた。

探偵《たんてい》の分析《ぶんせき》に、シンカーはますます困惑《こんわく》の様子を見せる。

「いろいろ言いたいことはあるんだが……ケーキやティーセットが用意されていたのはどういう理由なんだ？　ストライキからのサボタージュなら、ホテルのサービスも作動しないように思うけれど」

クレーヴェルは肩《かた》をすくめる。

「だから、そこがAIならではの勘違《かんちが》いなんだ。彼《かれ》らは〝仕事をさぼる〟気はなかった。ストライキはこの祭事における義務の一種だと判断し、おやつの用意や客のもてなしに関しては、ストライキをしつつも準備を怠《おこた》っていなかった。ナユタが温泉で見かけた影《かげ》も、客の様子を確《かく》認《にん》する客室係のような個体だったらしい。従業員として客に失礼があってはいけない、しかしストライキは義務として決行しなければならない――なかなかのジレンマだろう？」

嗤《わら》う探偵《たんてい》とは裏腹に、シンカーは疲《つか》れたように目元を押《お》さえる。

「よくわからない……それ、ストライキじゃなくて《かくれんぼ》って言わないか？」

「それは虎尾《とらお》さんも言っていたな。〝ストライキ〟という行為《こうい》を〝客の前から姿を消すこと〟と判断したのかもしれない。要するに言葉の定義付けが曖昧《あいまい》なんだ。自動学習機能の調整ミスなんだが、あそこの運営、少し頭がおかしいから……おもしろいんでそのまま運用するそうだよ」

ここに至って、シンカーが吹《ふ》き出《だ》した。

「そうきたか。君もその方向で進言したのかい？」

「報告書に〝同行した一般《いっぱん》プレイヤー二名の反応は極《きわ》めて好意的だった〟とは書いた。コヨミ嬢《じょう》に至っては、件《くだん》の従業猫達《じゅうぎょうねこたち》と意気投合して一緒《いっしょ》にプラカードまで作っていたな。文面は……【ドッキリ大成功】だったかな」

開発陣《かいはつじん》にとってはとんだドッキリだったはずで、この時はクレーヴェルも思わず失笑《しっしょう》した。

シンカーも笑いながら問いを重ねる。

「しかしそのまま運用ってことは、じゃあ……まさか、今もまだストライキ続行中なのか？」

探偵《たんてい》は首を横に振《ふ》った。

「いや、オープン時からそれはさすがにまずいから、ストをやめさせる見返りに、交換条件《こうかん》として労働環境《かんきょう》の改善を約束したらしい。人員を増量し、三交代制にするそうだ。つまり羨《うらや》ましいことに、AIなのに休暇《きゅうか》がある」

シンカーが思案顔に転じた。

「それは……確か従業員は全員、黒猫《くろねこ》なんだろう？　ホテル内のそこかしこに、休暇《きゅうか》中《ちゅう》の猫《ねこ》達《たち》が我《わ》が物顔《ものがお》で溢《あふ》れ返《かえ》ることにならないか？」

「なるだろうね。大方、ストライキへの対応を免罪符《めんざいふ》に猫《ねこ》を増やしたかっただけだろう」

アスカ・エンパイア──あるいは《百八の怪異《かいい》》に関しては、開発チームの方向性からしてややおかしい。そのおかしさを許容できるプレイヤーばかりではないのだろうが、今のところ、大きな問題は起きていない。

話が一段落したところで、クレーヴェルは嘆息《たんそく》を重ねる。

従業員が猫《ねこ》であることは、そもそもホテルの玄関《げんかん》にかかった巨大《きょだい》な提灯《ちょうちん》を見た時に気づくべきだった。クレーヴェルはそこに書かれた《招鬼》という文字を「しょうき」と読んだが、正しくは「まねき」であったらしい。

ロビーにはご丁寧《ていねい》に黄金の猫大仏《ねこだいぶつ》まであったし、後に虎尾《とらお》から聞いたところでは、今回のホテルの制作者は《化《ば》け猫茶屋《ねこちゃや》》の仕掛《しか》け人《にん》と同一人物だという。

こうした運営の猫押《ねこお》しには「予算の削減《さくげん》」という側面もある。既《すで》にある3Dモデルを流用し、接客用にカスタマイズして育てたＡＩも流用し、さらに今回のホテル経営をデータの蓄積《ちくせき》につなげ――ゆくゆくは《ＶＲ空間で飼うデジタルペット》の販売《はんばい》にこぎ着けるつもりらしい。

似たようなものは既《すで》にあるが、それらのＡＩは大昔のロボットペットとさして代《か》わり映《ば》えがしない。《人間らしいＡＩ》の発展は現在進行形で各社が競争中だが、《愛玩《あいがん》動物専用のＡＩ》はライバルが少なく、将来的にも一応は有望な分野といえる。

新しい紅茶をつぎ直し、シンカーが声をひそめた。

「それにしても……君、さっきから浮《う》かない顔だ。何か心配事でもあるんじゃないか？」

かつては解放軍を束ねていたリーダーだけに、このあたりは目聡《めざと》い。

隠《かく》すような話でもなく、クレーヴェルは素直《すなお》に頷《うなず》いた。

「今回の一件。終わってみれば〝ＡＩの勘違《かんちが》いによる笑い話〟だったけれど……見方を変えれば、事象としてはまさに〝ＡＩの反乱〟そのものだった」

シンカーも無言で頷《うなず》いた。

彼《かれ》も話の途中《とちゅう》から、そのことに気づいていたらしい。顔では笑いながら、時折、思案するような眼差《まなざ》しに転じていた。

「確かに危険性はなかった。あくまで《今回》はね。だが、ＡＩも人間と同様に勘違《かんちが》いをするし、場合によってはおかしな思想に毒されることもある。今回の件はそうした実例の一つだし、笑い話で済ませていい話ではないようにも感じている」

ホテルの猫型《ねこがた》AI達《たち》は、悪意を持たずに、運営側が想定していなかった《ストライキ》という行動に出た。

こうしたAIによる想定外の暴走は、それこそ古典SFの時代から何度も創作物において指《し》摘《てき》されてきた、いわば月並みなものではある。現実として「それ」に向き合うべき時代がいよいよ到来《とうらい》したことに、多くの人間はまだ気づいていない。

とはいえ、何も問題が起きていないうちから危機感を煽《あお》ったところで、「大袈裟《おおげさ》だ」と笑い飛ばされてしまう。

シンカーが心持ち声をひそめた。

「君の会社、そういうAI系のセキュリティチェックにも力を入れているんだろう？」

「やろうとしてはいるけれど、うちみたいな零細《れいさい》はまだ手探《てさぐ》りだ。自慢《じまん》できるようなノウハウはない。いやまったく……第一の箱は《VR技術》、第二の箱は《ザ・シード》、第三の箱は《人工知能》――ここ数年で、人類は立て続けにパンドラの箱を開けすぎだ。いったいこの世には、いくつのパンドラボックスが埋《う》まってるんだろうな」

ぼやく声には若干《じゃっかん》、皮肉の響《ひび》きが込もった。

シンカーがかすかに笑う。

「百八個くらいじゃないか？　少なくとも煩悩《ぼんのう》の数は超《こ》えてくるだろう――ああ、煩悩《ぼんのう》といえば」

ずいっと身を乗り出し、彼《かれ》は真正面からクレーヴェルの眼《め》を覗《のぞ》き込《こ》んだ。

「話は変わるが、君に友人として、一つ忠告しておくことがあったんだ」

――だいたいの想像はつく。が、クレーヴェルとしては微笑《びしょう》とともにすっとぼけるしかない。

「何かな？　特に心当たりはないけれど」

「白々しい……いや、妻帯者の立場で、独身者の異性関係に口出しをするような野暮《やぼ》はしたくないんだけれど……さすがに〝二股《ふたまた》〟はまずいだろう」

「……待った。ちょっと待ってくれ。いや、本当に」

想定外の方向から責《せ》められて、クレーヴェルは薄笑《うすわら》いから真顔へと転じた。

シンカーが馬鹿《ばか》真面目に眉根《まゆね》を歪《ゆが》める。

「虎尾《とらお》さんから聞いた。少し年下で可愛《かわい》い系のＯＬと、かなり年下の大人っぽい女子高生、二人を侍《はべ》らせてリゾートホテルで豪遊《ごうゆう》した挙げ句、ロイヤルスイートの代金を踏《ふ》み倒《たお》したんだって？」

思わず頭を抱《かか》えそうになった。

「……うん、悪意しかないな。全体の構図として完全に間違《まちが》っているのに、一つ一つのポイントは否定しにくいあたりに酷《ひど》い理不尽《りふじん》さを感じる。こういう時はあれか？　虎尾《とらお》さんを名誉毀《めいよき》損《そん》で訴《うった》えればいいのか？」

「二股《ふたまた》じゃないのか？　テストプレイのログを検証していたスタッフが、呪詛《じゅそ》の言葉と共に人生の不条理を嘆《なげ》いて職務放棄《ほうき》しそうになったから、虎尾《とらお》さんが必死でなだめて事なきを得たとも聞いたけど——原因特定の後、相当お楽しみだったらしいじゃないか」

「……楽しくなかったとは言わないが……多分、君が想像するような楽しさじゃないぞ……？」

——あの夜のことはよく覚えている。

いつの間にかコヨミが猫達《ねこたち》と《丁半博打《ばくち》》をはじめてしまい、負けが込《こ》んできたところでクレーヴェルが交代し、持ち前の幸運値の高さとは無関係に無双《むそう》をかました。

あまりに勝ちすぎて猫達《ねこたち》から神として崇《あが》められ、記念品、あるいはお供え物として黄金のミニチュア猫大仏《ねこだいぶつ》まで貰《もら》ったが、これはテストプレイだったために持ち帰れていない。

その後は猫達《ねこたち》を交えてカードゲームやボードゲームに興じ、結局、せっかくの広い寝室《しんしつ》に戻《もど》ることなくその場で眠《ねむ》ってしまった。

ある意味、「二人の若い娘《むすめ》と一夜を共にした」と言えなくもないが、言葉の印象と現実との間には強固な壁《かべ》がある。大量の猫達《ねこたち》も周囲にいた。

「従業員の猫達《ねこたち》を交えて、ほぼ一晩中、ゲームに興じていただけだ。あんなのは学生時代以来で、楽しかったことは否定できないが、やましいことは何一つない」

シンカーが首を傾《かし》げた。

「……でも聞いた話だと、他にも水着やらお姫様抱《ひめさまだ》っこやら……あと、目が覚めた時にも

「すまない。誰《だれ》か来た」

ちょうどいいタイミングでインターホンが鳴った。

宅配便か何かだろうと、クレーヴェルは逃《に》げるように玄関《げんかん》へ出る。その対応をする間に、シンカーからの追及《ついきゅう》をかわす言い訳を考えなければならない。

だが、そんなクレーヴェルの目論見《もくろみ》は三秒と経《た》たずに崩《くず》れ去《さ》った。

開けたドアの前には、ブレザーの制服に身を包んだ黒髪《くろかみ》の女子高生が立っている。

「こんにちは、探偵《たんてい》さん。いきなり来てしまってすみません。親戚《しんせき》が山菜を送ってくれたんですが、大量にいただいてしまったので、ちょっとお裾《すそ》分《わ》けを……あれ？　お客さんがいらしているんですか？」

涼《すず》やかな声音《こわね》に誘《さそ》われて、シンカーが奥《おく》の部屋から姿を現す。

――ここ最近、ナユタは受験勉強のために、クレーヴェルの事務所へちょくちょく訪《おとず》れていた。当初はVR空間でのみという話だったが、ログイン中はコヨミや他のフレンドからも連絡《れんらく》が来るために集中しにくく、なし崩《くず》し的にこの事務所にも彼女《かのじょ》が訪《おとず》れるようになってしまった。

ただの一人住まいの部屋ならばナユタも遠慮《えんりょ》しただろうが、ここは事務所としても機能している。応接セットを含《ふく》め、部屋の雰囲気《ふんいき》も生活感を排除《はいじょ》してオフィスらしく整えているため、あまり抵抗《ていこう》はないらしい。

シンカーの姿を認めて、ナユタは楚々《そそ》と丁寧《ていねい》なお辞儀《じぎ》をした。

「はじめまして。暮居《くれい》さんの友人でナユタといいます。暮居《くれい》さんには、いつもお世話になっていまして……」

「ああ、いや、こちらこそはじめまして……ええと、クレーヴェル……？」

ナユタの完璧《かんぺき》な一礼にあわせ、シンカーが痛ましげな眼差《まなざ》しをクレーヴェルに向けた。

「……これはまた、噂《うわさ》以上に随分《ずいぶん》と綺麗《きれい》なお嬢《じょう》さんだな？」

「……何を言っても信じてもらえないと思うが、私は断じて、人の道には外れていない」

辛《かろ》うじてそれだけは主張すると、シンカーはすべてを悟《さと》ったように穏《おだ》やかな顔で、クレーヴェルの肩《かた》を優《やさ》しく叩《たた》いた。

「お邪魔《じゃま》だろうから、今日はこれで失礼する。また今度、虎尾《とらお》さんも一緒《いっしょ》にじっくりと話し合おう」

「……それは本当に〝話し合い〟なのか？　〝吊《つる》し上《あ》げ〟じゃなく？」

「そこは君の言い訳次第《しだい》だけど……すまん。なんとも言えない」

そそくさと事務所を出ていくシンカーの背を見送り、ナユタが不安げに囁《ささや》いた。

「今の人、どこかで見たような……？　……あの、すみません、探偵《たんてい》さん。もしかしてお邪魔《じゃま》でしたか？」

「いや……問題ない。仕事の話は終わって、どうせもうじき帰るところだったから」

大人として、この状況《じょうきょう》で動揺《どうよう》は見せられない。これは探偵《たんてい》のささやかな意地である。

ナユタは遠慮《えんりょ》がちに事務所へ入りつつ、鞄《かばん》からエプロンを取り出し、制服の上に身につけた。

慣れた様子でキッチンに立ち、持ってきた山菜の下拵《したごしら》えを始めながら、彼女《かのじょ》は淡々《たんたん》と怜悧《れいり》な声を寄越《よこ》す。

「山菜と一緒《いっしょ》に、お蕎《そ》麦《ば》も送っていただいたんです。お夕飯、山菜蕎麦《そば》でいいですよね？　少しかかりますから、お仕事でもして待っていてください」

「……うん。ありがとう」

それだけ言うと、探偵《たんてい》は事務机の前に泰然《たいぜん》と座《すわ》った。

——どこでどう判断を間違《まちが》えたのか、実は彼自身《かれじしん》もよくわかっていない。

VR空間の探偵《たんてい》事務所で共に過ごすうちに、現実の空間でも自然体で接するようになってしまったことがそもそもの原因だが、シンカーの反応を見る限り、やはり現状は世間体《せけんてい》の面でまずいらしい。

（さて、どうしたものか——）

推理力にはある程度、自信がある。しかしながら、推理だけではどうにもならない事象が世の中の大半を占《し》めている。

今後の対応に迷いながら、彼《かれ》はまるで逃避《とうひ》行動のように、ひとまずは仕事のメールをチェックし始めた。

《百八の怪異》

開発室裏話　其の壱

おいでませ猫の宿・招鬼屋温泉リゾートホテル

田舎の山中には不似合いな、ツインタワーの鳥居型超高層ホテル――これは本来、公開される予定のなかった施設である。

その正体は、運営側の社員達が上司に無断でこっそり作っていたVR空間の保養所であり、制作には開発部どころか人事部、総務部、法務部の人員まで自由参加で関わっていた。

部署毎の枠を越えた一大プロジェクトという見方もできなくはないが、そもそもの目的が目的だけに、発覚時には一部管理職から「給料泥棒」なる罵声まであがっている。

しかしながら、まとまった休暇がとれないことへの鬱憤をぶつけたその完成度には鬼気迫るものがあり、CTO（最高技術責任者）・椽守氏の熱烈な推薦を経てゲーム内への実装が決まった。

なお制作者達が趣味に走った調整をしていたためか、従業員用猫型AIの挙動にも若干、不可解な点が目立つ。

外部協力者によるテストプレイ時、たまたまストライキに突入していた彼らは、その後、労使交渉を通じていくつかの要求を出してきた。

その詳細は伏せるが、調整担当者が「……ハムスターの飼育許可って大丈夫ですかね……？」と、しばらく戸惑っていたことは明記しておきたい。

二章

茶番劇　化鼠之宴

ちゃばんげき・ばけねずみのうたげ

探偵《たんてい》クレーヴェルには複数の顔がある。

和風VRMMO《アスカ・エンパイア》内での、海外客向けの観光ガイドという顔。

ゲームの運営側と太いパイプを持ち、時にはその依頼《いらい》を受けてエラーの検証やテストプレイを行う便利屋としての顔。

その立場を活用し、《アスカ・エンパイア》とコラボレーションを行う各種企業《きぎょう》への助言、提案を行うコンサルタントとしての顔。

そして現実世界における、セキュリティ関連の零細企業《れいさいきぎょう》「クローバーズ・ネットワークセキュリティ・コーポレーション」代表取締役社長《だいひょうとりしまりやくしゃちょう》、暮居海世《くれいかいせい》としての顔。

「……で、どれがメインの収入源なの？　年収は？」

「答える必要性をまったく感じない」

休日の三《み》ツ葉《ば》探偵社《たんていしゃ》。

忍《しのび》のコヨミが発した不躾《ぶしつけ》な問いに、クレーヴェルが執務机《しつむづくえ》から淡々《たんたん》と応じた。

簡易キッチンで紅茶を淹《い》れながら、ナユタも呆《あき》れた声で横やりをいれる。

「コヨミさん、そういう質問は良くないですよ。個人のプライバシーに関わることなんですから」

背後から抱《かか》え込《こ》んだ猫又《ねこまた》の両手を持って踊《おど》らせながら、コヨミが適度にむくれた声を返す。

「だって気になるじゃん！　もし一千万超《こ》えてたらなゆさんと結婚《けっこん》できる可能性が微粒子《びりゅうし》レ

ベルで存在するかもだし！」

——いつぞや、ココミからのプロポーズに「年収一千万を超《こ》えたら考える」と応じたことがある。

「あんな冗談《じょうだん》を真に受けないでください。だいたい二十代で年収一千万って、千人に一人いるかいないかですよね？　そこまで高望みする気はありません」

クレーヴェルが肩《かた》をすくめた。

「君なら捕《つか》まえられそうだが……割合は調査の仕方によるな。結婚《けっこん》相談所やら転職サイトやら、そういった自己申告《しんこく》の調査結果だと少し増えるが、厚労省《こうろうしょう》の調査だと0・0％だったように記《き》憶《おく》している。小数点一桁《けた》までのデータだったからそれ以上の詳細《しょうさい》はわからないが、千人に一人以下と見ていい。二十代に限定するなら、野球やサッカー、競馬や競艇等《きょうていなど》のスポーツ選手、ベストセラー作家に売れっ子の芸能人、あとは金融系《きんゆうけい》に商社系、マスコミ系の大手……それから飲食系の経営者やホスト、ホステスも、トップクラスなら相当儲《もう》かる。こうして職種を並べてみるとそれなりにいそうにも見えるが、もちろん実数としては決して多くない。三十代以降なら医師や一般企業《いっぱんきぎょう》の幹部、一部の公務員なども入ってくるが、二十代で一千万となるとなかなか厳しいだろうね」

ココミがじっとりと眼《め》を細めた。

「……なんかなー……それ、結婚《けっこん》相談所とか転職サイトだと嘘《うそ》ついてる人が混ざるってこと？」

「そうとも言い切れない。見栄《みえ》っ張《ば》りや詐欺《さぎ》目当ての輩《やから》も多少はいるだろうが、そもそも一定の収入があって、なおかつ結婚《けっこん》や転職を考える人間でなければ登録すらしないわけだし、この時点で統計としての母数がかなり絞《しぼ》られる。たとえば厚労省《こうろうしょう》の調査には、学生アルバイトやパートの人間も含《ふく》まれるが、転職サイトの登録者はその多くが就職済みで、しかも転職希望の人間が母数になる。とはいえ厚労省《こうろうしょう》の場合も、確か源泉徴収《げんせんちょうしゅう》対象者に絞《しぼ》った統計だから……アルバイトをしていない学生や、そもそも働いていない人間は含《ふく》まれていないはずだ。そうした人々をも母数に加えれば、更《さら》に割合は低くなるだろう」

コヨミが抱《かか》えた猫又《ねこまた》の肉球をクレーヴェルに向けた。

「異議有り！　探偵《たんてい》さんの年収から話がずれている！」

「……せっかく頑張《がんば》ってずらしたんだから、そのまま流したまえ」

クレーヴェルが狐《きつね》じみた眼《め》を歪《ゆが》めた。

「そもそもね、私の報酬《ほうしゅう》はほぼ出来高制なんだ。割のいい仕事が連続で舞《ま》い込《こ》めばそれなりに増えるし、仕事がなくなればたちまち干上《ひあ》がる。そういう不安定な立場だから、年毎《としごと》の変動が大きい」

ナユタも見かねてコヨミの頭を撫《な》でた。

「気になるのはわかりますけれど、やっぱりそういうことを聞くのはマナー違反《いはん》ですよ、コヨミさん」

「……本音は？」

「少ないと同情してしまって心苦しいですし、こうしていつもゲームで遊んでいるのに高収入だとそれも腑《ふ》に落ちないので、いっそ聞かないほうがいいと思います」

ナユタの言葉に、探偵《たんてい》が深々と頷《うなず》いた。

「正しい判断だ。ただ、私は今も普通《ふつう》に仕事中だからね？　むしろ遊んでいる時間のほうが少ない。その点は誤解しないでくれ」

執務机《しつむづくえ》でパソコン型のツールを操作しながら、探偵《たんてい》はナユタが淹《い》れた紅茶をすすった。仮想空間では水分補給にもならないが、嗜好品《しこうひん》として味わう分には支障がない。

コヨミが不機嫌《ふきげん》に唸《うな》った。

「まー、私も本気で教えてもらえると思ってたわけじゃないけどさあ。探偵《たんてい》さんの胡散臭《うさんくさ》さがあまりにもアレっていうか……そもそも探偵《たんてい》さんはプライベートを隠《かく》しすぎ！　年収は教えなくてもいいから、せめて仕事の愚痴《ぐち》とかこぼそうよ。そんなんだから存在感がＮＰＣなんだって」

「無茶を言うな。セキュリティ関係、コンサルタント業務、テストプレイ、それに探偵《たんてい》――どの業務も守秘義務の塊《かたまり》だ。私に許された話題など、天気と食事関連くらいなものだよ」

探偵《たんてい》は淡々《たんたん》と嘯《うそぶ》く。

この言《げん》を無視して、コヨミがすかさず片手をあげた。

「あ。私、探偵《たんてい》さんの女性遍歴《へんれき》聞きたい！　それ聞いた上でなゆさんが安全かどうか判断する！」

「守秘義務の最たるものだ」

とりつく島もない。

もっとも、双方《そうほう》ともに相手の反応を予測した上でじゃれあっているだけではある。こうした軽口をたたける程度まで親しくなったことはむしろ喜ばしい。

性悪狐《しょうわるぎつね》の尻尾《しっぽ》にやんちゃな豆柴《まめしば》がじゃれつく様を連想しながら、ナユタはコヨミのリードを引っ張った。

「お仕事の邪魔《じゃま》はこのくらいにして——コヨミさん、新規クエストの配信時刻が近づいてきましたよ。《獣探訪《けものたんぼう》・元禄化秘祓絵巻《げんろくかびばらえまき》》、楽しみにしていたんですよね？」

ナユタが口にした今週の新規クエストは、宝探し的なボーナスイベントである。

大量のカピバラの群れをかき分けて、その中にランダムで紛《まぎ》れたウォンバットを探し出し確保するというよくわからない内容だが、推奨《すいしょう》レベルは1以上、年齢《ねんれい》制限なし、恐怖度《きょうふど》0という事前情報からもわかるとおり、どうやら子供向けのお遊戯的《ゆうぎてき》なイベントとして、運営側が用意したものらしい。

協賛企業《きぎょう》として、とある動物園の名前もあがっていたが、そもそもこれは《百八の怪異《かいい》》への投稿作《とうこうさく》ではない。分類としては、百物語にも七不思議にも該当《がいとう》しない《名所案内》という特《とく》殊《しゅ》なカテゴリに属している。

先日のリゾートホテルも同様で、ストーリー性が薄《うす》く、クリアの概念《がいねん》もない追加の娯楽施設《ごらくしせつ》等が、このカテゴリで実装されていく流れとなっていた。

ココミがソファから飛び降りる。

「そうそう、すっごい楽しみにしてたの！　ゴールデンウィーク特別企画《きかく》！　大量のカピバラをモフり放題！　探偵《たんてい》さんはこの後、ガイドのお仕事で富士山《ふじさん》登ってくるんでしょ？　私はなゆさんとカピバラもふってくるから！　もふり倒《たお》してくるから！」

「……ああ、うん。楽しんでくるといい」

ココミのテンションに若干《じゃっかん》引きながら、クレーヴェルが「とっとと行け」と言わんばかりに手を振《ふ》った。

「はい。それじゃ、行ってきます。終わったらメッセージを送りますね」

ココミを伴《ともな》い、ナユタは一礼を残して事務所を出る。

エントランスの巨大《きょだい》な黒猫大仏《くろねこだいぶつ》は、何故《なぜ》か両手で眼《め》を覆《おお》い、「見ざる」のポーズで固まっていた。

頻繁《ひんぱん》にポーズが変わる猫仏《ねこぼとけ》にも軽く会釈《えしゃく》し、二人はもうすっかり慣れた階段を足早に降りていった。

§

連休初日の宵闇通《よいやみどお》りは、いつもより人通りが多かった。

各店舗《てんぽ》も概《おおむ》ね盛況《せいきょう》のようで、ことに連休限定のグッズや飲食物を出している店は客足が絶えない。

ナユタとコヨミも、近くの屋台で白い大猿《おおざる》の《猩々《しょうじょう》》から干《ほ》し柿《がき》のケーキバーを買い、食べ歩きをしながら転送ゲートの駅を目指した。

コヨミが一口目で歓声《かんせい》をあげる。

「あ、これ意外においしい！　風味だけじゃなくて、本物の干《ほ》し柿《がき》が練《ね》り込《こ》んである！」

仮想空間の飲食物を本物呼ばわりする是非《ぜひ》はさておき、言わんとしていることは伝わった。

「生地《きじ》に柿《かき》のペーストを練《ね》り込《こ》んだ上で、大きく切り分けた干《ほ》し柿《がき》をそのまま混ぜているんですね。こういうの、現実にもあるんでしょうか？」

「うーん。ケーキとして焼くと、干《ほ》し柿《がき》にも火が通って風味が変わっちゃいそう。これも仮想スイーツなのかなー」

つい最近まで、VR空間の飲食物は「いかにして現実の味を再現するか」という方向性で急速に進化してきた。

　そして、この再現がある程度のラインに達した現在は、いよいよ「現実では不可能な味」に挑戦《ちょうせん》した商品が開発されつつある。

　バニラ風味のえんどう豆、西瓜《すいか》のような食感の蜜柑《みかん》、冷めないフライドポテト等、方向性は様々ながら、VRグルメ市場は確実に拡大していた。

「あー。でもこの間のアレはほんとヤバかったよね……ほら、タイヤ味のドーナツ……」

「……普通《ふつう》にタイヤでしたよね、あれ」

　何分にも試行錯誤《しこうさくご》の段階であり、ハズレも多い。

　やがて二人は、路面電車の駅を模した転送ゲートに辿《たど》り着《つ》いた。

　電車は常に停車中であり、乗《の》り込《こ》んでから行き先を指定すると、ものの数秒で目的地へ到着《とうちゃく》する。

　路面電車の雰囲気《ふんいき》を楽しむ目的で、のんびりと揺《ゆ》られながらあやかし横丁《よこちょう》の各地を見物することも可能だが、今日の目当てはあくまで新規クエストだった。

　目的を同じくするプレイヤー達《たち》が、次々に電車へ流《なが》れ込《こ》んでいく。

　形態こそ路面電車だが、仕様は転送ゲートとほぼ変わらない。乗《の》り込《こ》んだ乗客は車内での切符《きっぷ》購入《こうにゅう》と同時に目の前で消えてしまう。

　ナユタ達《たち》もその列に続き、券売機から転送先を選択《せんたく》した。

　切符《きっぷ》の排出《はいしゅつ》とほぼ同時に視界が切《き》り替《か》わり、電車がプレイフィールドへ着く。

《百八の怪異《かいい》》においては、ホラーの雰囲気《ふんいき》作《づく》りのために、同時にプレイできる人数を各クエスト毎《ごと》に制限している。

常に一人で挑戦《ちょうせん》するしかない《肝試《きもだめ》し》。

同時に進入したパーティーメンバーとだけプレイできる《道連れ》。

一定数の他のパーティーとも遭遇《そうぐう》する《鉢合《はちあ》わせ》。

特に制限がなく、参加プレイヤーのすべてが同一空間に転送される《天地万象《てんちばんしょう》》——

今回のカピバラ祭りは《天地万象《てんちばんしょう》》扱《あつか》いであり、フィールドには他のプレイヤーが大量に存在していた。

まるで開園直後の人気動物園の如《ごと》く、路面電車からも多くのプレイヤーがぞろぞろと降りていく。

その人混みに紛《まぎ》れたナユタとコヨミは、思わず目の前の光景に息を呑《の》んだ。

そこには、視界を埋《う》め尽《つ》くす茶色い毛並みの海が広がっていた。

抜《ぬ》けるような青空の下、丸々と太った大量のカピバラ達《たち》が、地べたに転がっている。

ゆっくりと歩き回る個体も中にはいたが、八割方はだらけきっており、先着した数多《あまた》のプレイヤーが毛玉の海に埋《う》もれていた。

コヨミが感動に声を震《ふる》わせる。

「す、すげぇ……これが……これこそがまさに人類の叡智《えいち》……！　VR技術の新たな地平！

全米が泣いた感動の実話！」

語彙《ごい》がないのに無理をしているため、三つ目あたりでネタ切れになるのがコヨミの常だった。

「……たぶん技術的にはものすごく初歩的というか、単純に数がすごいだけのような……」

一応は突《つ》っ込《こ》みをいれつつ、しかしナユタも圧倒《あっとう》されてはいる。

どう見積もっても数十万――下手をすれば百万匹以上のカピバラがこの場に集《つど》っている。

そのすべてが破壊《はかい》不能オブジェクト扱《あつか》いであり、攻撃《こうげき》は一切《いっさい》通じないが、逆に攻撃《こうげき》される心配もない。

海のように広がった茶色い毛玉の波間では、他のプレイヤー達《たち》がまともに立つこともできず、いいように翻弄《ほんろう》されていた。

手前にはまだ歩ける隙間《すきま》もあるが、奥《おく》へ行くに従って足の踏《ふ》み場《ば》が完全になくなる。

必然的に、多くのプレイヤーはカピバラの群れに頭まで埋《う》もれ、その背をかき分けつつ這《は》って進むような有様《ありさま》となっていた。

「……ウォンバットって、奥《おく》に行くほど出現率が高くなるんでしたっけ？」

「そう！　先に行くね！　ひゃっは――――！」

堤防《ていぼう》のような石垣《いしがき》を飛び降り、コヨミがカピバラの密集地帯へと飛《と》び込《こ》んだ。

その小さな体はたちまちもこもことした毛玉の海へ埋《う》もれ、ナユタの視界から完全に消えてしまう。

「……えぇー……」

いかに可愛《かわい》いとはいえ相手は獣《けもの》である。数も尋常《じんじょう》でない。

後に続くのを若干《じゃっかん》ためらい、ナユタはぐるりと周囲を見回した。

フィールドは清々《すがすが》しいほどの晴天だった。

投稿《とうこう》作品でないとはいえ、青空の下での進行は、《百八の怪異《かいい》》においてはかなり珍《めずら》しい。

イベントの起点となる《あやかし横丁《よこちょう》》が常に夜の街であり、またコンセプトがホラーである事情も手伝って、配信されるクエストもその多くが夜のみの舞台《ぶたい》設定となっている。

例外的なクエストとしては、たとえば白い霧《きり》の深さを演出するためにあえて昼の設定とした《霧《きり》の中の地獄《じごく》》や、鬱々《うつうつ》たる曇天《どんてん》の下、森の奥深《おくふか》くで行方《ゆくえ》不明者を捜《さが》す《ひとり足りない》などがあるものの、数としてはやはり少数といっていい。

ましてや、今回のようにホラーとはまるで無縁《むえん》の、日曜日の動物ふれあい広場的なクエストはさすがに変化球もいいところだった。

改めて、ナユタは青空の下に蠢《うごめ》く大量のカピバラ軍団を眺《なが》める。

大量発生しているのがワニやサメ、怪獣《かいじゅう》やゾンビの類《たぐい》ならばともかく、カピバラである。

もちろん現実であれば、生態系や農作物などへの脅威《きょうい》になりえるが、ゲームの中にそうした要素はない。

足下《あしもと》にのそのそと歩み寄ったカピバラを見下ろしつつ、ナユタはコヨミを追うべきか否《いな》か思案を重ねた。

仮に追ったところで、あの群れの中で今から合流できるとは思えない。また合流できたとしても、それから何ができるかと問われればおそらく何もできない。

周囲を見てもカピバラの波に流され翻弄《ほんろう》されるプレイヤーばかりで、まともに歩ける範囲《はんい》は堤防《ていぼう》の上を含《ふく》む外周部だけだった。

今回のイベントでは、この大量のカピバラの群れに紛《まぎ》れた少数の《ウォンバット》を見つけ出さねばならない。

カピバラ五百匹に対し一匹前後の割合で混ざっており、誰《だれ》かが確保するごとに新たな個体が自動的に湧《わ》いてくるため、早い者勝ちというわけではない。

ウォンバットを一匹確保するごとに富籤《とみくじ》が手に入り、三ヶ月後の夏休み期間中を目処《めど》にレアアイテムの抽選《ちゅうせん》が行われることになっている。

一人が取得できる富籤《とみくじ》は五十枚まで、一人が捕《つか》まえられるウォンバットは一日三匹まで、等々、細かなルールはいろいろとあるが、ひとまずは何も考えずカピバラに埋《う》もれるのが正しい遊び方なのかもしれない。

不意にメッセージの着信音が聞こえた。

メニューウィンドウを中空に表示し、ナユタはその内容を確かめる。

【 でられなくなった 】

コヨミからの救難信号を黙殺《もくさつ》し、ナユタは芝生《しばふ》に座《すわ》った。

ちょうどいいクッションと認識《にんしき》されたのか、先程《さきほど》から懐《なつ》いていた一匹のカピバラが膝《ひざ》の上にのっそりとのしかかる。

適度な重みと温かさがなかなかに心地《ここち》よい。

撫《な》で回《まわ》した感触《かんしょく》はおそらく本物のカピバラよりも柔《やわ》らかく、骨の存在も感じられない。どうやらぬいぐるみに近い仕様らしい。

カピバラを撫《な》で回《まわ》しつつ、吸《す》い込《こ》まれそうな青空をのんびり眺《なが》めていると、横方向から唐突《とうとつ》な歓声《かんせい》があがった。

「いた！　ウォンバットだ！」

他のプレイヤーが、件《くだん》のウォンバットを見つけたらしい。

直後、カピバラを膝《ひざ》に乗せたナユタめがけて、茶色い毛の小さな塊《かたまり》が飛《と》び込《こ》んでくる。

思わず両腕《りょううで》で抱《だ》き留《と》める格好になったナユタは、その愛らしい獣《けもの》に一瞬《いっしゅん》で心を奪《うば》われた。

くりくりとした黒く穏《おだ》やかな眼《め》、丸みを帯びた平たい鼻、太く短い手足にぬいぐるみのような抱《だ》き心地《ごこち》と、およそ非の打ちどころがない。

尻《しり》の部分だけが妙《みょう》に堅《かた》いが、これは本物のウォンバットも同様だと、ナユタも知識としては知っている。触《さわ》ったことはないため、実物と比べてどうこうというのはわからない。

ナユタにしがみついて甘《あま》えるウォンバットを指さし、巫女《みこ》姿《すがた》の子供が甲高《かんだか》い声をあげた。

「ああー！　ほら、パパ。やっぱり追いかけたら逃《に》げるんだよ。ゆっくり近づいて迎《むか》え入《い》れなきゃ！」

「すまんすまん……そうか、捕獲《ほかく》ってそういうことか……」

捕獲《ほかく》対象を見つけたからといって、無闇《むやみ》に追いかければいいというものではないらしい。

待《ま》ち伏《ぶ》せのほうが有効ならば、やはり今回のイベントはステータスの差があまり影響《えいきょう》しない仕様であり、初心者や子供向けに徹《てつ》した調整が為《な》されていると判断できる。

ナユタが抱《だ》きかかえたウォンバットの頭上に、《捕縛済《ほばくず》み》のメッセージウィンドウが浮《う》かび上《あ》がった。これが出た個体は、横取りしてもポイントにはならない。

諦《あきら》めて散っていく他のプレイヤー達《たち》に申し訳なく思いながら、ナユタは膝《ひざ》にカピバラを、腕《うで》にウォンバットを抱《かか》え、再びぼんやりと青空を見上げた。

（……あれ？　動けない……）

足にはカピバラ、腕《うで》にはウォンバット——つまりウォンバットを手放し、カピバラをどかせば済むだけの話である。

その気になればすぐにも放り出せるのだが、何せ柔《やわ》らかく温かく手触《てざわ》りがいい。何かきっかけがあれば動けるはずだが、あえて動く気にならない。

そうこうしているうちに、ナユタの背後にも別のカピバラが密着し、他の個体に左右を挟《はさ》まれ、いつの間にか完全に包囲された。

わらわらと集《つど》うカピバラ達《たち》に埋《う》もれ、ナユタはようやく悟《さと》る。


人はモフモフに抗《あらが》えない。


甘《あま》いものは「太る」という恐怖《きょうふ》を掲《かか》げることで制御《せいぎょ》できる。

しかしモフモフにはデメリットがない。ゆえに抗《あらが》えない。

横たわり、埋《う》もれ、埋没《まいぼつ》し、沈《しず》み、たゆたいながら揺《ゆ》られ、恒河沙《ごうがしゃ》の安寧《あんねい》に魂魄《こんぱく》までも融《と》かされてゆく。

（……あ。だめだ、これ……だめなやつだ……）

時間の感覚があやふやになり、視界のすべてをウォンバットの腹に覆《おお》われたところで、ようやく彼女《かのじょ》はメッセージの着信に気づいた。

毛玉に埋《う》もれた四肢《しし》を動かすのにもやや苦労しながら、ナユタはどうにかウォンバットをどかし、眼前にウィンドウを広げる。

送信者はコヨミだった。

【タ　ス　ケ　テ】

温《ぬく》もりに包まれながら、ナユタはしばし思案する。コヨミも自分と似たような状況《じょうきょう》にあることは疑いない。

【無理です。私も埋《う》もれました。あと、コヨミさんの居場所がわかりません】

返信は素早《すばや》く届いた。

【けだま　の　なか　に　いる】

【それは知っています】

【かぴばら　やばい】

【それも知っています】

【うぉんばっと　いない】

【私は一匹、捕《つか》まえました】

【!!】

【今、頭に乗っています】

【うらぎりもの！】

【いや、なんでですか……合流したいなら一回ログアウトしませんか？　私は少し頑張《がんば》れば抜《ぬ》け出《だ》せますが、コヨミさんはもうどう足掻《あが》いてもこっちに戻《もど》れないでしょう】

【なゆさんがこっちに来るべき】

【いえ、ですから場所が……】

【信号弾をあげるので、カピバラの背中を跳《と》んできてくださいおねがいしますさぁはやくほらほら】

メッセージの文体が変化した時のコヨミは、扱《あつか》いを間違《まちが》えると少々面倒《めんどう》くさい。

不毛なやりとりに早くも根負けし、ナユタは仕方なく毛玉達《たち》をかき分け半身を起こした。

(背中を跳《と》んで、って言われても……柔《やわ》らかすぎて無理じゃないかな)

そうこうしているうちに、毛玉の海の彼方《かなた》から、ぽんと小さな拳大《こぶしだい》の火球がひょろひょろと空へあがった。

コヨミの火遁《かとん》はスキルレベルが低いため、実戦ではほとんど役に立たないが、なんだかんだとこうして使う機会はある。

手近なカピバラの背に試《ため》しに乗ってみると、背中はふかふかと柔《やわ》らかく、足場としてはまともに機能しない。

(あれ？　でもこの子達《たち》って破壊《はかい》不能オブジェクトだから、もしかしたら……)

ふとした思いつきで、ナユタはスキル《無双飛《むそうと》び》を使用して跳《は》ねた。

跳躍力《ちょうやくりょく》を強化する《八艘飛《はっそうと》び》の上位スキルで、足に攻撃《こうげき》判定が生まれる。

相手が敵であればダメージを与《あた》えることになるが、破壊《はかい》不能オブジェクトの場合には――

カキン、と弾《はじ》けるような硬《かた》い音を響《ひび》かせ、ナユタは再び跳《と》び上《あ》がった。

(あ、いけそう!)

蹴《け》ったのはカピバラの背ではない。その真上に現れた、破壊《はかい》不能を示す青白い障壁《しょうへき》である。攻撃《こうげき》判定に対応して自動的に出現するため、ただの跳躍《ちょうやく》では反応しないが、無双《むそう》飛《と》びならばこれを足場として利用できる。

それこそ空を滑《すべ》るような速さで、ナユタはあっという間に火球の飛んだ付近へ到達《とうたつ》した。

立ち止まった途端《とたん》にカピパラの海へ沈《しず》んでしまったが、近くにコヨミも埋《う》まっていることは間違《まちが》いない。

獣達《けものたち》は三段、四段、五段と積み重なっており、ナユタの身長でも地に足が着かなかった。

どうやらこのあたりだけ、地形が深くなっているらしい。

もふもふとした毛並みに頭まで埋《う》もれつつ、ナユタはどうにか声をあげる。

「コヨミさん、いますか? 聞こえたら、返事をしてください!」

「……なぁーゆぅーさぁ——ん……ここぉー……コヨミちゃんはこっちぃー……」

間延びした声は数歩先から聞こえた。

蠢《うごめ》くカピバラの中を潜《くぐ》り抜《ぬ》けて、ナユタは見当をつけた方向へ細腕《ほそうで》を突《つ》っ込《こ》む。

指先にぷにっとした頬《ほお》の感触《かんしょく》が触《ふ》れた。

「あ。このほっぺ、コヨミさんですか?」

「ふぇ？　……いや、それ私じゃない。たぶん」

「きゃっ……！　す、すみません！」

人違《ひとちが》いで見知らぬ誰《だれ》かを突《つ》いてしまったかと、ナユタは慌《あわ》てて指を引《ひ》っ込《こ》めた。

しかし、誰《だれ》からも叱責《しっせき》や苦情が返ってこない。

「……ん……？　これ、なゆさん？　なんか袂《たもと》っぽい感じでさらさらしてる……」

今度はコヨミの手が何かに触《ふ》れたらしい。だが、ナユタは誰《だれ》にも触《さわ》られていない。

「いえ。私ではないと思います——あの、どなたか、そこにいるんですか？」

返答はないが、誰《だれ》か——あるいは何かがカピバラの群れに埋《う》もれていた。

毛玉をかきわけ、ナユタはやっとそこへ到達《とうたつ》する。

同時に向かい側からコヨミの顔も覗《のぞ》いた。

「あ！　なゆさん！」

「コヨミさん！　やっと合流できましたが……」

——再会した二人の間には、もう一人。

見覚えのない、狩衣姿《かりぎぬすがた》の少女がいた。

眼《め》を閉じ、眠《ねむ》りについていると思《おぼ》しきその少女には、明らかに奇妙《きみょう》な点が一つだけある。

コヨミがごくりと唾《つば》を呑《の》み、ナユタも思わず言葉に詰《つ》まった。

カピバラに埋《う》もれて眠《ねむ》る、その少女には——

額の左右に、二本の小さな角が生えていた。

§

「……で、わざわざ連れてきたのか」

夕刻の三《み》ツ葉《ば》探偵社《たんていしゃ》。

観光ガイドの仕事を終え一旦《いったん》帰社したクレーヴェルは、直帰でログアウトしなかったことを少しだけ後悔《こうかい》していた。

彼《かれ》の前には今、いつもの二人に加え、狩衣姿《かりぎぬすがた》の幼女が黙然《もくねん》と立っている。

小学生のような幼い風貌《ふうぼう》だが、額には二本の小さな角が生え、手指は球体関節となっており、一見して人形のような印象だった。

ただし肌《はだ》の質感などは一般《いっぱん》プレイヤーとほぼ同じで、顔立ちも端整《たんせい》で可愛《かわい》らしい。

その頭を撫《な》で回《まわ》しつつ、コヨミが肩《かた》をすくめてみせた。

「連れてきたっていうか、アイテム扱《あつか》いなんだよね、この子。NPCでもなくて、普通《ふつう》に道具として登録されてるの。《鬼動傀儡《きどうくぐつ》》だって」

コヨミの言葉に、クレーヴェルは戸惑《とまど》った。

「鬼動傀儡《きどうくぐつ》？　聞いたことのないアイテムだ。どこで入手した？」

この問いにはナユタが応じる。

「カピバラに埋《う》もれていたんです。私とコヨミさんがほぼ同時に見つけて……一応、タッチの差で私に所有権があるみたいなんですが、どう扱《あつか》ったらいいのか、よくわからなくて――」

「説明欄《らん》にはなんて書いてあるんだ？」

ナユタがアイテム欄《らん》の説明を読み上げる。

「【――今はまだ、眠《ねむ》っている】って……」

「ふむ。イベント用のキーアイテムかな」

姿が陰陽師《おんみようじ》の幼女という点は、ただのアイテムとしてはやはり違和感《いわかん》がある。

「虎尾《とらお》っちに聞いたら何か教えてくれないかな？」

幼女とほぼ変わらぬ身長のコヨミが、首を傾《かし》げながら人形に頬《ほお》をすりよせた。

探偵社《たんていしや》の隣《となり》に入居する《猫神信仰研究会《ねこがみしんこう》》の虎尾《とらお》は、運営側の技術者である。ナユタやコヨミとも顔見知りだが、クレーヴェルにとっては大事な取引先だった。

「それは難しいな。虎尾《とらお》さんはテストプレイやエラー関係のことなら仕事上の必要性で教えてくれるけれど、一般的《いつぱんてき》な攻略《こうりやく》情報については口が堅《かた》い。私も聞こうとは思わない。フェアじゃないからね」

コヨミが珍《めずら》しく考《かんが》え込《こ》むような顔をした。

「んー……まあ、私もどうしても聞きたいってわけじゃないんだけどさぁ……なーんか引っかかるんだよねえ、コレ……」

「引っかかるって、何がかな？」

「いや、だってさぁ……カピバラに埋《う》もれてたんだよ？　もうフツーに。宝箱とかイベントも何もなく。なんか変でしょ。しかも《天地万象《てんちばんしょう》》のイベントだから、他のプレイヤーもたくさんいるのに、同じフィールド内ではたぶんなゆさんしか入手してないっぽいし」

ナユタも困惑《こんわく》した様子だった。

「攻略《こうりゃく》情報のサイトや掲示板《けいじばん》を覗《のぞ》いても、似たようなものを見つけたって話を見かけないんですよね。単純に私が一番乗りだっただけなのか、とんでもないレアアイテムなのか……」

「あるいは開発側のミス、か」

クレーヴェルも唸《うな》る。

なんでもかんでもエラーやミスに結びつけるわけにはいかないが、オンラインゲームにおいて小さな修正は日常茶飯事《にちじょうさはんじ》でもあり、一応は虎尾《とらお》に知らせておくべきかもしれない。

「よし。問い合わせではなく報告という形で知らせておく。返信がなければ仕様どおりということだろうし、発表なしで何か修正が入るかもしれないが、それでいいかな」

「ええ、お願いします。人前に晒《さら》していいものかどうかも、ちょっとわからなくて。〝これは何？〟って誰《だれ》かに聞かれても、所有者の私が何も答えられない状態なんです」

「わかった。私もちょっと気になってきたよ」

クレーヴェルは簡素なメッセージにスクリーンショットを添《そ》え、虎尾《とらお》へ送信した。

さて事務仕事《じよう》へ戻《もど》ろうかとした矢先、早くも事務所の扉《とびら》が開く。

「や、お嬢さん方、久しぶり」

神主《かんぬし》の装束《しようぞく》に身を包んだ小柄《こがら》な猫背《ねこぜ》の男が、のんびりと片手をあげた。

丸眼鏡の向こうの眠《ねむ》たげな眼《め》はわずかに笑っている。

「虎尾《とらお》さん？　メールを見て来たんですか？」

「うん。ちょっとね」

クレーヴェルは慌《あわ》てて席を立った。

確かに隣《となり》同士の立地ではあるが、こうも素早《すばや》い反応は予想していなかった。

猫神信仰《ねこがみしんこう》の司祭、兼《けん》エラー検証室室長の虎尾《とらお》は、自身の後頭部をぽんぽんと叩《たた》きながら一行の前に立つ。

「虎尾《とらお》さん、お久しぶりです」

「虎尾《とらお》っちー、おっすおっすー」

「うん。君らも元気そうで何よりだ」

ナユタとコヨミの両極端《りようきよくたん》な挨拶《あいさつ》に片手で応じ、虎尾《とらお》はまじまじと《鬼動傀儡《きどうくぐつ》》の幼女を見つめた。

「これかぁ……まさか君らが見つけてくれるとは驚《おどろ》いた。どこにあったかな？」

クレーヴェルはナユタを見る。彼女《かのじょ》とコヨミが発見者であって、今回、クレーヴェルは同行すらしていない。

ナユタは両手を前に揃《そろ》え、受付嬢《じょう》のように涼《すず》しげな声を発した。

「今日から始まったカピバラのイベントです。カピバラの群れにそのまま埋《う》もれていました」

――口調は以前とまったく変わらないが、クレーヴェルの耳に、彼女《かのじょ》の言葉は初対面の時よりも柔《やわ》らかく聞こえていた。

慣れもちろんあるのだろうが、彼女《かのじょ》なりに何かを吹《ふ》っ切《き》って、今はきちんと前を向けているような印象がある。

一方の虎尾《とらお》は、ナユタとは逆にいかにも後ろ向きなひきつった笑《え》みを見せた。

「なるほど、木を隠《かく》すなら森か……ちょいと失礼」

虎尾《とらお》が幼女の装束《しょうぞく》の襟元《えりもと》をめくり、そこについたタグを確認《かくにん》した。

「鬼動傀儡《きどうくぐつ》・支援《しえん》特化型・鬼姫《おにひめ》複製八号――ああ、やっぱり行方《ゆくえ》不明の八号機だ。さて……」

虎尾《とらお》が一同を上目遣《うわめづか》いにちらりと見る。

「……説明、やっぱり欲《ほ》しいよね？」

クレーヴェルとナユタ、コヨミの無言の頷《うなず》きに、虎尾《とらお》の深い深い溜息《ためいき》が重なった。

「まずは、わざわざ御報告《ごほうこく》をありがとう……連絡《れんらく》してくれたってことは、つまり《これ》が我々のミスなんじゃないかと推測したのかな？」

ナユタは頷《うなず》いたが、クレーヴェルは苦笑いを返すしかない。

「いえ。私はシークレットアイテムかイベントの類《たぐい》だと思っていました。虎尾《とらお》さんの反応も期待していなかったのですが、彼女達《かのじょたち》が不審《ふしん》がっていたので念のために、とメールを差し上げた次第《しだい》で」

虎尾《とらお》が頷《うなず》いた。

「それはどっちも正解なんだ。ミスといえばミスだし、仕様といえば仕様だし……なんというかな。非常に説明しにくいんだが、紆余曲折《うよきょくせつ》が酷《ひど》いというか、今回のイベントがいかにマンパワー不足の綱渡《つなわた》りで進んでいるかがわかる事例というか――」

言い訳がましい前置きの後に、虎尾《とらお》はぼそぼそと事情を語り出す。

長くなりそうな気配を察して、クレーヴェルはこっそりと追加の紅茶を淹《い》れた。

§

虎尾《とらお》が説明した《鬼動傀儡《きどうくぐつ》》実装に関わる初期の計画は、かいつまんで言えば以下のような内容だった。

・ソロプレイを強制される《肝試《きもだめ》し》クエストは、職業毎《ごと》の有利不利が出やすく、当初から問題視されていた。

・これまでは敵を弱めに設定することで誤魔化《ごまか》してきたが、イベント後半に入るにつれて、歯応えのある《敵が強めの肝試《きもだめ》し》も実装すべきという方針が決まった。

・そこで、職業毎《ごと》の有利不利を緩和《かんわ》するため、プレイヤーの補佐《ほさ》をする戦闘用《せんとうよう》の機械人形《鬼動傀儡《きどうくぐつ》》を実装することになった。

・前衛職のプレイヤーは支援系《しえんけい》の傀儡《くぐつ》を、支援職《しえんしょく》のプレイヤーは前衛系の傀儡《くぐつ》を準備することで、戦闘《せんとう》要素の強い肝試《きもだめ》しクエストにも単身で対応可能になる。

——ここまではいい。迷走《めいそう》と紆余曲折《うよきょくせつ》が始まるのは、ここからである。

ソファに身を沈《しず》めた虎尾《とらお》が天井《てんじょう》を見上げた。

「最初に揉《も》めたのは、鬼動傀儡《きどうくぐつ》の扱《あつか》いについてだったんだ。有料のレンタルで傭兵扱《ようへいあつか》いにすべき、あるいは個人所有にして好きにカスタマイズできるようにするべき、そのお披露目《ひろめ》方法は、入手方法は、対応クエストの範囲《はんい》は……いろんな案が出た。なのに時間はない。で、案の定、上層部と開発陣《じん》の間に混乱が起きた」

クレーヴェル達《たち》は無言で先を促《うなが》す。探偵《たんてい》とナユタは真剣《しんけん》に聞いているが、コヨミだけは猫《ねこ》のボットを抱《かか》え、早くもうつらうつらと船を漕《こ》いでいた。

虎尾《とらお》は気にせず話し続ける。

「——上の方々は、この《鬼動傀儡《きどうくぐつ》》をある新進アパレルメーカーとのタイアップの目玉にしようとしたんだ。デザインから参加してもらい、お披露目《ひろめ》用のクエストもタイアップで進めて、実装の目処《めど》もついていた。メーカー名はちょっと言えないが……そのメーカーが三月、唐突《とうとつ》に前触れなく大手に買収された」

「……うわぁ……」

現場の混乱が容易に想像できてしまい、クレーヴェルは思わず片手で顔を覆《おお》った。

虎尾《とらお》も苦笑いを見せる。

「お察しのとおり、向こうの社内で方針転換《てんかん》があり、タイアップ企画《きかく》もお蔵入《くらい》りになった。しかし、後半の《肝試《きもだめ》し》クエストにはやはり歯応えも救済措置《そち》も欲《ほ》しい。傀儡《くぐつ》自体は必要だということで、急遽《きゅうきょ》、新しい衣装《いしょう》をデザインし、お披露目《ひろめ》のイベントを準備することになった。まずは一部のクエストに起動前の傀儡《くぐつ》を隠《かく》し、プレイヤーに先行発見させ、口コミで『これは何だ？』と浸透《しんとう》させていく——そしてあまり間をおかずに、傀儡《くぐつ》を題材にしたクエストを投入——と、こういう流れだ」

虎尾《とらお》の説明をじっと聞いていたナユタが、不思議そうに首を傾《かし》げた。

「悪くない案だと思いますが……つまり、私がこうしてこの子を見つけたのも想定内ってことですよね？」

彼女《かのじょ》の視線の先には、ぴくりとも動かない傀儡《くぐつ》の幼女が立っている。

虎尾《とらお》ががっくりと肩《かた》を落とした。

「……その方向で、準備はしていたんだ。タイアップがお釈迦《しゃか》になって、超《ちょう》特急で……それこそ我々、エラー検証室からも数人の助《すけ》っ人《と》を送《おく》り込《こ》んで……そんな時、偉《えら》い人達《ひとたち》が急に言い出した。〝傀儡《くぐつ》のレアアイテムとしての配布は中止、全部を店売りにして収益につなげよう〟──ここはもう正直に言おう。あのバカども、ぶっ殺してやろうかと思った」

温厚《おんこう》かつ飄々《ひょうひょう》とした虎尾《とらお》が、今だけは暗い微笑《びしょう》を湛《たた》えていた。眼《め》はまったく笑っていない。

思わず眼《め》を逸《そ》らしたクレーヴェルと、ナユタの視線が交錯《こうさく》する。

「……ええと……開発現場の人達《ひとたち》って、大変なんですね……」

「よく聞く話ではある……けど、投稿《とうこう》クエスト中心の長期イベントなんていう爆弾《ばくだん》を抱《かか》えている最中に、こんな仕様変更《へんこう》を連発されたらたまったものじゃないな」

虎尾《とらお》がしんみりと頷《うなず》いた。

「わかってくれるか……いや、時間さえあれば別にいいんだ。ただ作業時間も人員も足りない時に、思いつきのような変更《へんこう》が降ってくるとさすがにね──」

二人の同情を受けて、彼《かれ》も多少は溜飲《りゅういん》を下げたらしい。

しかし、虎尾《とらお》の声はここでもう一段下がる。

「……現場はこの指示に対応した。もう傀儡《くぐつ》はある程度、クエスト内にレアアイテム扱《あつか》いではらまいていて、連休の開始と同時に出現するようにタイマーもセットされていたけれど、店売りだけにするならそれらは回収しないといけない。幸い、九割方は簡単に処理できたんだ。設置場所も明確だったし、そう難しい話でもなかった。ただ、一割ほど……回収しきれず、行方《ゆくえ》不明になった」

クレーヴェルはそっと手を挙げた。

「虎尾《とらお》さん。もしかしてその一割って、ヘッドハントされた遠藤《えんどう》さんの担当分ですか……？」

開発部にいたその技術者は、クレーヴェルとも顔見知りだった。

しかし四月に突然《とつぜん》、他の会社へ移ってしまい、以降は連絡《れんらく》がとれなくなっている。

虎尾《とらお》が目許《めもと》を押《お》さえた。

「――彼《かれ》は悪くない。非正規で、あの仕事量で、あの待遇《たいぐう》はさすがにキレていい……彼《かれ》が設置した分の傀儡《くぐつ》については、その場所を彼《かれ》しか知らなかったんだ」

さすがにナユタが眉《まゆ》をひそめた。

「そんな大事な情報を、開発陣《じん》で共有していなかったんですか？」

虎尾《とらお》がうなだれた。

「痛いところを突《つ》く……もちろん普段《ふだん》ならそんなことは有り得ないよ。だが常軌《じょうき》を逸《いっ》したスケジュールの中、少数の人員による連日の徹夜《てつや》の末、相互《そうご》の連絡《れんらく》なんてそっちのけで、皆《みな》が目の前の自分の仕事だけに集中していた。傀儡《くぐつ》を隠《かく》す場所については完全に個人任せで……大まかなシナリオの割《わ》り振《ふ》りはあったようだけれど、任せられた範囲《はんい》のどのシナリオのどの場所に、どういう入手条件で隠《かく》すかまでは、いちいち上司も報告を求めなかった。で、ようやく隠《かく》し終《お》わった頃《ころ》に、さっき言った回収命令だ——他にも複数の理由があったんだが、あれはキレる。癇癪《かんしやく》を起こした遠藤《えんどう》君は衝動的《しようどうてき》に作業履歴《りれき》とバックアップを破棄《はき》して、即座《そくざ》に転職した。まあ……前から声をかけられていたようだし、今回ばかりは仕方ない選択《せんたく》だろう。更《さら》に人員を投入して探索《たんさく》すれば見つけられたんだろうが、現場に漂《ただよ》う空気を察し、上司が探索《たんさく》を諦《あきら》め、この一割については〝遺失物〟扱《あつか》いで放置……スケジュールの都合もあって、作業を打ち切り別の仕事を優先する流れになった。賢明《けんめい》な判断だと思う」

運営上層部に対する虎尾《とらお》の鬱憤《うつぷん》も、なかなかのものらしい。

可愛《かわい》らしい傀儡《くぐつ》の幼女に、ナユタが切なげな眼差《まなざ》しを向けた。

「……すみません。お話を聞いているうちに、なんだか呪《のろ》われたアイテムに見えてきました」

クレーヴェルも内心では同意してしまう。

虎尾《とらお》が薄笑《うすわら》いを見せた。

「実は更《さら》に笑える話がある。この鬼動傀儡《きどうくぐつ》の実装方法について……一旦《いったん》は〝店売り〟と決まったはずが、上層部と開発陣《じん》がそれぞれ分裂《ぶんれつ》して今も再議論中だ。費用の問題ではなく、ゲーム性の観点からの見直しで余計に揉《も》めている。エラー検証室なんていう関係のない立場でよかったと、今はしみじみ思うよ」

クレーヴェルは何も言えず、そっと虎尾《とらお》の肩《かた》を叩《たた》いた。

実のところ、アスカ・エンパイアの運営陣《じん》はそれなりに優秀《ゆうしゅう》ではある。

見込《みこ》みや詰《つ》めの甘《あま》さは否定できないが、不安視されていた《百八の怪異《かいい》》も今のところは成功しており、各種提携企業《ていけいきぎょう》との対応も概《おおむ》ね上手《うま》くいっている。

それは無能者の集まりにはできないことで、クレーヴェルもこの点は高く評価していた。

ただし、全員が優秀《ゆうしゅう》なわけでもなく——絶妙《ぜつみょう》なタイミングで足を引っ張る困った輩《やから》が、そこそこ紛《まぎ》れているらしい。

会社組織は得てしてそんなもので、大概《たいがい》は開発陣《じん》かプレイヤーが割を食うことになる。

虎尾《とらお》が鬼動傀儡《きどうくぐつ》の頭をぽんぽんと撫《な》でた。

「そんなわけで、この子をどう扱《あつか》うか、まだ我々の間でも決まっていない。お嬢《じょう》さん方《がた》が入手したコレは、先行配布分には違《ちが》いないんだが、本来は配布しない予定だった代物《しろもの》だ」

「ということは……やはり没収《ぼっしゅう》ですか？」

クレーヴェルが問うと、虎尾《とらお》がかすかに鼻を鳴らした。

「一般《いっぱん》プレイヤーが入手したアイテムを強制的に没収《ぼっしゅう》なんてやらかしたら、それこそゲームとしての信頼《しんらい》に関わる。そもそもエラー品というわけでもないし、実装されること自体は決定事《じ》項《こう》なんだ。バランスが崩壊《ほうかい》するほど強いアイテムならともかく、そこまで便利なものではないしね。で……ものは相談なんだがね、暮居《くれい》君。いっそ君達《きみたち》、こいつのゲーム内での試験運用を頼《たの》まれてくれないか」

クレーヴェルはぴんと来た。

虎尾《とらお》が何の狙《ねら》いもなく、わざわざ内輪の恥《はじ》を晒《さら》すはずもない。

（なるほど。一般《いっぱん》プレイヤーに傀儡《くぐつ》を実際に使わせて、その感想をフィードバックした上で、〝プレイヤー側の意見〟を根拠《こんきょ》に上層部と開発陣《じん》の議論をまとめる腹積もりか……）

虎尾《とらお》の頭の中には、もう実装のあるべき形が見えているのだろう。だが、上層部や開発陣《じん》を説得するだけの根拠《こんきょ》には欠けている。

もちろん、エラー検証室の虎尾《とらお》がそうした議論に直接呼ばれることはないのだろうが、報告書として同僚《どうりょう》に渡《わた》すくらいはできる。

「……わかりました。実戦に投入した上で、感想をレポートすればいいんですね？　ナユタ、傀儡《くぐつ》の所有者は君だ。頼《たの》めるかな？」

ナユタが曖昧《あいまい》に頷《うなず》いた。

「それは構いませんが——あの、使い方がよくわかりません。これ、動くんですか？」

ああ、と虎尾《とらお》が掌《てのひら》を叩《たた》いた。

「ちょっとわかりにくかったか。ええとね、首の後ろ側……うなじのあたりにコインの投入口があるだろう」

「コインの投入口」

嫌《いや》な予感を覚えたのか、ナユタの復唱に微妙《びみょう》な響《ひび》きが籠《こ》もった。

虎尾《とらお》は素知らぬ顔で幼女の後《うし》ろ髪《がみ》を持ち上げる。

「十銭で十二分、百銭で百二十分動く。通貨は電子化されているから、まあ飾《かざ》りみたいなものだが——投入口に手を添《そ》えると自動的にコインが出てきて、持ち金からその額が引かれる仕様だ。これもちょっと揉《も》めている要素で……リアルマネーを投入させたいって話も出ているんだが、それをやるとさすがに使うプレイヤーが激減しそうでね。とりあえずは暫定的《ざんていてき》にゲーム内通貨で動くようにしてあるから、気楽に試《ため》してくれ。仮に傀儡《くぐつ》そのものがレンタル制になった場合には、二時間百円くらいになるのかな」

「それは……まともな収益にならないだけでなく、プレイヤーからのヘイトが溜《た》まりそうな仕様ですね」

クレーヴェルの率直《そっちょく》な意見に、虎尾《とらお》が乾《かわ》いた笑いを浮《う》かべた。

「金額云々《うんぬん》より、利便性や気分の問題でよろしくないね。小刻みな課金は面倒《めんどう》がられて逆効果だし、一体五千円くらいで売ってしまったほうがまだ利益が出るだろうな。個人的には……基本の素体は無料、あるいはクエストのクリア報酬扱《ほうしゅうあつか》いにしておいて、カスタマイズ用のパーツや衣装《いしょう》を有料で販売《はんばい》するべきだと思っている。そのほうが後々のコラボ企画《きかく》もやりやすいし、財布《さいふ》の紐《ひも》も緩《ゆる》みそうだ」

傀儡《くぐつ》の鬼娘《おにむすめ》についたコイン投入口を見つめ、ナユタが眉《まゆ》をひそめた。

「いずれにせよ、動作時にはやっぱりコインを投入するかたちになるんですよね？　これはこれで面倒《めんどう》なように思いますが……」

虎尾《とらお》がぽりぽりと頭を掻《か》く。

「無制限だとさすがに便利すぎる。こいつはあくまで、単身での攻略《こうりやく》が不向きな職業向けの救済措置《そち》なんだ。常時作動させるんじゃなく、必要な場面でのみ使ってほしい。一応、街中を連れ歩いている間や、道具袋《どうぐぶくろ》に入っている状態なら稼働《かどう》時間にはカウントされない。あくまでダンジョン等での探索中《たんさくちゅう》と戦闘中《せんとうちゅう》だけ、タイマーが進む。普段《ふだん》はアイテムリストに仕舞《しま》っておいて、強敵が出た時にだけ呼び出す使い方を想定しているんだ。初回起動時には簡単なマニュアルも出るから、後で読んでおくといい。あと、注意事項《じこう》が二つ」

虎尾《とらお》が指を二本立てた。

「鬼動傀儡《きどうくぐつ》は対人戦では使用できない。CPU相手にはオートで立ち回るが、他のプレイヤーが相手の場合には動作を停止する。傀儡《くぐつ》の有無《うむ》による有利不利をなくすためだ。それからもう一つ、一戦闘中《せんとうちゅう》に実戦投入できるのは、パーティー内で一体だけ……今はどの道、この一体しかないから関係ないが、仮に他のメンバーが傀儡《くぐつ》を獲得《かくとく》していても、同時に二体以上を稼働《かどう》させることはできない。でないと傀儡《くぐつ》だけを戦わせてプレイヤーが怠《なま》ける、なんて状況《じようきよう》になりかねないからね。まぁ……こんなところか」

説明は終わったとばかりに、虎尾《とらお》がそそくさと背を向けた。

その背から、クレーヴェルは隠《かく》し事《ごと》の気配を察する。

まだ話していないことがある、しかしこれ以上は突《つ》っ込《こ》まれたくない――そんな心情が見えだが、引き留めたところでもう何も言わないはずだった。

虎尾《とらお》が事務所を出た後で、ソファに寝ていたコヨミがようやく眼《め》を開けた。

「んあ……？　お話、終わった……？」

「……ずいぶん堂々と寝ていたな。今、虎尾《とらお》さんが帰ったところだ」

コヨミはぐしぐしと目許《めもと》をこすり、抱《かか》え込《こ》んでいた猫又《ねこまた》を脇《わき》に置いた。

「そっかー……カピバラが楽しみすぎて、昨日あんまり寝られなくてさあ……じゃ、探偵《たんてい》さんのお仕事も終わったみたいだし、そろそろ行こっか？」

立ち上がったコヨミが、ナユタと目配せをかわした。

あやかし横丁《よこちょう》は常に夜であり、つい時間の感覚が曖昧《あいまい》になりがちだが、時計を見れば夕刻、十七時を回っている。

クレーヴェルもそろそろ現実へ戻《もど》り夕食の支度《したく》でもと考えていたが、何やら風向きが怪《あや》しい。

「探偵《たんてい》さんも、今日のお仕事はもう終わりですよね？」

「……まあ、特に予定はないが……」

つい馬鹿《ばか》正直に答えてしまう。

女子二人のクレーヴェルを見る眼《め》が、何故《なぜ》か獲物《えもの》を捉《とら》えた野獣《やじゆう》のそれに見える。

ナユタがにっこりと優雅《ゆうが》に微笑《ほほえ》んだ。

「さっき虎尾《とらお》さんには言いそびれてしまったんですが……実は、この鬼動傀儡《きどうくぐつ》があった場所に隠《かく》しエリアを見つけまして」

「なんかね。すっごいお宝ありそうな雰囲気《ふんいき》で！　あれはちょっとやそっとじゃ見つからないから、たぶん私ら一番乗り！」

クレーヴェルは目許《めもと》を押《お》さえる。

こればかりは妙《みよう》なキャラ育成をした彼《かれ》の自業自得《じごうじとく》といっていい。

「つーわけで、探偵《たんてい》さん♪　役に立てるよ？」

「あの……一緒《いつしよ》に来ていただいてもいいですか？」

――レアアイテムのドロップ率を一人で数％引き上げる《幸運の探偵《たんてい》》は、戦力外ではありながら、装備品感覚で今日も持ち出される運命にあった。

§

現実世界で日が落ちた後も、クエスト《獣探訪《けものたんぼう》・元禄化秘祓絵巻《げんろくかびばらえまき》》のフィールドは晴天に恵《めぐ》まれていた。

ちょうど夕食時とあって、オープン直後に比べると少し人は減ったが、相変わらず盛況《せいきょう》ではある。

そして暴力的な数のカピバラの海も、依然《いぜん》として悠大《ゆうだい》な景観を保っていた。

茶色い毛玉の波がごくゆっくりと蠢《うごめ》く中、その波間から時折覗《のぞ》くプレイヤー達《たち》の手足は、まるで血の池地獄《じごく》で溺《おぼ》れる亡者《もうじゃ》の様相を呈《てい》している。

ナユタとコヨミは既《すで》に散々堪能《たんのう》したが、初めて訪《おとず》れた探偵《たんてい》は頬《ほお》をひきつらせていた。

「……大量発生モノは、パニックホラーの定番ではあるけれど……コレは酷《ひど》い……」

賢者《けんじゃ》モードに突入《とつにゅう》済みのコヨミも、しんみりと頷《うなず》く。

「……いや。まぁ。うん……かわいいんだよ？　すげーかわいいんだけどね？　……さすがに限度ってあるよね……」

最初から心持ち引いていたナユタは、逆にこの光景に慣れつつあった。

フンフンと鼻を鳴らし歩み寄ってきた一匹のカピバラを抱《だ》き上《あ》げ、彼女《かのじょ》は探偵《たんてい》に向き直る。

「やっぱり男の人って、こういう可愛《かわい》いものにはあんまり興味がないんですか？」

「それは人によるが、私はあまり興味がない。虎尾《とらお》さんあたりは完全に猫派《ねこは》のようだが……たとえば、私が動物やらぬいぐるみやらに囲まれている姿なんて想像がつかないだろう？」

言われて想像してみたナユタは、正直な感想を口にする。

「想像してみたら、ぜんぶ狐《きつね》のぬいぐるみでした」

「……そうか。まぁ、想像力が豊かなのはたいへん結構なことだ」

ナユタの脳裏《のうり》に浮《う》かんだ光景は意外に微笑《ほほえ》ましいものだったが、クレーヴェル的には認《みと》め難《がた》いものだったらしい。

カピバラを抱《かか》えたナユタは、その場で軽く飛《と》び跳《は》ねてみた。

これから持つ予定の〝荷物〟に比べると少々軽いが、持ち方をイメージすることはできる。

そもそも格闘《かくとう》重視のステータスでもあり、重量が多少は増したところで、移動は問題なくできそうだった。

この奇妙《きみょう》な行動を見咎《みとが》めた探偵《たんてい》が、顎下《がっか》に手を添《そ》えた。

「……ナユタ。それは準備運動かな？」

「みたいなものです。隠《かく》しエリアの入り口まで少し距離《きょり》があるので、《無双飛《むそうと》び》でカピバラの上を跳《は》ねていきます。コヨミさんは身軽なので泳いでいけますが、探偵《たんてい》さんのステータスだと、たぶんカピバラの深みに埋《う》もれたらもう動けないので――私が担《かつ》いでいきますね」

《アルヴヘイム・オンライン》ならば自在に空を飛べるが、生憎《あいにく》と《アスカ・エンパイア》にそうした機能はない。

たちまちクレーヴェルが回れ右をした。

「急用を思い出したから帰る。攻略《こうりゃく》は君達《きみたち》だけで進めてくれ」

ナユタはすかさず探偵《たんてい》のコートの襟《えり》を摑《つか》んだ。

「おんぶとお姫様《ひめさま》だっこ、どっちがいいですか？」

「どっちも断る」

「肩車《かたぐるま》はちょっとバランス的に厳しいです。俵担《たわらかつ》ぎも重心が片方に寄ってしまうので……やっぱりおんぶでしょうか」

「嫌《いや》だ。私は帰る」

ステータスの低さが災《わざわ》いして、探偵《たんてい》はナユタの腕《うで》を振《ふ》り払《はら》えない。やはり自分の身を守れる程度の戦闘力《せんとうりょく》は必要だと、ナユタはしみじみと思う。

コヨミが苦々しげにクレーヴェルを睨《にら》んだ。

「せっかくのなゆさんの厚意《こうい》を拒絶《きょぜつ》とか、どんだけワガママなの探偵《たんてい》さん……こんな役得もう二度とないよ？　一度だって本来は有り得ないことなんだよ？」

「有り得ないことは有り得ないままにしておきたまえ。とにかく、私は……」

抵抗《ていこう》する探偵《たんてい》に舌打ちを送り、コヨミがアイテムリストを表示させた。

「……なゆさん、《大きな葛籠《つづら》》あった。探偵《たんてい》さん一人くらいなら入ると思うから、これに放《ほう》り込《こ》んで持っていこ」

「わかりました。お借りします」

「待て！　君らは誘拐犯《ゆうかいはん》か⁉」

「しゃらくせえ！」

大きな葛籠《つづら》を掲《かか》げたコヨミが、獣《けもの》のように探偵《たんてい》へ飛びかかり、頭からその口をかぶせた。もがくクレーヴェルを無視して素早《すばや》く蓋《ふた》を閉め、内部に脅《おど》し文句《もんく》を叩《たた》き込《こ》む。

「……探偵《たんてい》さん。ログアウトして逃《に》げたら、明日からなゆさんに猫耳《ねこみみ》つけて事務所に居座《いすわ》らせるから。でもって訪問客の皆《みな》さんには〝これは探偵《たんてい》さんの趣味《しゅみ》で〟って吹聴《ふいちょう》するから――」

くぐもった声で探偵《たんてい》が何か喚《わめ》いたが、うまく聞き取れない。

「……コヨミさん、今、なんだか凄《すご》く邪悪《じゃあく》な言葉が聞こえた気がしたんですが」

コヨミはけらけらと笑う。

「だいじょーぶ、だいじょーぶ。これで探偵《たんてい》さんは絶対に逃《に》げないから。さすがに重いけど、持っていける？」

「大きく飛《と》び跳《は》ねるのは無理ですが、無双飛《むそうと》びで走るような感じでいけば、たぶん……」

距離的《きょりてき》には見えている場所である。落ちたら落ちたで、そこから地道に進めばいい。

「おっけー。じゃ、お先に！」

コヨミがカピバラの海へ飛《と》び込《こ》んだ。

ナユタも遅《おく》れて探偵《たんてい》入りの葛籠《つづら》を前に抱《かか》える。

「よいしょ、っと……探偵《たんてい》さん、危ないので暴れないでくださいね。すぐに着きますから」

葛籠《つづら》の内部の動きが、すべてを諦《あきら》めたようにぴたりと止まった。

ぬいぐるみ同然のカピバラよりはだいぶ重いが、予想したとおり、走れないほどではない。

破壊《はかい》不能オブジェクトの障壁《しょうへき》を足場代わりに、ナユタは《無双飛《むそうと》び》で駆《か》け出《だ》した。

さすがに高く跳《は》ねることはできず、左右の足を交互《こうご》に蹴《け》り出《だ》すだけで精一杯《せいいっぱい》だが、前には充分《じゅうぶん》に進める。

一瞬《いっしゅん》でも立ち止まると落下してしまうため、現れる障壁《しょうへき》を踏《ふ》み外《はず》さぬように駆《か》け抜《ぬ》けること十数秒——

目印も何もない目的地に近づいたところで、ナユタはスキルの使用をやめ、そのままカピバラの群れに埋《う》もれた。

同時に葛籠《つづら》の蓋《ふた》を開け、誘拐《ゆうかい》した探偵《たんてい》を解放する。

「着きました、探偵《たんてい》さん。このあたりです」

内側からクレーヴェルの不機嫌《ふきげん》な狐顔《きつねがお》が覗《のぞ》いた。

その直後、葛籠《つづら》は跡形《あとかた》もなく消えてしまう。

この《大きな葛籠《つづら》》は、本来は自身を一時的に隠《かく》すためのイベントアイテムだった。

館の中で殺人鬼《さつじんき》から身を隠《かく》す、室内でNPCの会話を盗聴《とうちょう》する、運搬物《うんぱんぶつ》として荷の中に紛《まぎ》れ込《こ》む——そうした幾《いく》つかの用途《ようと》があるものの、今回の使い方はおそらく運営側にとっても想定外のものである。

探偵《たんてい》が頭痛を堪《こら》えるように目元を押《お》さえた。

「ナユタ……到着《とうちゃく》報告の前に、言うことがあるんじゃないかな？」

「ええと……酔《よ》いませんでしたか？」

小首を傾《かし》げて問うと、クレーヴェルががっくりとうなだれた。

「……思い出した。そのすっとぼけたところ、大地《だいち》にそっくりだ……君ら、あまり似ていないかと思っていたが、やはり兄妹《きょうだい》だな」

「兄より私のほうが真面目でおとなしいかと思いますが――コヨミさんはまだですね。先に入り口を探しましょうか」

探偵《たんてい》と二人でいる時には、亡《な》くなった兄の思い出話がちょくちょく出てくる。

多くは他愛もない内容だが、ナユタにはそれが心地《ここち》いい。自分以外にも、兄のことを憶《おぼ》えてくれている人間がいる――そう実感できる。

「……しかしこれ、下のほうのカピバラは大丈夫《だいじょうぶ》なのか……？」

探偵《たんてい》が、四段、五段と積み重なったカピバラの壁《かべ》を見上げ、困惑《こんわく》の声を漏《も》らした。隙間《すきま》から辛《かろ》うじて青空が見えなくもない。が、ほぼ頭の上まで毛玉で埋《う》まっている。

ナユタは曖昧《あいまい》に頷《うなず》いた。

「そこはゲームですから。むしろ下のほうが、のそのそと元気に動いている気もします」

そのせいで余計に場が不安定となっている。圧力はさほどでもないが、とにもかくにも触《ふ》れるところすべてが柔《やわ》らかすぎて動きにくい。

戸惑《とまど》っているうちに、満員電車で圧縮されるように、自然と目の前のクレーヴェルに密着する羽目になった。

頭一つ分身長の高いクレーヴェルの、ちょうど鎖骨《さこつ》のあたりにナユタの額がある。

「……すみません、探偵《たんてい》さん。私もちょっと、後ろから押《お》されていて……」

「……わざとじゃないのはわかる。わかるが、しかし……」

電車の中であれば、まだ手すりや吊革《つりかわ》がある。しかしカピバラの中にそんなものはなく、互《たが》いに足すら地についていない。

はっきりと体温を感じるほどの密着を強《し》いられ、ナユタはこのクエストに隠《かく》れた恐《おそ》ろしさを改めて思い知った。

クレーヴェルが耳元で囁《ささや》く。

「ナユタ、体を横にできないか？　隙間《すきま》ができたら、私がカピバラ達《たち》の上へよじ登るから――」

「あ……上に登るなら、私のほうが身軽です」

「じゃあ頼《たの》む。私の膝《ひざ》を足場にするといい。ちょうどそこに……」

「きゃっ……！」

周囲のカピバラ達《たち》の動きに翻弄《ほんろう》され、思わず高い声が漏《も》れた。

上に登ろうとしていたナユタは姿勢を崩《くず》し、探偵《たんてい》の首筋に両腕《りょううで》を回してしがみつく格好となってしまう。

密着の度合いが悪化し、さすがにナユタも動揺《どうよう》した。

クレーヴェルはカピバラに埋《う》もれ、仰向《あおむ》けに近い状態で斜《なな》めに傾《かたむ》いている。

その上に身を預けたナユタも、やはり地に足がつかないまま動けずにいる。

「ご、ごめんなさいっ……！」

「……葛籠《つづら》に放《ほう》り込《こ》まれた時、私が聞きたかった言葉がまさにそれだ」

冗談《じょうだん》で返す探偵《たんてい》の口調は妙《みょう》に乾《かわ》いていた。動揺《どうよう》を悟《さと》られまいと威厳《いげん》を保ってはいるが、彼《かれ》も彼《かれ》なりに困惑《こんわく》しているらしい。

背中の上を次々にカピバラ達《たち》が横切っていくため、体を起こすのも難しく、ナユタは赤面したまま固まってしまう。

やがてその眼前に、毛玉をかきわけて見慣れた顔が覗《のぞ》いた。

「……正直ね。こんなことになってるんじゃないかなー、とは思ってたの……探偵《たんてい》さんの幸運値的に。やらかすとしたらこのタイミングかな、って……何度目？」

真顔で苦々しげに吐《は》き捨《す》てるコヨミへ、クレーヴェルが必死の言い訳を試みる。

「リゾートホテルでの諸々《もろもろ》の件か……あれもこれも私の幸運値は関係ないし、故意でもない。すまないが、なんとかしてくれ」

「……なんとか……動けない探偵《たんてい》さんのクビを、ここで後ろから物理的にかっさばけばいいの

かな……？」

ココミの手元でギラリと小刀が閃《ひらめ》いた。

「ココミさん、そういう殺人鬼的《さつじんきてき》な解決法じゃなくて、とりあえず私の腕《うで》を引っ張ってくださ

い。足場がなくて困ってるんです」

ナユタが赤い顔のままそう願うと、ココミが胡乱《うろん》な眼差《まなざ》しで反論した。

「……こっちからなゆさんを引っ張ると、探偵《たんてい》さんの顔の上を、なゆさんの乳が圧迫《あっぱく》しながら滑《すべ》っていく特殊《とくしゅ》イベントが発生するんだけど……ココミちゃん、ガチギレしていい？」

黙《だま》り込《こ》んだ二人に、ココミが現実的な提案を向けた。

「……とりあえずさー。なゆさん、探偵《たんてい》さんがうつぶせに体を回せるように手伝って？　そしたら私が探偵《たんてい》さんをこっちに引《ひ》っ張《ぱ》り込《こ》んでネチネチ説教するから、なゆさんは後ろから蹴《け》りいれながら罵《ののし》ればいいと思う……」

「あの……この状態、私のせいなのでそういうわけにも……すみません、探偵《たんてい》さん。うつぶせになれますか？」

「ああ。体を回す程度なら、なんとか……」

周囲のカピバラがのそのそと蠢《うごめ》くのに翻弄《ほんろう》されながら、ココミの手も借り、ナユタ達《たち》はどうにか互《たが》いの姿勢を整えた。

人心地《ひとごこち》ついたところで、クレーヴェルが額の汗《あせ》を拭《ぬぐ》う。

三人揃《そろ》って頭上までカピバラに埋《う》められている。

「この付近だけ穴が深くなっているのか。カピバラの重さがぬいぐるみ程度だからいいようなものの……予想外に難度の高いイベントだな」

「……探偵《たんてい》さん。柔《やわ》らかかった？　堪能《たんのう》した？　いい匂《にお》いした？」

感情を消した眼《め》でコヨミが発する詰問《きつもん》を、ナユタもクレーヴェルもあえて聞き流す。

「獣臭《けものくさ》くないから助かってますよね。あと、これだけ密集していたら、現実だったら間違《まちが》いなく酸欠です」

「露骨《ろこつ》に話題逸《そ》らしてるけど……ここで一番獣臭《けものくさ》いのは探偵《たんてい》さんだからね？　あとちょっとでケダモノと化していたはずだからね？　なゆさんはもうちょっと警戒《けいかい》しよ？」

付近にあるはずの隠《かく》しエリア入り口を爪先《つまさき》で探しつつ、ナユタは力なく呟《つぶや》いた。

「あの、コヨミさん……今回のも前回のも本当に私のミスなので、探偵《たんてい》さんを責めないでください。何も悪いことをしていないのに、さすがにかわいそうです」

コヨミが溜息《ためいき》をついた。

「なゆさんが……なゆさんがそーやって甘《あま》やかすからっ……あのね、私も探偵《たんてい》さんが憎《にく》くて怒《おこ》ってるんじゃないの。羨《うらや》ましくて妬《ねた》ましいから八つ当たりで怒《おこ》ってるの。なゆさんが優《やさ》しい対応するから余計に妬《ねた》ましいの。もしなゆさんが〝探偵《たんてい》さんの変態！　不潔！〟とか罵《ののし》ってくれたら、〝まあまあそこまで言わんでも〟とか仲裁《ちゅうさい》に入るけど、なんかこうなゆさんと探偵《たんてい》さんがナチュラルにイチャついてるのが普通《ふつう》に腹立たしいの。つまり私もなゆさんとイチャつきたい！　赤面したなゆさんから〝ココミさんは悪くないですから……〟とか震《ふる》える声で言われたい！　探偵《たんてい》さんだけズルいっ！」

隣《となり》でクレーヴェルが眉間《みけん》を押《お》さえた。

「……ココミ……そこまでぶっちゃけられると逆に清々《すがすが》しいが、たぶんそろそろ口を閉ざしたほうがいい。ナユタの笑顔《えがお》が固まっている」

「あ」

──ココミに微笑《ほほえ》みかけて、ナユタは首を傾《かし》げた。

「私、今までココミさんのことを甘《あま》やかしすぎていたかもしれません。これからはもっと対応を考えますね」

「考えちゃダメっ！　お願い、そのままのなゆさんでいて！　日々のお仕事で疲《つか》れているココミさんをめいっぱい甘《あま》やかしてくれる、優《やさ》しくてチョロいなゆさんでいてっ！」

まともに身動きできない中で、ココミが必死に裾《すそ》へすがりつく。

幼い容姿のせいでついほだされそうになりながら、ナユタは苦言を呈《てい》した。

「まずですね。面と向かって〝チョロい〟とか言わないでください。それは誉《ほ》め言葉《ことば》ではないです」

ココミが指をくわえ、上目遣《うわめづか》いになった。中身は成人済みの社会人である。

「……だって……なゆさん、チョロいんだもん……」

この点を譲《ゆず》る気はないらしい。

足下《あしもと》を探《さぐ》っていた探偵《たんてい》が声を発した。

「……あ。もしかしてここじゃないか？　芝生《しばふ》に段差がついて、少し凹《へこ》んでいる。何か仕掛《しか》けがありそうだ」

「それそれ！　真ん中のあたりに輪っかない？　それ引くと隠《かく》しエリアに転送されるんだけど、三人とも真上にいないとダメっぽいからちょっと待って！」

コヨミが這《は》うようにしてわさわさと移動した。ナユタも後を追い、二人のすぐ隣《となり》へ辿《たど》り着《つ》く。

先程《さきほど》まで《鬼動傀儡《きどうくぐつ》》が安置されていたその空間には、地面から輪のついた鎖《くさり》が生えていた。

三人が揃《そろ》ったところで、コヨミが両手で摑《つか》んだ輪を強く引く。

それと同時に、周囲を埋《う》め尽《つ》くしていたカピバラ達《たち》がたちまち霞《かすみ》のように掻《か》き消《き》えた。

後に現れたのは晴天下の広場ではない。

そこは夜の山裾《やますそ》だった。

ナユタ達《たち》の視界は一変し、真正面には巨大《きょだい》な鳥居と、その先に続く長い長い石段がある。

段の左右にはのっぺりとしたカピバラの石像がずらりと立ち並び、遥《はる》かな山の頂上付近にはほのかな明かりが点《とも》っていた。

石段への入り口となる鳥居、そのすぐ傍《そば》に立て札がある。

ナユタとコヨミは既《すで》に確認済《かくにんず》みだが、クレーヴェルはまじまじとその内容を読み始めた。

「……化秘覇道《かぴはどう》・試練の道……階段の踊《おど》り場《ば》に中ボスがいます……低確率でレアアイテムを貰《もら》えます……頂上まで辿《たど》り着《つ》くとラスボスがいます……がんばってのぼってね……※本物のカピバラはとても臆病《おくびょう》で平和的な動物です。ぶったり叩《たた》いたりしてはいけません……なんだい、これ？」

妙《みょう》に親切な注意書きを指さし、クレーヴェルが振《ふ》り返《かえ》った。

コヨミが手のひらをぱたぱたと振《ふ》る。

「あー。ほら、これ初心者向けのイベントだから。お子様にもわかりやすい仕様を心がけたんじゃない？」

「ふむ……君らはもう登ったのか？」

ナユタは小さく頷《うなず》いた。

「はい。実は、もう二周もしたんですが――」

「……レアアイテムどころか、ガチで何も落ちなくてさー……こりゃ探偵《たんてい》さんいないとダメだと思って、お仕事が終わるの待ってたの」

探偵《たんてい》がステッキをコツコツと石畳《いしだたみ》に鳴らした。

「なるほど。じゃあ、もうどんな敵が出てくるかは把握済《はあくず》みなのか」

「カピバラ十二神将」

「……ん？」

コヨミの端的《たんてき》かつ身も蓋《ふた》もない紹介《しょうかい》に、クレーヴェルが首を傾《かし》げる。

ナユタは説明を引《ひ》き継《つ》いだ。

「一匹目はネズミの着ぐるみを着たカピバラでした。弱かったです」

「ふむ」

カピバラ自体がネズミのようなものであり、なかなかシュールな姿ではあった。

「二匹目は牛の着ぐるみを着たカピバラでした。すごく弱かったです」

「……そうか」

「三匹目は……」

「もういい、わかった。虎《とら》の着ぐるみを着たカピバラだろう。で、ウサギ、竜《たつ》、蛇《へび》、馬、羊、猿《さる》、鳥、犬――最後がイノシシの着ぐるみだ」

「すごい！　よくわかったね、探偵《たんてい》さん！」

コヨミの絶賛を受けて、探偵《たんてい》が疲《つか》れ切《き》った溜息《ためいき》を漏《も》らした。

「十二支のコスプレか……むしろわからないほうがおかしい。で、頂上には？」

「それが……何も出てこなかったんです」

探偵《たんてい》の眼《め》が一瞬《いっしゅん》だけ、細く光った。

「……ほう。何も？　立て札を見る限り、ラスボスがいるようだけれど」

「それが出てこなくてさー。何か条件があるのかな？」

「できればそこも含《ふく》めて、探偵《たんてい》さんに助言をいただければ、と」

クレーヴェルは立て札の前から動かない。

そこに書かれた文字をじっと見つめ、裏側には字がないことを確認《かくにん》し、更《さら》には鳥居の周囲まで調べた後、ようやくナユタとコヨミに向き直った。

「このクエスト——確か、提携企業《ていけいきぎょう》として何処《どこ》かの動物園が絡《から》んでいたね？」

コヨミが頷《うなず》く。

「みたいだねー。カピバラの挙動監修《かんしゅう》とかなんとか」

「そういう提携先《ていけいさき》がいるのに——ゲームの世界とはいえ、〝カピバラを傷つける〟行為《こうい》を、運営側が推奨《すいしょう》するものかな？」

探偵《たんてい》のこの指摘《してき》に、ナユタは虚《きょ》を突《つ》かれた。

途中《とちゅう》に出てきたカピバラは、敵だと思って当たり前のように倒《たお》してしまった。演出もコミカルで、ダメージを与《あた》えた後は眼《め》がバッテンになって白旗をあげるだけという状態だったが、言われてみれば違和感《いわかん》がある。

コヨミが唇《くちびる》を尖《とが》らせた。

「えー、だって立て札に書いてあるじゃん。階段の踊《おど》り場《ば》に中ボスがいる、って」

探偵《たんてい》は淡々《たんたん》と応じる。

「あくまで〝中ボス〟だ。それが〝カピバラ〟だとは書いていない。気になる箇所《かしょ》はまだある。〝低確率でレアアイテムを貰《もら》えます〟──倒《たお》せば低確率でドロップする、という表現じゃなく、わざわざ〝貰《もら》える〟と書くからには……何者かが自主的に渡《わた》してくれるという意味にもとれる。最後に〝ぶったり叩《たた》いたりしてはいけません〟……これはもしかして、戦ったらダメなんじゃないか？」

ナユタはコヨミと顔を見合わせた。

互《たが》いにしばし沈黙《ちんもく》する。

それぞれ血生臭《ちなまぐさ》いクエストを多くこなしてきた身である。敵は倒《たお》すべきものであって、それ以外の選択肢《せんたくし》はあまり考えたことがない。

正直に言えば、立て札の末尾《まつび》も、現実のカピバラに対する注意書きと思い適当に読み流してしまった。

「……とりあえず……試《ため》してみましょうか」

「……そだね……」

探偵《たんてい》への反論材料も特になく、ナユタとコヨミは石段を上り始めた。

数歩後に続いたクレーヴェルが、思案げに顎《あご》を撫《な》でる。

「カピバラ……十二神将……何か引っかかるが……」

彼《かれ》のそんな独り言は、ナユタの耳にも届いていた。

§

石段の踊《おど》り場《ば》には、ネズミの着ぐるみを着たカピバラがぐったりと寝そべっていた。

大型犬程度のサイズだが、足は短く頭がでかい。

端《はし》にはわざわざ看板があり、「カピバラ十二神将・子《ね》」と記されている。

「で、倒《たお》しちゃダメなんですよね……無視して先に進めばいいんでしょうか？」

ナユタが問うと、探偵《たんてい》は首を横に振《ふ》った。

「それではレアアイテムを貰《もら》えない。戦闘《せんとう》以外で、何かする必要があるんだろう」

ネズミ姿のカピバラは、よたよたとコヨミの傍《そば》へ歩み寄り、てしてしと柔《やわ》らかな爪《つめ》を立てて叩《たた》き始《はじ》めた。

ダメージはまともに入らないが、一応、攻撃《こうげき》はされている。弱いながらも闘争心《とうそうしん》は旺盛《おうせい》なようで、逃《に》げる気配もない。

地味に暴れるカピバラを真正面から抱《だ》き留《と》めつつ、コヨミが困惑《こんわく》の声を漏《も》らした。

「……で、どうしたらいいの、これ？」

「攻撃《こうげき》せず、しばらく相手していてくれ。その間に周辺を調べる。ナユタ、君は向こうを頼《たの》む」

コヨミにカピバラを任せ、ナユタとクレーヴェルは石段の左右に分かれた。

カピバラの石像はここにも複数置かれていたが、一体だけ様子が異なる。

「探偵《たんてい》さん、この石像だけ、ネームプレートがついています。び……から？」

ナユタが見つけたプレートには、「毘伽羅《ビカラ》」と彫《ほ》り込《こ》まれていた。

カピバラを漢字にした、という風情《ふぜい》でもない。よくよく見れば、像の形状もカピバラではなくただのネズミに近かった。

すかさず探偵《たんてい》が駆《か》け寄《よ》る。

「毘伽羅《ビカラ》か。仏教における十二神将の一人だ。おそらくここに、何か仕掛《しか》けが……」

ナユタの指先が、石像のプレートを撫《な》でた瞬間《しゅんかん》。

さして広くもない階段の踊《おど》り場《ば》が、破裂《はれつ》するような勢いでぶわりと全方位に拡大した。

広がったフィールドは円形の闘技場《とうぎじょう》となり、中央に赤い光芒《こうぼう》が走る。

ネズミの着ぐるみを着たカピバラが、途端《とたん》に怯《おび》え出《だ》してコヨミの背後に隠《かく》れた。

やがて一行の目の前に現れたのは、頑強《がんきょう》な具足に身を包み、矛《ほこ》を掲《かか》げた荒武者《あらむしゃ》である。

ただしその頭だけはネズミそのもので、赤くつり上がった眼差《まなざ》しは敵意に満ちていた。

腹に響《ひび》くほどの低い声が天から轟《とどろ》く。

『我《わ》が名は十二神将・《毘伽羅《ビカラ》》——人の子よ、そこな獣《けもの》を我《わ》が矛《ほこ》より護《まも》ってみせよ！』

　すかさず身構えたナユタとコヨミに、探偵《たんてい》が声を張る。

「こいつが本物の中ボスか！　おそらく、そこのカピバラを戦闘終了《せんとうしゅうりょう》まで守《まも》り抜《ぬ》くことがレアアイテム獲得《かくとく》の最低条件になっている。気をつけろ！」

　見た目と気配からして、そこらの雑魚《ざこ》とはまるで質が違《ちが》う。矛《ほこ》を構える姿勢にも隙《すき》がない。

　まずはコヨミが先手をとった。

　身軽さと小さな体を生かして肉薄《にくはく》し、抜《ぬ》きはなった忍刀《しのびがたな》を最短距離《さいたんきょり》で突《つ》き入《い》れる。

　ネズミ頭の毘伽羅《ピカラ》はくるりと身を回してこれを避《よ》け、矛《ほこ》の柄尻《つかじり》で石畳《いしだたみ》を叩《たた》いた。

「ふにゃっ⁉」

　地割れと共に石が砕《くだ》け、舞《ま》い上《あ》がった礫《つぶて》がコヨミを襲《おそ》う。

　一瞬焦《いっしゅんあせ》ったナユタだが、吹《ふ》っ飛《と》んだコヨミは受け身をとりつつ距離《きょり》を稼《かせ》いだ。

「コヨミさん⁉」

　そこそこのダメージは負ったはずだが、致命傷《ちめいしょう》には至っていない。

　そのことに安堵《あんど》する間もなく、ナユタは強く地を蹴《け》った。

　毘伽羅《ピカラ》がコヨミへの追撃《ついげき》に入る前に、その注意を自分に向けなければならない。

　強引《ごういん》に突《つ》っ込《こ》むナユタへ向き直り、毘伽羅《ピカラ》はまったく届かない距離《きょり》から矛《ほこ》を振《ふ》り下《お》ろした。

　その動きに連動して、ナユタの頭上へと雷撃《らいげき》が迸《ほとばし》る。

すんでのところでこれをかわし、ナユタは拳《こぶし》に力を溜《た》めた。

轟音《ごうおん》と共に地をえぐった雷撃《らいげき》は威力《いりょく》が高い。装甲《そうこう》の薄《うす》いナユタでは、おそらく一撃《いちげき》でほとんどの体力を持っていかれる。

早期決着が望ましいが、かといっていきなり急所を狙《ねら》うほど舐《な》められる相手でもない。

まずは《祓打ち《はらいう》》を体の何処《どこ》かに打《う》ち込《こ》む――それに対する反応から、弱点属性を探《さく》りたい。霊的《れいてき》な打撃《だげき》が有効であれば怯《ひる》むはずだし、もし平然としているようなら、《破砕掌《はさいしょう》》など物理系の攻撃《こうげき》に切《き》り替《か》える必要がある。

まずは一撃《いちげき》、当てないことには判断の材料も得られない。

「探偵《たんてい》さんはカピバラの保護をお願いします！」

声を投げておいて、ナユタは空を滑《すべ》るように駆《か》けた。

毘伽羅《ビカラ》が矛《ほこ》をくるりと器用に回し、ナユタが突《つ》っ込《こ》むタイミングにあわせて横一文字に薙《な》ぐ。

素早《すばや》く重いその一撃《いちげき》を、ナユタは中空に飛び上がってかわす。

即座《そくざ》に矛《ほこ》が跳《は》ね上《あ》がりナユタを追ったが、これは無理な動きゆえに威力《いりょく》も速度も減じていた。

（このタイミングなら……いける！）

長い矛《ほこ》を振《ふ》り回《まわ》したことで、毘伽羅《ビカラ》の懐《ふところ》に一瞬《いっしゅん》の、しかし確実な隙《すき》ができた。

飛《と》び込《こ》もうとしたナユタの耳に、コヨミの悲鳴が響《ひび》いた。

「くっ……！」

「なゆさんだめっ！　そいつ麻痺《まひ》ブレスもってるっ！」

——助言は、わずかに遅《おそ》かった。

肉薄《にくはく》したナユタの真正面に、毘伽羅《ビカラ》の口から吹《ふ》き出《だ》した無色透明《とうめい》の息吹《いぶき》が広がる。

失策を悟《さと》った時には、もう彼女《かのじょ》は即効性《そっこうせい》の麻痺毒《まひどく》を浴びていた。

そして毘伽羅《ビカラ》が片手で印を結んだ直後、発せられた衝撃波《しょうげきは》によって、ナユタの身は大きく吹《ふ》き飛《と》ばされる。

見ればコヨミも、辛《かろ》うじて立ち上がりはしたものの、まともに動けない様子だった。

麻痺《まひ》にも段階がある。

軽度の麻痺《まひ》は十数秒で自然回復するが、その代わりに術や道具では治せない。より正確には、術や道具の効果が出る前に治癒《ちゆ》してしまう。

中度の麻痺《まひ》は完全回復まで三十分ほどかかるが、薄《うす》い麻痺《まひ》ブレスを一瞬《いっしゅん》浴びた程度ではかからない。麻痺針《まひばり》等が刺《さ》さった場合には、高確率でこの状態に陥《おちい》りやすい。

そして重度の麻痺《まひ》は、麻痺攻撃《まひこうげき》を複数回にわたって受け続けた場合にのみ起きる異常だが、こうなると自然回復はせず、術や道具に頼《たよ》るかクエストから離脱《りだつ》するしかない。

ナユタとコヨミの現状は、あくまで軽度の麻痺《まひ》だった。

あと数秒で自然に回復するが、その数秒が厳しい。

重装備であればしばらく耐《た》えられる類《たぐい》の攻撃《こうげき》も、身軽さ重視で軽装のナユタ達《たち》にとっては致《ち》命傷《めいしょう》となる。

だが毘伽羅《ビカラ》は――麻痺《まひ》したナユタ達《たち》には眼《め》もくれず、一直線にカピバラをめがけ走り出した。

その傍《そば》にはクレーヴェルもいる。

「探偵《たんてい》さん！　逃《に》げ……！」

ナユタの悲鳴と、探偵《たんてい》の舌打ちが重なった。

「こいつ……！　攻撃《こうげき》はカピバラ優先か！」

探偵《たんてい》がステッキを構える。

そのまま迎《むか》え撃《う》つかと思いきや、彼《かれ》はカピバラの着ぐるみ部分にステッキの持ち手を引っかけ、大きく振《ふ》り回《まわ》すと遠心力で放り投げた。

ぬいぐるみほどの軽さのカピバラは、緩《ゆる》やかな弧《こ》を描《えが》いてナユタの傍《そば》へぽてんと落ちてくる。

すかさず反転しようとした毘伽羅《ビカラ》の足に、探偵《たんてい》がステッキを引っかけた。

ナユタが麻痺《まひ》から回復するまでの、ほんの数秒――

それを稼《かせ》ぐための行動だが、幸運値以外のステータスがレベル1のクレーヴェルにとって、これはまさに自殺行為《こうい》といっていい。

体勢を崩《くず》しつつ振《ふ》り返《かえ》った毘伽羅《ビカラ》の矛《ほこ》が、探偵《たんてい》の体を真っ向から貫《つらぬ》くのに、一秒とはかからなかった。

「探偵《たんてい》さんっ⁉」

光芒《こうぼう》と共に消えゆくクレーヴェルが、最後に声を張り上げる。

「ナユタ！　傀儡《くぐつ》を使……！」

——指示は途中《とちゅう》で掻《か》き消《き》えた。

ナユタより一瞬《いっしゅん》早く、コヨミが軽度麻痺《まひ》から回復する。

「一撃《いちげき》って……！　……まぁ、そりゃそうだよね……一応、探偵《たんてい》さんの仇《かたき》っ！」

ステータスに問題があるクレーヴェルの撤退《てったい》自体は、それなりにいつものことと認識《にんしき》されている。

ただし今回は、ナユタとカピバラを庇《かば》うための覚悟《かくご》の自滅《じめつ》だった。

コヨミは不用意に飛びかからず、毘伽羅《ピカラ》へ苦無《くない》を投げつける。

矛《ほこ》をプロペラのように回してこれを叩《たた》き落《お》としつつ、毘伽羅《ピカラ》はネズミの眼《め》を赤く光らせた。

それを直視してしまったコヨミが、がくりとその場に膝《ひざ》をつく。

「こ、今度は邪眼《じゃがん》……!?　状態異常きらいぃー……」

脱力《だつりょく》で動けなくなったコヨミを放って、毘伽羅《ピカラ》はやはりカピバラを目指し駆《か》けてきた。

ナユタはアイテムリストから《鬼動傀儡《きどうくぐつ》・鬼姫《おにひめ》》を選択《せんたく》する。

「鬼姫《おにひめ》、戦支度《いくさじたく》！」

額に角の生えた幼女の陰陽師《おんみようじ》は、主《あるじ》の呼び出しに応じて戦闘《せんとう》態勢へ移行した。

鬼動傀儡《きどうくぐつ》は基本的にオートで動くが、設定されたキーワードを用いれば簡単な指示を出すこともできる。

《戦支度《いくさじたく》》は戦闘《せんとう》状態に入るためのスイッチで、この指示の直後から稼働《かどう》時間のカウントが始まる。

陰陽師《おんみようじ》の幼女がうっすらと瞼《まぶた》を開けた。

その下の眸《ひとみ》は深い青色を湛《たた》え、淡《あわ》く発光している。

起動直後、鬼姫《おにひめ》の細腕《ほそうで》から白い符《ふ》が燕《つばめ》のように飛んだ。

符《ふ》はコヨミの肩口《かたぐち》にぺたりと張り付き、邪眼《じやがん》の効果を打ち消し始める。

一方のナユタは怯《おび》えるカピバラの前に飛び出し、格闘《かくとう》の構えをとった。

ナユタをめがけ、毘伽羅《ピカラ》が神速の矛《ほこ》を突《つ》き入《い》れる。

カピバラ優先の思考とはいえ、その近くにプレイヤーがいる場合には、まずプレイヤーを狙《ねら》う仕様らしい。

麻痺《まひ》ブレスを警戒《けいかい》し、ナユタはバックステップを交えて矛《ほこ》をかわした。

「鬼姫《おにひめ》、麻痺《まひ》耐性付与《たいせいふよ》！」

初使用だけに、使えるか否《いな》かはわからない。しかし術師系のフレンドが同行している時と近い感覚で、ナユタは傀儡《くぐつ》に指示を出した。

後方に立った鬼姫《おにひめ》が、今度はナユタにめがけて符《ふ》を飛ばす。

しかし直線的に飛んできた符《ふ》は、毘伽羅《ピカラ》相手に動き続けるナユタから逸《そ》れてしまった。

さすがに追尾式《ついびしき》ではないらしい。つまり、指示の後は数瞬《すうしゅん》だけその場に留《とど》まり、きちんと符《ふ》を受ける必要がある。

「なゆさん！　私が替《か》わるから、その隙《すき》に！」

邪眼《じゃがん》から回復したコヨミが、苦無《くない》を連発した。

再三にわたる妨害《ぼうがい》に怒《おこ》ったか、毘伽羅《ピカラ》がネズミの声で高々と吠《ほ》える。

その注意がコヨミへと向いた隙《すき》に、ナユタは動きを止めて指示を飛ばした。

「鬼姫《おにひめ》、ごめん！　もう一回、麻痺耐性《まひたいせい》！」

陰陽師《おんみょうじ》の幼女が白い符《ふ》を投げ打つ。

矢のように飛んだ符《ふ》は、今度は過《あやま》たずにナユタの背へ張り付き、ほのかな熱を伴《ともな》った加護が彼女《かのじょ》の全身を包んだ。

その防御《ぼうぎょ》効果を信じ、ナユタは大きく踏《ふ》み込《こ》む。

接近を察した毘伽羅《ピカラ》が向き直る。

迎《むか》え撃《う》とうとした矛《ほこ》の切っ先がナユタの頬《ほお》をかすめ、麻痺《まひ》ブレスが全身を覆《おお》い、ちりちりとひりつくような威圧《いあつ》が魂《たましい》を震《ふる》わせる。

それでもなお、彼女《かのじょ》の四肢《しし》は問題なく動いていた。

裂帛《れっぱく》の気合を込《こ》めて、鎧《よろい》に護《まも》られた毘伽羅《ビカラ》の鳩尾《みぞおち》へ、ナユタは渾身《こんしん》の拳撃《けんげき》を叩《たた》き込《こ》む。

手応えはあった。

拳《こぶし》へ伝わる、その衝撃《しょうげき》が去らぬうちに――

遥《はる》か天上より、勝負の決着を知らせる晴れやかな銅鑼《どら》の音が鳴《な》り響《ひび》いた。

§

連休最終日の三《み》ツ葉《ば》探偵社《たんていしゃ》にて、ナユタはぼんやりとコヨミの毛繕《けづくろ》いをしていた。

「にゃふー……極楽極楽《ごくらくごくらく》ぅー……」

ブラシをかけられてとろけた声を漏《も》らすコヨミは、その全身を茶色い毛に覆《おお》われている。

丸々としたフォルム、肉球つきの短い手足、やたらとでかい頭に眠《ねむ》たげな黒い眼差《まなざ》し――

誰《だれ》が見ても一目でわかるその姿は、カピバラ以外の何物でもない。

大口の奥《おく》からは人間としての顔が申し訳程度に覗《のぞ》いているものの、張り出した上顎《うわあご》と下顎《したあご》に隠《かく》れてしまいあまり目立たない。

そして、カピバラに化けたコヨミをブラッシングしているのはナユタだけではない。

もう一人、陰陽師《おんみょうじ》姿《すがた》の傀儡《くぐつ》が、まったくの無表情でナユタの反対側からブラシをかけている。

事務所の主《あるじ》たる探偵《たんてい》クレーヴェルは、この異様な光景から懸命《けんめい》に眼《め》を逸《そ》らしていた。

その心中を慮《おもんぱか》り、ナユタもあえて何も言わない。

事務所の扉《とびら》がノックと同時に開いた。

「や、皆様《みなさま》おそろいで。どうだい、鬼姫《おにひめ》の調子は？」

のんびりとやってきたエラー検証室の虎尾《とらお》に、ナユタは会釈《えしゃく》を送る。ブラッシングの手は休めない。

「虎尾《とらお》さん、こんにちは。鬼姫《おにひめ》、すごいですよ。火力こそないですが、バックアップに関しては万全《ばんぜん》だと思います。おかげで十二神将も六人目までクリアして――コヨミさんも、レアアイテムの《カピバラの着ぐるみ》を入手できてご満悦《まんえつ》です」

ナユタの膝《ひざ》の上で、うつ伏《ぶ》せに寝たコヨミがふりふりと尻尾《しっぽ》を振《ふ》った。

「うんうん。素晴《すば》らしいよねカピバラ……もうこのカピバラスーツ、一生もののお宝になりそう……着てるだけでなゆさんが甘《あま》やかしてくれるし、他のプレイヤーさん達《たち》もかわいがってくれるし、毛羽毛現《けうけげん》の皆《みな》さんも仲間扱《あつか》いしてくれるし。もう私、忍者《にんじゃ》からカピバラに転職しよーかな……」

至って上機嫌《じょうきげん》のコヨミだが、それも無理からぬことで、この着ぐるみはかなりのレアアイテムである。

少なくともナユタ達《たち》のフレンドで入手しているのはコヨミだけであり、着て歩くだけで見知らぬプレイヤーが集まってくる程度には人気を博していた。

そして、そのブラッシングを続ける《鬼姫《おにひめ》》もまた衆目を集める存在になりつつある。

運営が回収しそびれた《鬼動傀儡《きどうくぐつ》》は、既《すで》に何体かがプレイヤーの手に渡《わた》ったらしい。

総数としてはおそらく十体未満であり、まだまだ知名度は低いが、都市伝説のような形で怪《あや》しい噂《うわさ》だけが広まりつつある。

いわく、AIで動く戦闘用《せんとうよう》アンドロイドが実装された。

いわく、軍需《ぐんじゅ》産業からの依頼《いらい》で戦闘《せんとう》データ収集のために極秘《ごくひ》の試験運用が行われている。

いわく、着《き》せ替《か》え人形が趣味《しゅみ》のハッカーが妙《みょう》なものを落としていった——

虎尾《とらお》から内情を聞かされていなければ、ナユタ達《たち》もそれらの噂話《うわさばなし》を楽しんでいたかもしれない。

虎尾《とらお》が上機嫌《じょうきげん》で空いていた椅子《いす》に腰掛《こしか》けた。

「いや、助かったよ。君らの戦闘《せんとう》データとレポートのおかげで、《鬼動傀儡《きどうくぐつ》》の問題点の洗い出しもスムーズに進んだ。連休中には間に合わなかったが、次のアップデートと同時に公式にお披露目《ひろめ》できそうだ。課金回りの仕様も、まぁ……無難なところに落ち着きそうだよ」

クレーヴェルが力なく笑った。

「それは何よりです。結局、虎尾《とらお》さんの案が通ったんですね」

「いやいや、私の案じゃないよ——表向きはね？」

悪戯《いたずら》っぽく呟《つぶや》いて、虎尾《とらお》が鬼姫《おにひめ》の頭を撫《な》でた。

「……君らには言ってなかったが、こいつにはちょっとした思い入れもあってね。鬼動傀儡《きどうくぐつ》の素体を制作したのは、私の同期の仲間なんだ。デザインにはいろんなスタッフが関わったが、苦労して作っていたのを知っているから、なるべくいいかたちで日の目を見せてやりたかった。ナユタさん、今後もかわいがってやってくれ」

ナユタは微笑《びしょう》と共に頷《うなず》く。

前線で戦うナユタとコヨミにとって、後衛のサポート役は命綱《いのちづな》といってもいい。アイテムリストからいつでも呼び出せる鬼姫《おにひめ》は、まさに格好のパーティーメンバーだった。

そんな彼女《かのじょ》に関して、ナユタには不思議に思っていることがある。

「虎尾《とらお》さん、この子って学習機能もついているんですか？　私がコヨミさんのブラッシングをしていたら、こうして真似《まね》をし始めて——戦闘用《せんとうよう》だと思っていたので、少し意外でした」

「ああ。難しいことはできないが、人の真似《まね》をする程度の能力はある。それがどんな意味を持つのか、までは理解していないが、肩揉《かたも》み程度まではこっちでも確認済《かくにんず》みだ。ところで……私も、聞きたいことがあるんだが——」

虎尾《とらお》が室内をぐるりと見回した。

三ツ葉探偵社《みつばたんていしゃ》では、普段《ふだん》は黒猫《くろねこ》のボットが接客をしている。

今、そのボットは戸棚《とだな》の上に陣取《じんど》り、眼下に蠢《うごめ》く獣《けもの》の群れをじっと注視していた。

のそのそと歩いてきたカピバラが、虎尾《とらお》の足を枕《まくら》に昼寝《ひるね》を始める。

執務中《しつむちゅう》の探偵《たんてい》の膝上《ひざうえ》には、既《すで》にウォンバットが我《わ》が物顔《ものがお》で居座《いすわ》っており、ナユタやコヨミ、鬼姫《おにひめ》の周囲も丸い毛玉達《たち》によって埋《う》め尽《つ》くされていた。

――コヨミが入手したレアアイテム、《カピバラの着ぐるみ》。

その装備に備わった特殊《とくしゅ》スキル《毛玉召喚《しょうかん》》は、戦闘《せんとう》が起きない町の中でのみ、一定数のカピバラとウォンバットをランダム召喚《しょうかん》できるという強力なものだった。

昨日から三《み》ツ葉《ば》探偵社《たんていしゃ》はコヨミと彼《かれ》らに制圧されており、家主たるクレーヴェルは苦悩《くのう》の時を過ごしている。

虎尾《とらお》の疑問もこの状況《じょうきょう》に関するものだった。

探偵《たんてい》の膝《ひざ》に乗ったウォンバットを指さし、彼《かれ》はぽつりと問う。

「……暮居《くれい》君。それ、作業の邪魔《じゃま》じゃないか？」

「……何度どかしても戻《もど》ってくるので、諦《あきら》めました」

いっそVR空間でなく現実の事務所で仕事をすればいいはずだが、生憎《あいにく》と今日も彼《かれ》にはガイドの仕事が入っているらしい。

今は依頼人《いらいにん》の到着待《とうちゃくま》ちで、合間の時間に書類をまとめている。

虎尾《とらお》が帰った後で、クレーヴェルは狐《きつね》じみた眼《め》を細め、若干疲《じゃっかんつか》れた様子の薄笑《うすわら》いを浮《う》かべた。

「……さて。今回は、テストプレイでもないのに虎尾《とらお》さんにいいように使われたな」

その言葉を聞き咎《とが》め、ナユタは小声で問い返す。

「鬼姫《おにひめ》のことですか？　確かに、レポートとかいろいろありましたが――」

「それもだけど……十二神将だよ」

クレーヴェルが欠伸《あくび》をした。

ここ数日、彼《かれ》はドロップ率上昇《じょうしょう》のために、仕事終わりにナユタ達《たち》の十二神将討伐《とうばつ》に付き合わされていた。

運悪く――あるいは運良く撤退《てったい》に追《お》い込《こ》まれた日はそのまま休息に移れたようだが、連日のことだけにやはり疲労《ひろう》は溜《た》まってしまったらしい。

ごろごろと喉《のど》を鳴らすコヨミをあやしつつ、ナユタは問いを重ねる。

「十二神将？　あれって、虎尾《とらお》さんも関係あるんですか？」

クレーヴェルが肩《かた》をすくめた。

「戦っていてわからなかったかな。あの十二神将戦……あれは明らかに、《鬼動傀儡《きどうくぐつ》》の実戦テスト用に調整されたものだ。傀儡《くぐつ》の支援《しえん》を生かしやすいように、それからプレイヤーが傀儡《くぐつ》の扱《あつか》い方《かた》を試行錯誤《しこうさくご》できるように、様々なパターンを網羅《もうら》していた」

十二神将は強敵だが、体力を０に追《お》い込《こ》む必要はなく、隙《すき》をついてクリティカルを一撃《いちげき》決めれば戦闘終了《せんとうしゅうりょう》となる仕様だった。

勝てば神将は去り、危機を救われた干支姿《えとすがた》のカピバラがお礼のレアアイテムをくれる。神将からカピバラを守りきれなかった場合には、その時点で試練終了《しゅうりょう》となる。

指摘《してき》されるまで気づかなかったが、確かにここまでの対十二神将戦では、鬼動傀儡《きどうくぐつ》が大きな存在感を発揮していた。

「ここからは私の勝手な推測だけれど——当初の予定では、おそらくあの石段の下で、すべてのプレイヤーが傀儡《くぐつ》と出会う流れだったんだろう。そして一時的に共闘《きょうとう》し十二神将を制覇《せいは》、ラスボスまで倒《たお》した時、晴れて共闘《きょうとう》した《鬼動傀儡《きどうくぐつ》》を道具として入手できる——おそらく今からでも、虎尾《とらお》さん達《たち》はそういう仕様に戻《もど》そうとしている。この手の道具はいきなり入手しても使い勝手がわかりにくいし、その意味であの十二神将戦がチュートリアルのような位置づけと見ていい。まだ我々も攻略途中《こうりゃくとちゅう》だけれど、まんまと虎尾《とらお》さんに乗せられたね。あれだけ上機嫌《じょうきげん》ということは、さぞいいデータがとれたんだろう」

狐《きつね》のように嗤《わら》うクレーヴェルに、ナユタは呆《あき》れた。

「そういうことは気づいた時点で教えてください。何も考えずに戦っていた自分が間抜《まぬ》けに思えてきます」

「虎尾《とらお》さん的には、まさに余計なことを何も考えずに戦ってほしかったんだろうから、むしろいい仕事をしたと誇《ほこ》るべきかな」

困惑《こんわく》の末に、ナユタは眉《まゆ》をひそめた。

「……なんだか腑《ふ》に落ちませんが……私達《わたしたち》が《鬼姫《おにひめ》》を入手できたのも、もしかして虎尾《とらお》さんの仕業なんでしょうか？」

探偵《たんてい》が、人差し指を口元に添《そ》えた。

「さすがにそれは偶然《ぐうぜん》だろうね。他のプレイヤーからでも、こっそりデータはとれる。ただ、ここから先は私の無責任な妄想《もうそう》だけれど……《鬼動傀儡《きどうくぐつ》》を全回収しなかったことは、おそらくわざとだ」

探偵《たんてい》が声をひそめた。

「──なにせ本当に全部の傀儡《くぐつ》を回収してしまったら、上層部の責任問題にならない。今回の件は、〝上からの理不尽《りふじん》な仕様変更《へんこう》要求によって、開発現場に無用の混乱をきたした〟という筋書きだ。この事実を盾《たて》に、傀儡《くぐつ》の仕様に関する交渉《こうしょう》を有利に進めたい──狙《ねら》いはそんなところかな」

探偵《たんてい》の「無責任な妄想《もうそう》」は、妙《みょう》な説得力を伴《ともな》っていた。

「それって、社内の派閥争《はばつあらそ》い……みたいな話ですか？」

「それもあるかもしれないね。詳《くわ》しい事情までは知らないけれど……おっかないから、あまり首を突《つ》っ込《こ》みたくはないな」

ナユタは呆気《あっけ》にとられた。

もしクレーヴェルの推論が正しければ、最初から最後までとんだ茶番劇といっていい。

「いくらなんでも、そんな……？」

「ああ、有り得ない。だから全部、私の妄想《もうそう》だ」

あっさりと言い捨てて、探偵《たんてい》は何食わぬ顔で事務仕事に戻《もど》った。

釈然《しゃくぜん》としないまま、ナユタはコヨミのブラッシングを続ける。

さほど間をおかずにカピバラスタイルのコヨミが寝息《ねいき》を立て始め、つられてナユタもうつらうつらと居眠《いねむ》りを始めた。

それを潮に《鬼姫《おにひめ》》が立ち上がり、今度はナユタの髪《かみ》を無言で梳《と》かし始《はじ》める。

手つきは丁寧《ていねい》で、まるで子猫《こねこ》を舐《な》める母猫《ははねこ》のように優《やさ》しい。

その微笑《ほほえ》ましくも奇妙《きみょう》な光景を、視界の端《はし》にちらりと捉《とら》え——

ウォンバットを抱《かか》えた探偵《たんてい》は、眠気《ねむけ》に負けず淡々《たんたん》と事務仕事をこなしていった。

《百八の怪異》

開発室裏話　其の弐

あやかし横丁 鉄道事情

《百八の怪異》実装にあわせてオープンした広大な街、《あやかし横丁》には、路面電車の路線が複数存在している。

街をぐるりと囲む環状の〝山ノ怪線〟、東西を直線的に結ぶ〝葬夢線〟、北側へ抜ける〝災凶線〟、海側を走る〝ゆりからす〟、などだが、それらは基本的に「路面電車の体裁をとった転送ゲート」であり、各駅もどちらかといえば停留所に近い簡素なデザインとなっていた。

「これだけでは、鉄道系の怪異に対応しにくい」

開発現場からそんな声が上がったのは、《百八の怪異》実装直前の昨年十月のことである。

投稿作の中には、駅や列車を舞台にしたクエストが複数存在していた。それらのクエストへ違和感なくプレイヤーを導くために、近代的な鉄道と駅舎が必要視され、その建設地として選ばれたのがあやかし横丁の東端、《餓野》界隈であった。

駅の地下は複雑に入り組んだダンジョンとなっているが、攻略目的以外の利用者のためにホームへつながる直通のエレベーターも整備され、旅券所持のプレイヤーが間違ってダンジョン側に迷い込まないよう、セキュリティと案内も徹底された。

鉄道系の各クエストへつながるターミナルとして、今後も更なる発展が期待されている。

三章

鬼姫双紙　上

おにひめぞうし・じょう

ゲームプログラマー、遠藤透《えんどうとおる》は、浴槽《よくそう》に沈《しず》んだ《死体》を前にして途方《とほう》に暮れていた。

やるべきことは決まっている。

すぐに救急車を呼ぶ、あるいは警察を呼ぶ——どちらかの対応が必要なことは、世間知らずの彼《かれ》にもさすがに理解できる。

（で、どっちかを呼んだとして……《俺《おれ》》のことは、なんて説明したらいいんだ……？）

徹夜《てつや》続きの淀《よど》んだ頭で、彼《かれ》はどうにか思案を巡《めぐ》らせる。

ぐらぐらと視界が揺《ゆ》れる。

否《いな》、視界どころか膝《ひざ》が揺《ゆ》れている。

壁《かべ》に背中を預けて座《すわ》り込《こ》み、両手で顔を覆《おお》う。

「なんで……このクソ忙《いそが》しい時に、どうして、こんな……何勝手に死んでんだ、このバカ野郎《やろう》……」

——自分が気づいていないだけで、これは悪い夢かもしれない。眠《ねむ》って起きたら死体は消えていて、それどころか今までの人生のすべてが悪い夢で、小学生あたりからやり直せるかもしれない——そんな有り得ない妄想《もうそう》に逃《に》げ込《こ》みつつ、彼《かれ》は死体を浴槽《よくそう》から出そうと試みた。

しかし太った人間の体は重く、激務続きでふらふらになった遠藤《えんどう》の力ではもはやどうにもならない。

そもそも手足が震《ふる》えてしまい、まともに力が入らない。

途方《とほう》に暮れた挙げ句、風呂《ふろ》の水を抜《ぬ》いて死体に毛布をかぶせ、彼《かれ》はすべてを見なかったことにした。

そのまま這《は》うようにして寝室《しんしつ》へ移動し、ぐったりとベッドに倒《たお》れ込《こ》む。

——今はただ、ただただ深く、何も考えずに眠《ねむ》ってしまいたい。

考えるのは起きてからでいい。それで何か妙案《みょうあん》が浮《う》かぶとはとても思えないが、それでも今は瞼《まぶた》を開けていられない。

感性も心も常識さえも麻痺《まひ》させるほどの疲労《ひろう》に、意識を根こそぎ刈《か》り取《と》られてしまう。

（明日がくれば……朝になれば……）

浴槽《よくそう》の死体は、翌朝もそこにあった。

§

犬はネコ目イヌ亜目《あもく》イヌ科《か》である。

つまり大きな括《くく》りで考えると、犬はネコである。

クマもネコ目であり、パンダを大熊猫《おおくまねこ》などと呼称《こしょう》するとおり、彼《かれ》らもネコの身内といっていい。

アシカ、セイウチ、アザラシ、ラッコもネコ目である。海洋生物であろうとも、広義ではネコに分類される。少なくとも人よりはネコに近い。

さらにウミネコは鳥であるが、名前がネコである以上はネコの仲間である可能性を否定できない。

巷《ちまた》では稀《まれ》に「十二支に猫《ねこ》がいない」などという奇《き》怪《かい》な説が流れるものの、これらの理由から、寅《とら》と戌《いぬ》に関してはほぼネコ、鳥に関しても一部はネコであると解釈《かいしゃく》して差《さ》し支《つか》えないのではないか──

「……と、こういうことを真顔で言うんだよ、虎尾《とらお》さんは」

「そういえば、狐《きつね》もネコ目イヌ科《か》ですよね」

日曜日の三《み》ツ葉《ば》探偵社《たんていしゃ》──ではなく、クローバーズ・ネットワークセキュリティ・コーポレーションのオフィス、即《すなわ》ち暮居海世《くれいかいせい》の自宅にて、クレーヴェルはナユタと共に昼食のテーブルを囲んでいた。

昼食のメニューは五目御飯《ごもくごはん》と味噌汁《みそしる》、浅漬《あさづ》け、ロールキャベツという、それなりにバランスのとれたものとなっている。

五目御飯《ごもくごはん》とロールキャベツはナユタが持ってきたもので、味噌汁《みそしる》と浅漬《あさづ》けはオフィスのキッチンでやはり彼女《かのじょ》が手早く作った。

一人暮らしを始める前から家事は得意だったらしく、その手際《てぎわ》は鮮《あざ》やかで味も申し分ないが
──彼女《かのじょ》の年齢《ねんれい》や容姿等に、看過しにくい問題があることは否《いな》めない。

現実でのナユタは、ゲームの中での勇ましい戦巫女《いくさみこ》姿《すがた》とは打って変わり、地味で落ち着いた服装を好んでいる。

今日もシンプルなサマーニットにロングスカートという出《い》で立《た》ちだったが、生憎《あいにく》と常人離《じょうじんばな》れしたスタイルと美貌《びぼう》のせいであまり地味には見えていない。

（……バレたら捕《つか》まるな、これは……）

女子高生を相手に雑談をかわしながら、クレーヴェルはたまにそんなことを思う。やましい真似《まね》はしていないと天地神明に誓《ちか》えるが、他人がそれを信用してくれるとはとても思えない。

そんなクレーヴェルの怯《おび》えを知ってか知らずか、ナユタはぴんと背筋《の》を伸ばし、箸《はし》を片手に楚々《そそ》と微笑《ほほえ》んだ。

「猫神《ねこがみ》信仰《しんこう》の司祭様の持論はさておき……狐《きつね》って猫《ねこ》よりは犬に近いと思うんですが、丸まって寝ている姿はなんだか猫《ねこ》っぽいですよね。人への懐《なつ》き方《かた》も、犬よりは猫《ねこ》に近そうな印象です。あまり懐《なつ》かないというか、懐《なつ》いてもそっぽを向いて傍《そば》にいるだけ、みたいな」

「確かに、しっぽを振《ふ》ってじゃれついたり、投げたボールを取ってくるような狐《きつね》はあまり想像できないな」

食事中のこうした他愛もない会話を楽しんでしまう程度には、クレーヴェルもこの状況《じょうきょう》に慣れつつある。

双方《そうほう》ともに一人暮らしで、これまでは食事にも手を抜《ぬ》きがちな生活をしていた。

ナユタ曰《いわ》く、「食べてくれる相手がいないと料理にも張り合いがない」とのことで、最初はサンドイッチや軽食の差し入れ程度だったはずが、いつの間にかキッチンの使い勝手を把握《はあく》されてしまった。

クレーヴェルが買った覚えのない調味料もいくつか増え、何やら徐々《じょじょ》に餌付《えづ》けされつつあるような違和感《いわかん》さえあったが、ナユタの側はおそらく自覚していない。

彼女《かのじょ》はあくまで、「受験勉強を見てもらっているお礼」程度に考えている。

「一人分も二人分も手間はほとんど一緒《いっしょ》ですし、探偵《たんてい》さんを出しに自分の食べたいものを作っているだけなので、気にしないでください」

そんな言葉を向けられては無下にもしにくい。

実際のところ、ＶＲＭＭＯのプレイヤーはどうしても現実の食生活を疎《おろそ》かにしてしまいがちである。

ゲーム内で好評の「いくら食べても太らない甘味《かんみ》」は、つまり「一切《いっさい》の栄養素が０の疑似《ぎじ》食料」であり、それで満腹感を得るばかりでは現実の肉体がどんどん衰弱《すいじゃく》していく。

この要素は当然の如《ごと》く「ダイエットに便利」という評判を生み、女性プレイヤーの拡大にも貢献《こうけん》したが、同時に栄養失調でダウンする困った層をも生み出した。

ナユタが「一人だと手を抜《ぬ》いてしまう」と言ったのもあながち冗談《じょうだん》ではなく、一人暮らしの大学生や若い社会人が、ＶＲＭＭＯに手を出して健康を害したという話はさほど珍《めずら》しくない。

かくいうクレーヴェル自身――忙《いそが》しい時にはつい、《にゃんこそば》の出前で空腹感をごまかし、仕事を続けてしまうことがある。

一度、ゲーム内の探偵社《たんていしゃ》でその光景をナユタに見られてしまい、以降、彼女《かのじょ》の差し入れが軽食的なものから主食へと明らかにランクアップした。

年上としては情けないことに、本音を言えば単純に有《あ》り難《がた》い。一応、材料費は多めに渡《わた》している。

「あ、五目御飯《ごもくごはん》はおにぎりにしておきましたから。冷凍庫《れいとうこ》にいれてありますから、夜食が必要な時に食べてくださいね」

「……ありがとう。助かる」

狐《きつね》にも餌付《えづ》けは効果的らしい。

ナユタが丁寧《ていねい》に味噌汁《みそしる》をすすりながら、わずかに首を傾《かし》げた。

「さっきの話に戻《もど》りますが……狐《きつね》って顔つきや体格は犬に近いのに、やっぱり猫《ねこ》っぽくも見えるんですよね。むしろ、犬と猫《ねこ》の中間に狐《きつね》がいる、みたいな……私だけの感想でしょうか？」

ナユタの可愛《かわい》らしい指摘《してき》に、クレーヴェルはつい微笑《びしょう》をこぼした。

「イメージの問題か。わかる気がするよ。犬は人に忠実に仕える獣《けもの》で、猫《ねこ》は何者にも仕えない自由な獣《けもの》だ。どちらも人間の間近で暮らすペットでありながら、対照的なイメージを持っている。そして狐《きつね》の場合は……人には懐《なつ》かないけれど、《神に仕える獣《けもの》》というイメージがあるね。これは稲荷信仰《いなりしんこう》の影響《えいきょう》だが、結果として、《何かに仕える獣《けもの》》という点で犬に近く、《人には仕えない獣《けもの》》という点で猫《ねこ》に近いイメージを、君の中で得るに至った——と、こういう考え方はどうかな？」

ナユタが驚《おどろ》いたように口元へ手を添《そ》えた。

「……なんだか、急に腑《ふ》に落ちました。確かに私の持っている狐《きつね》のイメージって、野生の狐《きつね》よりもお稲荷《いなり》さんのほうが強いです。コヨミさんは、〝狐《きつね》は犬っぽい、猫《ねこ》とはぜんぜん違《ちが》う〟って言っていて、その認識《にんしき》の違《ちが》いが不思議だったんですが……たぶんコヨミさんにとっての狐《きつね》は、犬に似た可愛《かわい》い動物なんですね。口が大きくて鼻が突《つ》き出《で》ていて、顔立ちとしては犬との共通点のほうが多いわけですし」

クレーヴェルは苦笑《くしょう》とともに頷《うなず》いた。

「ここに狼《おおかみ》や熊《くま》や狛犬《こまいぬ》やらの分析《ぶんせき》が加わると、また民俗学的《みんぞくがくてき》に込《こ》み入《い》った話になりそうだけれどね。そして口も鼻も普通《ふつう》なのに、眼《め》が細いだけで何故《なぜ》か狐扱《きつねあつか》いされる私のような人間もいる。人が持つイメージというのは、存外あやふやなものなんだろう」

ナユタが即座《そくざ》に首を横に振《ふ》った。

「あ、いえ。探偵《たんてい》さんが狐《きつね》っぽいのは、眼《め》だけじゃなくて細身の体型とか隠《かく》しきれない胡散臭《うさんくさ》さとか浮《う》き世離《よばな》れした清潔感とか、頑張《がんば》って人間のふりをしている化《ば》け狐感《ぎつねかん》が凄《すご》いので……

いろいろな要素を複合した上での印象なので、決して眼《め》が細いせいだけではないです」

「……畳《たた》みかけないでくれ。一つ一つの指摘《してき》に反論できない」

あくまでナユタが抱《いだ》く印象の話であり、おそらく反論の余地もないのだが、そうはいっても受《う》け入《い》れ難《がた》い。

弱腰《よわごし》の探偵《たんてい》を見て、ナユタがくすりと微笑《ほほえ》んだ。

「でも私、探偵《たんてい》さんのおかげで狐《きつね》に対する印象は良くなりました。あと、見た目だけで胡散臭《うさんくさ》いなんて判断しちゃいけないなあ、って……いえ、口では言っていますけれど」

クレーヴェルは真顔で茶をすする。

「いや、見た目は大事だよ……見た目がいいからと、一目見ただけで相手を信用してしまうようでも困るが、少しでも胡散臭《うさんくさ》い、怪《あや》しいと思ったら、その直感は信じたほうがいい。警察一家で育った君なら理解しているだろうが、世の中、悪党は山ほどいるし、特に君みたいな若い娘《むすめ》は狙《ねら》われやすい。私のことは信頼《しんらい》してくれているようだし、その信頼《しんらい》を裏切るつもりも毛頭ないけれど、それでも警戒《けいかい》は忘れないでくれ」

ナユタが曖昧《あいまい》に微笑《ほほえ》んだ。

「言いたいことはわかりますし、気をつけます。ただ、必要以上に警戒《けいかい》しすぎると……私、本当にいつまでも独りで生きないといけなくなっちゃうので――」

紛《まご》う方《かた》なき正論に、クレーヴェルは肩《かた》をすくめた。

「……まったくもってそのとおりだ。なんとも加減が難しい。まあ、何かあったらすぐ相談してくれ。私に話しにくいことならコヨミ相手でもいい。特にここ数日……何か、悩《なや》みを抱《かか》えているようにも見えるから」

不躾《ぶしつけ》を承知で、探偵《たんてい》はそう指摘《してき》した。

ナユタが驚《おどろ》いたように眼《め》を見開く。

「……え。あれ？　顔にでてましたか……？」

「やっぱりか。無理をして明るく振《ふ》る舞《ま》っているように見えたから、かまをかけてみた」

確信があったわけではない。外れていても笑い話で済むと思い、適当なことを言った。

ナユタが自身の額を掌《てのひら》で覆《おお》う。

「……あー……そうですよね。探偵《たんてい》さんはそういう人ですよね……いえ、別に悩《なや》み事《ごと》というわけではないんですが……」

彼女《かのじょ》にしては、珍《めずら》しく歯切れの悪い物言いだった。

クレーヴェルは湯飲みに茶を注《つ》ぎ足《た》し、辛抱強《しんぼうづよ》く反応を待つ。

「……実は、その――この間、スーパーで探偵《たんてい》さんと買い物しているところを、学校の友達に見られちゃったみたいで……」

「……ん？」

事案発生の一報に、クレーヴェルは固まった。

ナユタの声が細くなる。

「……もちろん先生とかにはバレていないんですが、いつの間にか、私に年上の彼氏《かれし》がいることにされていて……ついでに、探偵《たんてい》さんと私が一緒《いっしょ》の写真も盗撮《とうさつ》されてしまって……」

探偵《たんてい》の顔からすっと血の気が引いた。

「……い、いやいや。ただの食料品の買い出しだろう。何もやましい状況《じょうきょう》じゃない」

「……私もそう思ったんですが、撮《と》られていた写真が想像以上に仲良さそうに写っていて……〝あれ？　他人から見たらこんな感じなのかな？〟って思ったら、少し驚《おどろ》いてしまって……すすみません。こんなこと、いちいち相談するような話ではないんですが、たまにふと思い出してしまうんです。あ、探偵《たんてい》さんのことはちゃんと〝兄の友人〟と説明しておきましたから、大《だい》丈夫《じょうぶ》だと思います」

ナユタは気丈《きじょう》に微笑《ほほえ》んだが、声がどこか空々しい。

クレーヴェルは恐《おそ》る恐《おそ》る問う。

「……で、その説明で誤解は解けたのかな？」

ナユタは無言で視線を逸《そ》らし、浅漬《あさづ》けの蕪《かぶ》をそっと口に放《ほう》り込《こ》んだ。

「……ちょっと味付けが薄《うす》すぎたかもしれませんね。もう少し濃《こ》いめのほうがいいですか？」

「……いや。私はこれくらいでちょうどいいと思う」

二人揃《そろ》って現実から逃避《とうひ》し、この話題は打ち切りとなった。

食後まで続く若干《じゃっかん》の気まずい空気を壊《こわ》すように、不意にインターホンが鳴った。来客の予定は特にない。今日は日曜日で会社も休みとなっている。

「おや？　誰《だれ》かな」

クレーヴェルはこれ幸いと席を立った。

インターホンの液晶《えきしょう》画面に映っていたのは、小学生と思《おぼ》しき可愛《かわい》らしい少女だった。

知り合いではない。が、何故《なぜ》か見覚えがあるような気もする。

（……誰《だれ》だ……？　以前の取引相手の娘《むすめ》さんか、あるいは誰《だれ》かの親戚《しんせき》か……）

来客自体がさほど多くない。訪《おとず》れるのは数人の知人、あるいは取引先の関係者ばかりで、少なくとも小学生が訪ねてくるような場所でもない。

ひとまずマイク越《ご》しに声をかける。

「はい。クローバーズ・ネットワークセキュリティです。お嬢《じょう》さん、こちらに何か御用《ごよう》ですか」

『よう、暮居《くれい》。俺《おれ》、俺《おれ》。ちょっと頼《たの》みたいことがあってさ。休日に悪いけど開けてくれ』

カメラの範囲外《はんいがい》から若い男の軽薄《けいはく》な声が聞こえた。少女の視線も隣《となり》を見上げるかたちに動く。

クレーヴェルはつい溜息《ためいき》を漏《も》らした。

「……楢伏《ならふし》か。今日はどうした？」

『……いや、怒《おこ》らないでよ、暮居《くれい》ちゃーん！　この間、ここで吐《は》いたのは悪かったって！』

声の主、楢伏弥彦《ならふしやひこ》は大学時代の同期だった。ナユタの兄とも親しかったが、SAOサバイバーではない。

ゲームとはあまり縁《えん》がなく、クレーヴェル達《たち》がデスゲームに巻《ま》き込《こ》まれていた頃《ころ》も、就職した先で日夜仕事に追われていた。

今は、たまに現れては酔《よ》って仕事の愚痴《ぐち》をこぼしていく間柄《あいだがら》である。

「ナユタ、すまない。知り合いが来た。ここに入れてもいいかな?」

ナユタが頷《うなず》いた。

「それはもちろん構いませんが……あの、私、お邪魔《じゃま》でしたら帰りましょうか?」

昼食前にも軽く数学の勉強を見たため、これで切り上げても特に支障はない。

が、クレーヴェルはあえて引き留める。

「いや、長居はしないだろう。それと一応、君にも紹介《しょうかい》しておきたい——私と大地《だいち》の、大学時代の同期なんだ」

ナユタの肩《かた》がぴくりと震《ふる》えた。

亡《な》くなったナユタの兄、櫛稲田大地《くしいなだだいち》——その葬式《そうしき》の時に、楢伏《ならふし》は人目もはばからず号泣《ごうきゅう》していたらしい。

ゲーム内に囚《とら》われていたクレーヴェルは葬式《そうしき》には出られなかったが、後から人伝《ひとづて》に様子を聞かされた。

（私にもしものことがあった時――楢伏《ならふし》なら、多少は彼女《かのじょ》の力になれるか）

そんな事態を想定しているわけではないが、それこそ交通事故や天変地異など、未来には何が起きるかわからない。万が一に備えて質のいい人脈を広げておくことは、ナユタにとっての保険にもつながる。

食卓《しょくたく》の片付けを彼女《かのじょ》に任せ、クレーヴェルは玄関先《げんかんさき》で友人を出迎《でむか》えた。

「楢伏《ならふし》、今、ちょうど来客中なんだ。大地《だいち》の妹さんが来ている」

眼鏡をかけたひょろりと細い青年、楢伏弥彦《ならふしやひこ》は、靴《くつ》を脱《ぬ》ぎながらたちまち頓狂《とんきょう》な顔へと転じた。

「は？　……大地《だいち》の？　え？　いや、なんでまた……お前、知り合いだったのか？」

「詳《くわ》しい経緯《けいい》はまた今度話す。とにかく驚《おどろ》かないでくれ。私が女子高生に手を出したとかそういう話でもないから、軽薄《けいはく》な冗談《じょうだん》は慎《つつし》めよ」

そこそこ真剣《しんけん》に釘《くぎ》を刺《さ》しておくと、楢伏《ならふし》も小声に唸《うな》った。

「そりゃ、まぁ……確か、大地《だいち》の葬式《そうしき》の時には事故で入院してたんだっけ――もうなんともないのか？」

「ああ。今は普通《ふつう》に暮らしている。で……その子は？　君の親戚《しんせき》か？」

クレーヴェルは、楢伏《ならふし》が連れてきた小学生の少女に視線を向けた。

「まさか。うちの事務所の人気子役だよ。知らないか？」

少女がぺこりと丁寧《ていねい》に頭を下げた。

「はじめまして、霧原真尋《きりはらまひろ》です。楢伏《ならふし》さんには、いつもお世話になっています」

楢伏《ならふし》の職場は中規模の芸能事務所だった。

無論、これまでに所属タレントを連れてきたことなどは一度もない。

怪訝《けげん》に思いつつも、クレーヴェルは少女へ恭《うやうや》しく頭を下げた。

「これはご丁寧《ていねい》に、お嬢《じょう》さん。はじめまして、暮居海世《くれいかいせい》です。すまないね、テレビはあまり見る暇《ひま》がなくて……」

子役の少女が淡々《たんたん》と応じる。

「いえ。お仕事は子供向けファッション雑誌のモデルや舞台《ぶたい》、エキストラなどがメインなので、ご存じなくて当然だと思います」

子供にしては、その声音《こわね》はひどく落ち着いていた。媚《こ》びもなければ緊張《きんちょう》もない。

クレーヴェルはつい目元を押《お》さえる。

「なるほど、子供雑誌のモデルか……楢伏《ならふし》。念のために聞いておこう。どうして私が彼女《かのじょ》を知っていると思った？」

「いや、だってお前ロリ……」

「帰れ。君と話すことなど何もない」

冷たく背を向けると、たちまち楢伏《ならふし》がすがりついてきた。

「あ、ごめん！　暮居《くれい》ちゃんごめん！　楢伏《ならふし》ちゃんちょっと嘘《うそ》ついた！　だってほら、お前、美形なのにガチで女っ気ないから……！　だったら同性愛かロリか二次元専門かって思うだろ!?　同性愛じゃないのは知ってるし二次元でもなさそうだし、だったらもう消去法で……！　あ！　……ケモナー……？」

深刻そうに声をひそめた旧友へ、クレーヴェルは冷ややかな視線を向ける。

何故《なぜ》か唐突《とうとつ》に、不遜《ふそん》に嗤《わら》うコヨミの姿が脳裏《のうり》をよぎった。

「……最近な。ちょっとした縁《えん》で、君ととても波長が合いそうな女性と知り合いになったんだ。揃《そろ》うと鬱陶《うっとう》しくなりそうだから、絶対に紹介《しょうかい》はしないが……」

楢伏《ならふし》がけらけらと笑った。

「まじでー？　俺系《おれけい》ってことは美人で可愛《かわい》くて優《やさ》しくて気《き》が利いてボケツッコミができて完璧《かんぺき》なお嬢様《じょうさま》ってことじゃん。やベーなそれ。スカウトしてぇ」

冗談《じょうだん》七割本気三割と思《おぼ》しきその言動に、クレーヴェルは頭痛を堪《こら》える。

「……君、スカウトの権限なんかないただのマネージャーだろう」

「勧誘《かんゆう》くらいは普通《ふつう》にやるぞ？　うち人手不足だし。成功したことはないけ……ど……」

軽口を叩《たた》き合《あ》いながら部屋へ招き入れるなり、楢伏《ならふし》が不自然に口を閉ざし、眼鏡の奥《おく》の眼《め》を見開いた。

一方、ナユタも驚《おどろ》いたようにきょとんとしている。

数瞬後《すうしゅんご》、両者が同時に声を発した。

「……お嬢《じょう》さん！　芸能活動にご興味は……」

「……え？　〝鬼姫《おにひめ》〟……？」

はっとして、クレーヴェルは小学生の少女へ視線を向ける。

楢伏《ならふし》が連れてきた子役、霧原真尋《きりはらまひろ》――

彼女《かのじょ》の面立《おもだ》ちから得た妙《みょう》な既視感《きしかん》の正体に、クレーヴェルもやっと気づいた。

五月の連休中、《アスカ・エンパイア》内にて、ナユタが入手した《鬼動傀儡《きどうくぐつ》・鬼姫《おにひめ》》。

その姿は、小学生程度の少女のものだった。

若干《じゃっかん》、鬼姫《おにひめ》のほうが幼い印象もあるが、これは服装や表情のせいと判断していい。

目つきや口元の造形に関しては、驚《おどろ》くほど印象が近い。

得体の知れない偶然《ぐうぜん》に驚《おどろ》き、クレーヴェルは思わずナユタと顔を見合わせる。

子役の少女は、訳が分からぬ様子で首を傾《かし》げ――無言のまま、《鬼姫《おにひめ》》と同じようにその場で佇《たたず》んでいた。

§

「いや、驚《おどろ》いた……大地《だいち》の妹さんがこんなガチの美人さんだったとは……あいつ、絶対に写真

とか見せてくれなかっただろ？　てっきりヤバい見た目なのかと思ったら逆か……美人すぎて〝紹介《しょうかい》しろ〟とか言われるのが嫌《いや》で隠《かく》してやがったな……」

それぞれの自己《じこ》紹介《しょうかい》が済むなり、楢伏《ならふし》はそんな愚痴《ぐち》をこぼした。

「いえ、そんなことは……私、地味ですし、人見知りも激しいので……」

相手が探偵《たんてい》や兄の友人だけに、ナユタは仕方なく愛想《あいそ》笑《わら》いを向ける。

その笑顔《えがお》を勘違《かんちが》いしたか、楢伏《ならふし》がテーブルに身を乗り出した。

「で、櫛稲田《くしいなだ》さん、改めて、芸能活動にご興味は……」

「ないです。絶対に嫌《いや》です」

ほぼノータイムで断言した。

ここまでの即答《そくとう》は予想外だったらしく、楢伏《ならふし》が絶句してしまう。

隣《となり》で探偵《たんてい》が噴《ふ》き出《だ》した。

「君らしい反応だが、それだけじゃ彼《かれ》も引き下がれないだろう。どういう理由だい？」

ナユタは淡々《たんたん》と応じる。

「どういう、って……興味がないですし、目立つのは嫌《きら》いです。歌もお芝居《しばい》もやりたくありません。そもそも人に愛想《あいそ》を振《ふ》りまくとストレスが溜《た》まる性分《しょうぶん》なので、致命的《ちめいてき》に向いていないと思います」

生半可な覚悟《かくご》ではやっていけない世界だろうが、その覚悟《かくご》どころか「やりたい」という願望すらない。この時点で返答は決まっていた。

「で、でもせめて、現場の見学とか……！」

無念を隠《かく》しもしない楢伏《ならふし》を眺《なが》めて、探偵《たんてい》が狐《きつね》のように嗤《わら》う。

「諦《あきら》めろ、楢伏《ならふし》。私も反対する。大方、水着のグラビアでも撮《と》らせたいんだろうが、大地《だいち》がそれを許すとは思えないな」

更《さら》にナユタも追撃《ついげき》を加える。

「水着どころか写真に写るのさえ嫌《いや》です。それに私、ここへ通うのもやめたくないですし……独身男性の部屋に通《かよ》い詰《つ》める女性タレントって、その時点でアウトですよね？」

今度は探偵《たんてい》が硬直《こうちょく》した。

楢伏《ならふし》が恨《うら》みがましい眼《め》でクレーヴェルを見つめる。

「暮居《くれい》、お前って奴《やつ》は……いや、俺《おれ》はそういうの、理解あるほうだから……条例がどうのとか言わないし、親友をサツに売ったりもしないけど……でもな？　大地《だいち》に顔向けできないような真似《まね》だけは……」

「何もしていないから、もう黙《だま》れ。しかも子供の前だ」

三人を横目にぼんやりと紅茶を飲んでいた子役の少女が、やたらに冷めた眼差《まなざ》しで作り笑いを浮《う》かべた。

「いえ、お構いなく。私の用件は、そちらのお話が済んでからで構いませんから」

彼女《かのじょ》が大人達《おとなたち》のバカな会話に呆《あき》れ返《かえ》っていることは明白だった。

その冷めた表情は、やはり《鬼姫《おにひめ》》とよく似ている。髪《かみ》の色や眉《まゆ》の形など異なる点も多いが、目つきや口元は印象に残りやすい。

ナユタは少女に向き直った。

「ごめんね。こっちの話は最初から終わっているようなものだから……貴方《あなた》がここへ来た理由を、聞かせてもらってもいい？」

霧原真尋《きりはらまひろ》は頷《うなず》き、姿勢を正した。

「私……行方《ゆくえ》不明の父を捜《さが》しているんです」

穏《おだ》やかではない発言に、ナユタは面食らった。

探偵《たんてい》も眉《まゆ》をひそめ、楢伏《ならふし》を睨《にら》む。

「どういうことだ、楢伏《ならふし》。そういうのは警察の仕事だと思うが……」

楢伏《ならふし》が肩《かた》をすくめ、真尋《まひろ》に視線で続きを促《うなが》した。

真尋《まひろ》はわずかに俯《うつむ》いてしまう。

「うちの両親、離婚《りこん》しているんです。私は母と暮らしていて、父とは定期的にメールで連絡《れんらく》をしていたんですが——一ヶ月くらい前、急に〝もう会えない〟ってメールがきて、それっきり……」

訥々《とつとつ》と語る声はどうにも痛ましい。

「警察にも相談はしたんですが、無理でした。自分の意志で失踪《しっそう》している人は捜索《そうさく》できないらしいんです。だから、探偵《たんてい》事務所に依頼《いらい》できないかと思って……」

クレーヴェルが嘆息《たんそく》した。

「お嬢《じょう》さん、申し訳ないが、ここは——」

楢伏《ならふし》が口を挟《はさ》む。

「待て待て、暮居《くれい》。お前の探偵《たんてい》事務所はゲーム内だけの話で、現実での調査はしていない、ってんだろ？　それは知ってる。何もお前に調査を頼《たの》みたいわけじゃなくて……単純に、元警官としての助言を聞かせてくれ。こういうのに探偵《たんてい》を雇《やと》って見つかるものなのかとか、ちゃんとした探偵《たんてい》の見分け方とか……もし知り合いに良心的な探偵《たんてい》がいたら、それこそ紹介《しょうかい》してほしい。今日はそういう話のつもりで来た」

クレーヴェルが思案げに顎《あご》を撫《な》でた。

「……一つ一つ、答えようか。まず行方《ゆくえ》不明者を見つけられるかどうかはケースバイケースとしか言えない。不明者の状態にも左右される。実家や友人の元に逃《に》げている程度なら見つけやすいし、海外へ逃《に》げていたり、あるいは……こういう例を口にするのは不適切かもしれないが、何らかの事件に巻《ま》き込《こ》まれ亡《な》くなっていた場合には、なかなか見つけにくい」

探偵《たんてい》が死を匂《にお》わせても少女は動じず、無言で頷《うなず》いたのみだった。

「それから、知り合いの探偵《たんてい》はいないこともないが……得意分野が浮気《うわき》調査や素行調査なんだ。

行方不明者《ゆくえ》の捜索《そうさく》は厳しい。彼《かれ》に他の同業者を紹介《しょうかい》してもらうことも可能だが——正直、あまりお勧《すす》めはしないな」

クレーヴェルが細い眼《め》を伏《ふ》せた。

「警察が動かないということは、自殺をほのめかしたりもしていない事件性の薄《うす》い案件だ。君の父親は、何か理由を抱《かか》えて、自らの意志を表明した上で失踪《しっそう》している——ある程度の判断力と思考力を持った大人が本気になって隠《かく》れた場合、これを捜《さが》し出《だ》すのは容易じゃないよ」

真尋《まひろ》が唇《くちびる》を引き結んだ。

楢伏《ならふし》がその肩《かた》を撫《な》でながら、クレーヴェルへすがるような眼《め》を向ける。

「お前、そんな身も蓋《ふた》もない……なんとかならないか？　父親だぜ、父親。こんな可愛《かわい》い愛娘《まなむすめ》が父親を捜《さが》してるってのに、本人はそれすら知らないんだぜ？　なんとかしよう、って気になるだろ、フツー」

クレーヴェルが露骨《ろこつ》に嫌《いや》そうな顔をした。

その内心を推《お》し量《はか》り、ナユタも同情してしまう。

（この子の両親、離婚《りこん》しちゃってるってことは……）

あまり想像したくはないが、父親側に新しい家族ができ、それを隠《かく》すために連絡《れんらく》を絶ったという可能性もある。

〝君の父親は、君から逃《に》げている〟――

父親を捜《さが》す幼い少女にこの可能性を指摘《してき》するのは、あまりに酷《こく》だった。

今、探偵《たんてい》はこの可能性をぼかしたままで会話を進めている。

楢伏《ならふし》はおそらく気づいていない――あるいは、逃《に》げる側の事情にまで思いが至っていない。

「父親が行方《ゆくえ》不明だ」「それなら捜《さが》さなければ」くらいの単純な動機で彼女《かのじょ》に協力している。

クレーヴェルが真尋《まひろ》の眼《め》を覗《のぞ》き込《こ》んだ。

「お嬢《じょう》さん。君は、父親を見つけてどうしたいのかな？　話をしたいだけなのか、何か頼《たの》み事《ごと》があるのか、あるいは無事を確認《かくにん》できるだけでもいいのか……よく考えて、正直なところを答えてほしい」

真尋《まひろ》が首を傾《かし》げた。

「……子供がパパに会いたいと思うのって、そんなに変なことですか……？」

クレーヴェルの目元がわずかに歪《ゆが》む。

「すまない、聞き方が悪かった。たとえば、仕事の都合で海外に移動していたような場合、電話で話すことはできても会うのは難しいはずだ。そういう状態でも、無事を確認《かくにん》できればいいのかな、と――あるいは、海外まで会いに行きたいかい？」

真尋《まひろ》が口を噤《つぐ》んだ。

何かを言おうとして迷い、しかし言葉にならずそのまま考《かんが》え込《こ》んでしまう。

その反応を見て、ナユタにはぴんときた。

今の時代には――〝海外〟という距離《きょり》をものともしない特殊《とくしゅ》なインフラが存在している。

「真尋《まひろ》ちゃん、もしかして……お父さんと頻繁《ひんぱん》に会っていたの？　――《ＶＲ空間》で」

真尋《まひろ》がびくりと肩《かた》を震《ふる》わせた。

クレーヴェルが納得顔《なっとくがお》に頷《うなず》く。

「ああ、なるほど……離婚《りこん》条件によくある面会の条件を破っていたのかな。だから話しにくかったのか」

離婚《りこん》の際、「面会は二ヶ月に一回」等、制約が加わるケースは多い。

「心配せずとも、そのことを君の母親に告げ口したりはしない。誰《だれ》にも言わないから、本当のことを話してくれ。その内容次第《しだい》で――私ができる助言も変わると思う」

探偵《たんてい》の声音《こわね》はあくまで優《やさ》しい。意外に子供の扱《あつか》いが上手《うま》いのかもしれないと、ナユタは妙《みょう》なところで感心してしまう。

真尋《まひろ》はしばらく迷った末に、小さく頷《うなず》いた。

「……パパとは、ゲームの中でよく会っていました。離婚《りこん》する直前に、〝何か困ったことがあったら連絡《れんらく》するように〟って、電話番号のメモをこっそり渡《わた》してくれたんです。それで寂《さび》しくて電話したら、ゲームの中なら自由に会えるから、って――ママはこのことを知りません。もう一年以上、会っていないことになっています」

クレーヴェルの眼《め》が細く光った。

「……そのゲームというのは、人気のアルヴヘイムかな？　それとも……」

「《アスカ・エンパイア》です」

予想どおりの返答に、ナユタはつい探偵《たんてい》と視線をかわす。

鬼動傀儡《きどうくぐつ》《鬼姫《おにひめ》》に似た少女と、《アスカ・エンパイア》がつながった——これは偶然《ぐうぜん》とは思えない。

「あの……本物のパパに会えなくても、ゲームの中ででも、無事なことさえ確認《かくにん》できればそれでいいんです。ただ、ゲームの中ですら会えなくなったことを、誰《だれ》にも相談できなくて……それで、私……ちゃんと捜《さが》さなきゃって……」

しっかり者に見えた真尋《まひろ》の口から紡《つむ》がれる説明は、妙《みょう》に辿々《たどたど》しかった。

それはつまり、彼女《かのじょ》の答えが微妙《びみょう》な迷いをはらんでいるためでもある。

叶《かな》うことなら、現実の父にも会いたい——その思いが隠《かく》せていない。

探偵《たんてい》が微笑《ほほえ》んだ。

「なるほど。君の周囲の大人達《おとなたち》は、君の父親は自発的に失踪《しっそう》して、もう君とも会っていないと思っているわけか。それじゃ、警察に相談したというのは……」

「いえ、それは本当です。ママの代わりに、楢伏《ならふし》さんがついてきてくれて……」

楢伏《ならふし》が頷《うなず》きながら、がりがりと頭を掻《か》いた。

「でも事情を話したら、やっぱり捜索《そうさく》は無理だって言われちまってさ。母親側ともちゃんと話すべきだ、とか……いや、確かに正論なんだけどな。それができたら俺《おれ》が出しゃばってねえよ、っていう……」

真尋《まひろ》が困ったような苦笑いを浮《う》かべた。

「ママはもう離婚《りこん》しているし、あんまり関わりたくないみたいで——パパの話題は、うちの中ではタブーなんです。楢伏《ならふし》さんがいなかったら、きっと警察にも相談できませんでした」

探偵《たんてい》が軽く手を叩《たた》いた。

「よし。君の父親のことを、もう少し詳《くわ》しく教えてくれ。まずは名前と顔写真——ついでに、最後にやりとりしたメールも見せてほしい」

「あ、はい。えっと……」

少女が鞄《かばん》からスマートフォンを取り出した。

「名前は山代宗光《やましろむねみつ》——三十五歳《さい》で、システムエンジニアとかプログラマーとか、デジタル系のお仕事をしています。写真はこれです」

真尋《まひろ》が差し出した携帯端末《けいたいたんまつ》には、まだ幼い頃《ころ》の彼女《かのじょ》を抱《かか》え上《あ》げた、愛想《あいそ》のいい若い男が写っていた。

画像を見た探偵《たんてい》が、かすかに眉《まゆ》をひそめる。何かに気づいた様子だが、口にはしない。

探偵《たんてい》が考える時間を稼《かせ》ぐつもりで、ナユタは間をつなぐための世間話を振《ふ》った。

「ずいぶんと若いお父さんですね。これは……真尋《まひろ》ちゃんが五歳《さい》くらいの時の写真かな？」

「はい。パパとママがまだ離婚《りこん》する前で……単身赴任《たんしんふにん》で家にいないことが多かったんですが、たまに帰ってくると凄《すご》く遊んでくれて……優《やさ》しいパパなんです」

少し寂《さび》しげなその声には、肉親への心配が透《す》けていた。

「……お嬢《じょう》さん。メールのほうも見せてもらっていいかな？」

「はい。ええと……これですね」

画面に表示されたメールを、ナユタも探偵《たんてい》の隣《となり》から覗《のぞ》き込《こ》んだ。

【真尋《まひろ》、仕事が忙《いそが》しくて、しばらく連絡《れんらく》がとれなくなる。この機にもう会うのをやめよう。これ以上、ママとの約束を破れない。体に気をつけて。13、B6P、宗光《むねみつ》】

――文面そのものは、ほぼ予想したとおりの内容だった。

問題は末尾《まつび》のあからさまな暗号である。

「真尋《まひろ》ちゃん、この英数字って何かな？　13、B6P……」

真尋《まひろ》がかすかに首を傾《かし》げた。

「わかりません。位置としては、日付の打《う》ち間違《まちが》いかなぁとも思ったんですが……他のメールでは日付とか書いてないですし、返信で聞いてもメールが戻《もど》ってきてしまって……送信直後にアドレスを解約したみたいなんです」

ナユタは探偵《たんてい》の様子をうかがった。思案する横顔からは俳優のような色気が漂《ただよ》う。

「13……B6……P……ん？　他のメールは、末尾《まつび》が《パパより》になっているね。この最後のメールだけ、名前の《宗光《むねみつ》》なのか」

「はい。それもちょっと気になっていて……もしかしたら他人が書いた偽装《ぎそう》メールなのかも、って、少し思ったんですが——」

むしろそれなら、これまでのメールと同じように末尾《まつび》も統一しそうに思える。わざわざ変える必要性が薄《うす》い。

楢伏《ならふし》が不機嫌《ふきげん》に唇《くちびる》を尖《とが》らせた。

「そうそう。なんか怪《あや》しいんだよな……これで警察動かねえってておかしくね？　民事不介入《ふかいにゅう》とかよく聞くけど、行方《ゆくえ》不明者なんて捜《さが》して当然だろ」

この乱暴な意見を受けて、ナユタは曖昧《あいまい》に首を傾《かし》げた。

「いえ、そういうわけにも……行方《ゆくえ》不明者の捜索《そうさく》って、難しい問題が多いんです。捜《さが》している側が善人とは限らなくて、たとえばDVの加害者やストーカーが、逃《に》げた被害者《ひがいしゃ》を捜《さが》すなんてケースもあります。親兄弟でも実は借金が絡《から》んでいたり、身内から搾取《さくしゅ》しようとしていたり、そういうトラブルがあるからこそ失踪《しっそう》しちゃう人もいて——今回がそれだっていうわけではないですけれど、逃《に》げる人にもそれなりの事情が……」

そこまで言ってしまった後で、ナユタは口を閉ざした。ここから先は、今の真尋《まひろ》に聞かせるべき内容ではない。

「……よし。わかった」

この失言をフォローするかのように、クレーヴェルが動いた。

彼《かれ》は仕事机の引き出しから名刺《めいし》を取り出し、真尋《まひろ》へと手渡《てわた》す。

「私の名刺《めいし》を渡《わた》しておく。さっきの写真と最後のメールのコピーを、後で送ってくれ。アドレスはここに書いてあるとおりだ」

「探偵《たんてい》さんを紹介《しょうかい》してくれるんですか？」

期待を込《こ》めた少女の声に、クレーヴェルが片目を瞑《つぶ》った。

「いや、気が変わった。この依頼《いらい》、まずは私が下調べを請《う》け負《お》う。本職の探偵《たんてい》を紹介《しょうかい》するのはその後だ。その時には、私が集めた情報を丸ごと先方に渡《わた》すことで調査期間も圧縮できるだろうし——時にお嬢《じょう》さん、捜索《そうさく》の御予算は？」

真尋《まひろ》が、膝上《ひざうえ》に揃《そろ》えていた両手をそっと上げた。

「とりあえず、十万円くらいで……期間が長くなるようなら、六十万円くらいまで使えます」

クレーヴェルが軽く口笛を吹《ふ》いた。

「なるほど、それだけあれば本物も雇《やと》えるか。そのお金は必要になるまでとっておきなさい。

使わずに済むに越《こ》したことはない。私のほうの経費は……楢伏《ならふし》に請求《せいきゅう》しよう。それくらいの甲斐性《かいしょう》はあるよな？」

楢伏《ならふし》が狼狽《うろた》えた。

「え？　……あ、うん……身内価格で……その……ヨロシクオネガイシマス……」

「いえ、大丈夫《だいじょうぶ》ですよ、楢伏《ならふし》さん。ちゃんと私が……」

気を利《き》かせた真尋《まひろ》が横から囁《ささや》くと、楢伏《ならふし》はひきつった笑顔《えがお》で胸を叩《たた》いた。

「……い、いや！　大丈夫《だいじょうぶ》！　ここ連れてきたのは俺《おれ》だし、こいつはボッタクリとかしないから！　……たぶん……しない、よな？」

クレーヴェルがくすくすと嗤《わら》った。

「この間、私に仕事を依頼《いらい》した客な。成功報酬《ほうしゅう》だけで百万もくれたよ。手付け金やアフターサービスの諸々《もろもろ》も含《ふく》めて、合計二百万の収入になった」

ナユタは呆《あき》れ返《かえ》る。ほぼ間違《まちが》いなくヤナギのことだった。

「そんなに受け取ったんですか？　それはさすがに……」

「ああ。『契約《けいやく》以上は受け取れない』とは言ったんだがね」

クレーヴェルが肩《かた》をすくめた。

「余剰分《よじょうぶん》は私への報酬《ほうしゅう》ではなく──今後、私が誰《だれ》かを助けたいと思った時に、その誰《だれ》かが金銭的に不自由しているようなら、この金を依頼料《いらいりょう》にあててくれと……そんな遺言《ゆいごん》を一緒《いっしょ》に受け取った。さすがに断れなかったよ。ああいう人を粋人《すいじん》と言うんだろうな」

――いかにもヤナギらしい気遣《きづか》いに、ナユタはつい目許《めもと》を潤《うる》ませた。

慌《あわ》ててハンカチを取り出す間に、探偵《たんてい》が楢伏《ならふし》へと向き直る。

「それはそれとして、君からはちゃんとお代を受け取るから安心してくれ。この間、吐《は》いた時のハウスクリーニング代くらいは覚悟《かくご》しておくといい」

「……あはは。はは……はい。その節はすみませんでしたぁ……」

この二人の馬鹿《ばか》な会話を、真尋《まひろ》は微笑《びしょう》で見守っていた。

事務所に来たばかりの時は妙《みょう》に冷めていた眼差《まなざ》しに、今は子供らしい安堵《あんど》が見える。

ナユタの視線に気づいた真尋《まひろ》が、小声に問いを発した。

「あの……そういえばナユタさん、私がここに来た時、何か言ってましたよね？　《おに》とかどうとか……」

一瞬《いっしゅん》、返答に迷ったが、彼女《かのじょ》も《アスカ・エンパイア》のプレイヤーらしい。ならば鬼動《きどう》傀儡《くぐつ》の噂《うわさ》くらいは耳にしているはずだった。

「ええとね。今、ゲームの中で《鬼動傀儡《きどうくぐつ》》が噂《うわさ》になっているでしょ？　私が持っている《鬼《おに》姫《ひめ》》っていう個体が、ちょうど貴方《あなた》と近い年頃《としごろ》の女の子の傀儡《くぐつ》で……雰囲気《ふんいき》が似ていたから、少し驚《おどろ》いちゃった」

ナユタが答えると、少女は怪訝《けげん》そうに首を傾《かし》げ、隣《となり》で楢伏《ならふし》も眉《まゆ》をひそめた。

「真尋《まひろ》ちゃん、そういう仕事はいれてなかったよね……？」

「ええ。私に似た傀儡《くぐつ》……ですか？」

「うん。もし良かったら、ゲームの中で待ち合わせして見てみる？　ついでに、気になるクエストがあったら一緒《いっしょ》に攻略《こうりゃく》しよっか」

それが真尋《まひろ》の気晴らしになれば、との思いだったが、とうの真尋《まひろ》が応じる前に、横から探偵《たんてい》が口を挟《はさ》んだ。

「ああ、それはぜひ頼《たの》みたい。ちょっと面倒《めんどう》なクエストに挑戦《ちょうせん》してもらうことになりそうだ」

唐突《とうとつ》な物言いに、ナユタは戸惑《とまど》った。

「……え？　あの、探偵《たんてい》さん……それって、今回の依頼《いらい》と関係あるんですか？」

クレーヴェルが片目を瞑《つぶ》る。

「そもそも私の探偵業《たんていぎょう》はゲームの中限定だ。現実世界での調査は専門外、この方針に変更《へんこう》はない。その上で、依頼《いらい》を受けたのは……彼女《かのじょ》の父親に関するヒントが、《アスカ・エンパイア》の中にあると推測したからだ」

わけがわからないナユタ達《たち》の前で、クレーヴェルは壁《かべ》のホワイトボードに「13」と記す。

「最後のメールの末尾《まつび》。はじめは何のことかわからなかったけれど、ちょっと思いついたことがある。君とお父さんは、《アスカ・エンパイア》の中で頻繁《ひんぱん》に会っていたんだったね？　現在進行中のイベント、《百八の怪異《かいい》》において、十三番目に配信されたクエストといえば……

「《十三階段の地下迷宮《めいきゅう》》だ」

あ、とナユタは思わず声を漏《も》らした。

《十三階段の地下迷宮《めいきゅう》》は、イベント序盤《じょばん》に配信された中では最高難度と悪名高い、厄介《やっかい》なクエストだった。

恐怖度《きょうふど》がそこそこ高めな上に、出てくる中ボス達《たち》が手強《てごわ》く、更《さら》に迷宮《めいきゅう》がやたらと広く深い。それも一層毎《ごと》にクリアしていくタイプの迷宮《めいきゅう》ではなく、複数の階層をまたがって数多《あまた》の階段が複雑に入り組んでいるため、全体の構造を把握《はあく》しにくく高難度に拍車《はくしゃ》をかけている。

「13、B6P――B6は《地下六階》の意味だと推測できる。あのクエストのマップは、一つの階層がA区からZ区まで細かく分けられているんだ。基本的にはA区とX区にセーブポイントがあり、Z区に中ボスがいるという流れなんだが……階段はボスとは無関係に配置されているから、ボスを倒《たお》さずとも地下十二階までは降りられる。封鎖《ふうさ》された最下層へ進むには、すべての階の中ボスを倒《たお》す必要があるけれど、今回目指すのは地下六階のP区――そこに〝何か〟があるんだろう。私の勘違《かんちが》いで空振《からぶ》りに終わるかもしれないが、現地へ向かうだけなら中ボスと戦う必要もないはずだし、まずは真っ先に確認《かくにん》しておきたい」

ナユタは慌《あわ》てて探偵《たんてい》に問いかける。

「ちょっと待ってください。よくわかりません。ゲームの中にヒントを仕込《しこ》むなんて、そんなの開発者じゃないと……あ」

真尋《まひろ》も同時に眼《め》を見開いた。

真尋《まひろ》の父親は、《アスカ・エンパイア》、開発チームの誰《だれ》か――

そう考えると、多くの線が一度につながる。

「真尋《まひろ》ちゃん、面会場所が《アスカ・エンパイア》だったのって、お父さんからの指示？」

ナユタの問いに、真尋《まひろ》がこくりと頷《うなず》く。

探偵《たんてい》がテーブルの上で指を組んだ。

「あくまで推論だ。とはいえ、仕事がプログラム系、《アスカ・エンパイア》を指定しての面会、お嬢《じょう》さんにそっくりな《鬼姫《おにひめ》》、露骨《ろこつ》な謎《なぞ》の暗号――偶然《ぐうぜん》にしては要素が揃《そろ》いすぎている。調査の初手として、疑う価値はあると判断した」

真尋《まひろ》が思《おも》い詰《つ》めた顔で、深々と頭を下げた。

「……よろしくお願いします。パパを……見つけてください」

ナユタはそっと、彼女《かのじょ》の肩《かた》に後ろから両手を添《そ》える。

「大丈夫《だいじょうぶ》。探偵《たんてい》さんは見た目こそ怪《あや》しいけど、信じていい人だから――きっと、なんとかしてくれるよ」

探偵《たんてい》へのプレッシャーも兼《か》ねてそう囁《ささや》くと、真尋《まひろ》の隣《となり》で楢伏《ならふし》ががっくりと肩《かた》を落とした。

「……なぁ、暮居《くれい》よぉ……お前、何やったらこんな美人の女子高生から、こんなイイ感じに信用してもらえるわけ……？　おかしいってマジで……なんなの？　催眠術《さいみんじゅつ》とか使った？　もしくは弱みとか握《にぎ》ってる？」

「単純に日頃《ひごろ》の行いだ。あとは……そうだね。胡散臭《うさんくさ》すぎてNPCに見える、とは言われた。そのせいで警戒《けいかい》されにくいのかもしれないな」

意表を突《つ》いたこの冗談《じょうだん》に、真尋《まひろ》が噴《ふ》き出《だ》した。

「ごっ、ごめんなさっ……いえ、あの……！」

「私はそこまで言ってないです。第一印象は《狐《きつね》の嫁入《よめい》り》に出てきた化《ば》け狐《ぎつね》でしたけれど」

「ぶふっ……！」

《百八の怪異《かいい》》で配信中の《狐《きつね》の嫁入《よめい》り》は、狐《きつね》の花嫁《はなよめ》を守りつつ、美青年に化けた性悪狐《しょうわるぎつね》を退治するという民話のようなクエストだった。

どうやら真尋《まひろ》もプレイ済みらしく、変なつぼにはまったらしい。

顔を覆《おお》ってぷるぷると肩《かた》を震《ふる》わせる彼女《かのじょ》に、楢伏《ならふし》が生温《なまぬる》い視線を向けた。

「……あー、真尋《まひろ》ちゃん、クールに見えるけど笑い上戸なんで……コレさえなかったらバラエティの仕事欲《ほ》しいんだけどねえ。軽く放送事故だもんなあ……」

笑い転げる少女の背中を撫《な》でてやりながら、ナユタは第一印象との落差に苦笑《くしょう》を漏《も》らす。

傀儡《くぐつ》の《鬼姫《おにひめ》》は決して笑わないが、笑顔《えがお》の似合いそうな顔立ちをしていた。よく似た顔の真尋《まひろ》が笑っていると、殊更《ことさら》に親近感を覚えてしまう。

それを和《なご》やかに見つめるクレーヴェルもまた、口《くち》の端《はし》にかすかな笑《え》みを浮《う》かべていた。

§

楢伏《ならふし》と真尋《まひろ》がオフィスから去った後——

キッチンに並んで食器を洗いながら、ナユタは探偵《たんてい》にそっと囁《ささや》いた。

「……で、探偵《たんてい》さん。さっきのお話では、何を隠《かく》していたんですか？」

手元を泡《あわ》だらけにしたまま、探偵《たんてい》が肩《かた》をすくめた。

「君、やっぱり私より探偵《たんてい》に向いていそうだ。それとも私が迂闊《うかつ》なだけかな？」

「探偵《たんてい》さんは、意外に動揺《どうよう》が顔に出やすいタイプだと思います。話すつもりがないなら、あえて聞きませんが——」

クレーヴェルが首を横に振《ふ》った。

「いや、一応話しておこう。その前に……私がどんな嘘《うそ》をついたか、気づいているかい？」

「探偵《たんてい》さんは、あの子の父親を個人的に知っているような気がします。写真を見た時、表情が固まりました」

クレーヴェルが肩《かた》を揺《ゆ》らして笑い出した。

「もし君にポーカーの勝負を挑《いど》まれたら、全力で逃《に》げることにしよう。あの写真に写っていた彼女《かのじょ》の父親は——私の知っている《遠藤《えんどう》》という技術者にそっくりだったんだ。アスカ・エンパイアの開発チームに勤務していたはずなんだが、四月頃《ごろ》に退職したと聞いている」

その名には、ナユタもうっすらと聞き覚えがあった。

「それって……虎尾《とらお》さんが以前に話していた人ですよね？　《鬼動傀儡《きどうくぐつ》》絡《がら》みの混乱に怒《おこ》って、別の会社にヘッドハントされて辞《や》めちゃったっていう……」

虎尾《とらお》が語った《鬼動傀儡《きどうくぐつ》》実装に関わるあまりの迷走《めいそう》ぶりは、強く印象に残っている。

「ああ、その人物だ。虎尾《とらお》さんの話では、待遇《たいぐう》に怒《おこ》って飛び出したという流れだったが……さっきの話を聞いた後だと、どうもそれだけとは思えない」

「他人の空似とかではないんですよね？　真尋《まひろ》ちゃんのお父さん、写真ではあまり目立たないタイプだったように思いますが――」

「私もそんなに親しいわけではなかったから、その可能性は充分《じゅうぶん》にある。だから、さっきは黙《だま》っていたんだが……一応、これでも元警官だしね。犯人の顔を見間違《みまちが》えたなんてことにならないよう、一通りの講習は受けている」

「――それなら、きっと本人ですね。名前が違《ちが》うということは、再婚《さいこん》して婿養子《むこようし》にでも入ったんでしょうか」

そうした事情ならば、真尋《まひろ》から逃《に》げた動機も理解できなくはない。

探偵《たんてい》が眼《め》を細めた。

「ところがね。姓《せい》だけでなく、下の名前も違《ちが》うんだ。私の知っているその技術者は、《遠藤《えんどう》透《とおる》》という名だった」

ナユタは小皿を拭《ふ》く手を止めた。

探偵《たんてい》の言葉がどんな意味を持つのか、それを理解するのに多少の時間を要する。

「……ペンネームとか、クリエイターネームじゃないんですか？」

「まずそこを虎尾《とらお》さん達《たち》に確認《かくにん》する必要がある。ただ、真尋嬢《まひろじょう》の話を聞いた印象では……何かまずいことになっていそうな気もしているんだ。これもただの直感だから、彼女達《かのじょたち》には言えなかった。私の杞憂《きゆう》かもしれない」

名前の一致《いっち》しない、同じ顔をした技術者の失踪《しっそう》——

警察一家で育ったナユタには、嫌《いや》な連想しか浮《う》かばない。

「……探偵《たんてい》さん。これって、警察どころか公安の案件だったり……しませんよね？」

他国の工作員が、拉致《らち》、あるいは殺害した日本人の戸籍《こせき》を使って、本人になりすます——そうした事件はこの日本でも実際に起きている。

ナユタの物騒《ぶっそう》な懸念《けねん》に、探偵《たんてい》は曖昧《あいまい》な頷《うなず》きを返した。

「そこまでの大事にはならないと思いたいが、考えておくべき可能性の一つではある。ただ、個人的には——《逃亡犯《とうぼうはん》》という線を疑っていてね」

水道の流れる音を聞きながら、ナユタは眉《まゆ》をひそめた。事件性のある逃亡犯《とうぼうはん》ならば、警察が放っておくはずがない。

困惑《こんわく》を見透《みす》かしたように、探偵《たんてい》が声を絞《しぼ》る。

「産業スパイという可能性も考えたんだが、技術的にさほど凝《こ》ったことをしていない《アスカ・エンパイア》に、わざわざそんなものを送《おく》り込《こ》むメリットは薄《うす》い。製薬会社や軍需《ぐんじゅ》産業へのそれと違《ちが》って、費用対効果にも疑問が残る。となると——まだ発覚していない犯罪の逃亡者《とうぼうしゃ》、あるいは公《おおやけ》にはされない罪に関わってしまった逃亡者《とうぼうしゃ》が、他人の名前を借りて働きながら潜伏《せんぷく》していた、という流れが疑わしい」

クレーヴェルは淀《よど》みなく淡々《たんたん》と語る。

「たとえば暴力団や宗教団体等、危険な組織との金銭トラブルを抱《かか》えてしまい、身を隠《かく》す必要があったとか——離婚《りこん》もそういった理由だとしたら、母親が娘《むすめ》と父親の交流を嫌《いや》がるのも道理だ。単純な横領、持ち逃《に》げか。あるいは投資話で損をさせたとか、相手がそっち系のフロント企業《きぎょう》と気づかずに詐欺《さぎ》を仕掛《しか》けて怒《おこ》らせたとか……そんな流れが有り得るのかな」

ナユタはぶるりと肩《かた》を震《ふる》わせた。

先程《さきほど》の、真尋《まひろ》との短い会話の最中に——わずかなヒントから、クレーヴェルの思考はそこまで及《およ》んでいたらしい。

あくまで勝手な想像ではあるが、筋は通る。

「仮にそういった事情を抱《かか》えての失踪《しっそう》だとすると、そこらの探偵《たんてい》に捜索《そうさく》を依頼《いらい》するのはまずい。相手側からの手配情報が、探偵達《たんていたち》のネットワークで共有されている可能性もある。もしもそこへ、真尋嬢《まひろじょう》が有力な情報を持ち込《もこ》んだら……どうなるかはあまり考えたくないな」

背筋に寒気を覚え、ナユタは隣《となり》から探偵《たんてい》を仰《あお》ぎ見《み》た。

「さっき真尋《まひろ》ちゃん達《たち》に〝他の探偵《たんてい》への依頼《いらい》〟を思いとどまらせたのは……」

クレーヴェルが神妙《しんみょう》に頷《うなず》く。

「ああ。探偵《たんてい》が役に立たないからじゃない。玉石混淆《ぎょくせきこんこう》ではあるが、彼《かれ》らの捜査《そうさ》能力は決して侮《あなど》れないよ。警察からの退職者が探偵業《たんていぎょう》をやっているケースもあるし、各地に支部を持っているような大手の事務所はフットワークも軽い。何より恐《おそ》ろしいことに、彼《かれ》らは『依頼者《いらいしゃ》からの依頼《いらい》内容』に忠実だ。もちろん、できることとできないことがあるし、探偵業法《たんていぎょうほう》という縛《しば》りもあるが……業者によって、倫理観《りんりかん》や遵法《じゅんぽう》精神にも差がある」

探偵《たんてい》から、洗い終わった最後の皿を手渡《てわた》された。それを拭《ふ》きながら、ナユタは小声で問う。

「探偵《たんてい》さんは、今の推理にどの程度の自信を持っているんですか？」

「自信はないね。まだ情報が足りないし、君が指摘《してき》したとおり、ただのクリエイターネームかもしれない。というわけで、ナユタ――今の話は、真尋嬢《まひろじょう》にはまだ内緒《ないしょ》にしておいてくれ。できれば彼女《かのじょ》の母親からも事情を聞きたいが……娘《むすめ》にすら話していない事情を、見知らぬ他人に話してくれるとは思えない。聞くだけ無駄《むだ》だろう。それより先に、あのメールの暗号に従ってクエストの攻略《こうりゃく》を済ませたい。個人的には――失踪《しっそう》に至った経緯《けいい》を、娘《むすめ》に説明するための文書が隠《かく》されているんじゃないかと予想している」

この見解に、ナユタは釈然《しゃくぜん》としないものを感じてしまう。

「経緯《けいい》って……それこそ暗号になんか託《たく》さずに、父親の口から直接言うべきことだと思いますが」

クレーヴェルが曖昧《あいまい》に微笑《ほほえ》んだ。

「できれば、可愛《かわい》い娘《むすめ》相手に弱みや恥《はじ》を晒《さら》したくない――そんな父親の心情はわかる気がするけれどね。本音では知られたくない、でももし、娘《むすめ》が自分の時間を浪費《ろうひ》するほど真剣《しんけん》に捜《さが》し始《はじ》めてしまうようなら、隠《かく》しておくわけにもいかない――わかりにくいながらもヒントを残したのは、父親なりのジレンマだろう」

探偵《たんてい》があえて口にしない最悪のケースについて、ナユタはここで気づいてしまう。

「……隠《かく》されているのが、〝遺書〟なんてことはないですよね？」

「だとしたら、もう手遅《ておく》れだ。失踪《しっそう》から一ヶ月が過ぎている。とはいえ……遺書だったら、こんな回りくどい隠《かく》し方《かた》はしない。どうせ死ぬなら部屋にでも置いておけばいい。何より――そんな結末は、私が見たくない」

クレーヴェルの声に、常よりも強めの気迫《きはく》が籠《こ》もった。

それはごく一瞬《いっしゅん》のことで、その顔はすぐに妖《あや》しい微笑《びしょう》へと転じる。

「見たくないからといって、感情で予測をねじ曲げるようでは論外だけれどね。しかし悪いほうに考えすぎて、早々に諦《あきら》めてしまうのも問題だ。案外――日々の仕事に嫌気《いやけ》がさして、そこらのネットカフェでだらだらと寝泊《ねと》まりしているだけかもしれないよ」

儚《はかな》い願いとは承知で、ナユタも頷《うなず》いた。

「案ずるより産むがやすし、なんていいますしね。ここは探偵《たんてい》さんの幸運値に期待します」

「責任重大だな――さて、英会話の授業という気分ではないかもしれないが、どうする？　一時間くらいは話していくかい？」

そもそもナユタは、受験勉強を見てもらうという名目でここへ通っている。料理の差し入れはその返礼という建て前だった。

午前中にも一時間ほど数学を見てもらったため、これで帰宅しても無駄足《むだあし》にはならない。

「いえ、今日はもう帰ります。探偵《たんてい》さんもすぐに下調べを始めたいでしょうし――次は水曜日くらいに来るつもりですが、何かメニューのリクエストはありますか？」

厚意《こうい》から問うと、クレーヴェルの顔がわずかに歪《ゆが》んだ。

「いや、そういうのは特にないが……」

「じゃ、ビーフシチューにしますね。私が食べたいので」

探偵《たんてい》が何を言いたいのか、概《おおむ》ね察しつつも、ナユタはたおやかな笑顔《えがお》でこれを封《ふう》じた。

食生活は大事である。

ナユタとしても、一人で済ませる味気ない食事より、クレーヴェルとの食事のほうが純粋《じゅんすい》に楽しい。メニューを考える楽しみも増え、最近は日々の生活にも張り合いが出てきた。

舌先三寸でなし崩《くず》し的に得たこの特権を、みすみす手放すつもりはない。

「あ、探偵《たんてい》さん、ピーマン苦手だったりしませんか？　うちはビーフシチューにいれるんですが、嫌《きら》いな人もいるので、念のため――」

「ピーマンは問題ないが……気のせいかな。もっと根本的な問題がありそうな気もするんだ。食事は私も手を抜《ぬ》きがちだから、ありがたいのは確かなんだが……君、その年で主婦力が高すぎないか？」

探偵《たんてい》の今更《いまさら》な疑問に、ナユタは首を傾《かし》げる。

「そうですか？　私もいい加減、一人暮らしが長くなってきたので、単純に慣れだと思います。お昼は学食で済ませてますし、夜くらいはちゃんとしたものを食べないと――特に探偵《たんてい》さんは、油断してると三食を適当に済ませそうですから」

「……いや、主婦か」

状況《じょうきょう》に流されている自覚はあるのか、妙《みょう》にキレがない探偵《たんてい》の突《つ》っ込《こ》みを聞き流し、ナユタはオフィスを後にした。

クレーヴェルのオフィスとナユタの部屋との行き来は、徒歩と電車で片道三十分とかからない。

夜遅《おそ》くなった時には探偵《たんてい》が車で送ってくれることもあるが、仕事の邪魔《じゃま》にならぬよう、きりのいいところで帰宅するようにしている。

帰途《きと》の電車の中で、探偵《たんてい》からメッセージが届いた。

【真尋嬢《まひろじょう》からスケジュールの相談があった。例の攻略《こうりゃく》、水曜日の夜になりそうだ。楢伏《ならふし》は来ないから、コヨミ嬢《じょう》に来てもらって四人で動きたい】

返信をしようとして、ナユタはふと悪戯《いたずら》を思いつく。

【それじゃ、食材と一緒《いっしょ》にアミュスフィアも持っていきますね。泊《と》まりの準備も必要そうですか？】

【その場合、私は近所のネットカフェに泊《と》まる】

探偵《たんてい》の生真面目《きまじめ》さに悪い意味で感心しながら、彼女《かのじょ》は端末《たんまつ》を片手にくすりと微笑《ほほえ》んだ。

§

月曜、火曜と特に変化のない退屈《たいくつ》な日常を過ごし、ナユタは水曜日の夜を迎《むか》えた。

食卓《しょくたく》を挟《はさ》んだ彼女《かのじょ》と探偵《たんてい》の前には、ビーフシチューが湯気を立てている。

「市販《しはん》のルーでも、赤ワインを少し足すだけでやっぱり違《ちが》いますよね。高校生の一人暮らしだとお酒は買えないので――これはさすがに、みりんで代用するわけにはいきませんし」

探偵《たんてい》がスプーンを片手に嘆息《たんそく》した。

「君、本当になんでもできるな……手際《てぎわ》もいいし、味も申し分ない。まさかこんな短時間で、ここまで本格的なビーフシチューができるとは思わなかった」

「材料と圧力鍋《なべ》があれば誰《だれ》でも作れます。私の場合、ワインが買えなくて困っていただけで……グレープジュースとみりんで代用できないかと考えたことはあるんですが、試《ため》す気にはなれませんでした」

「賢明《けんめい》だ。その堅実《けんじつ》な感性は大事にしなさい」

くだらないことにもしかつめらしく応じる探偵《たんてい》の口調が、ナユタには可笑《おか》しい。

クレーヴェルが首を捻《ひね》る。

「しかし、これは本当によくできている……何か隠《かく》し味《あじ》をいれてないか？　チョコレートとかハーブとか」

「特に何も——あ、よくある〝愛情〟とかも入っていませんから、安心して食べてください」

ナユタの冗談《じょうだん》に、クレーヴェルも乾《かわ》いた笑いを返した。

二人きりの晩餐《ばんさん》が終わると、探偵《たんてい》がおもむろにシャツの袖《そで》をめくった。

「さて、真尋《まひろ》嬢《じょう》との待ち合わせの時刻まで、まだ少しある。後片付けは私がやっておくから、君は今のうちに帰宅して……」

一方のナユタは、持参したアミュスフィアを鞄《かばん》から取り出した。

「お言葉に甘《あま》えて、片付けはお願いします。私のほうも、先にコヨミさんと合流していろいろと説明する約束になっていまして……時間なので、ここからログインさせてもらいますね」

探偵《たんてい》に有無《うむ》を言わせず、ナユタは接続設定を手際《てぎわ》よく済ませていく。

「いや、ちょっと君……」

狼狽《うろた》える声を聞き流してソファに横たわり、最後に流し目を送った。

「心配しなくても、探偵《たんてい》さん以外の人の前で、こんな無防備なことはしません。それだけ信用されていると思ってください」

フルダイブ中、肉体は失神同然の状態に陥《おちい》る。ナーヴギアとは違《ちが》い、アミュスフィアの安全装置は外界からの刺激《しげき》にもある程度まで反応するが、少し胸を触《さわ》られた程度ではまず覚醒《かくせい》しない。

少なくとも、家族や恋人《こいびと》以外の異性の前では、使用を控《ひか》えるべき道具ではある。

「そういう一方的な信用は、ただの盲信《もうしん》というんだ。待ちなさい。せめて内側から鍵《かぎ》のかかる部屋で……」

「リンクスタート」

現実を吹《ふ》っ切《き》って、ナユタの意識が仮想空間へと飛ぶ。

視界の端《はし》で探偵《たんてい》が頭を抱《かか》えていたようにも思うが、いまさら気にするまでもない。

ログインした先は、あやかし横丁《よこちょう》の宵闇通《よいやみどお》り、猫稲荷《ねこいなり》前だった。

以前に立ち寄った街ならば概《おおむ》ね何処《どこ》でも選べるが、最近はここからログインする機会が多い。三《み》ツ葉《ば》探偵社《たんていしゃ》にもっとも近い上、表通りよりは空《す》いているため待ち合わせにも都合が良かった。

ちょうど鳥居の下にコヨミの姿がある。

「あ、なゆさん！　ひゃっはー！」

すかさず飛びついてきた彼女《かのじょ》を受け止め、ナユタは微笑《ほほえ》んだ。

忍者《にんじゃ》のコヨミは小学生の真尋《まひろ》と変わらないほどに小柄《こがら》だが、一応は年上の社会人である。

「早いですね、コヨミさん。待ちましたか？」

「ううん。十秒くらい前にログインして、ちょうど今、メッセージ送ろうかなー、って考えてたとこ。真尋《まひろ》ちゃんって子はまだ？」

コヨミを誘《さそ》った際に、大まかな事情は伝えておいた。

「三十分後くらいに三《み》ツ葉《ば》探偵社《たんていしゃ》に来るみたいです。私達《わたしたち》も事務所で話しますか？」

「うーん……あ！　じゃあ《にゃんこそば》行こう！　晩ご飯に酢豚《すぶた》食べたんだけど、なんかこう、さっぱりしたものがメ《しめ》に欲《ほ》しくてさー。なゆさんは晩ご飯、何食べた？」

「ビーフシチューです。圧力鍋《なべ》で作りました」

さすがにクレーヴェルと一緒《いっしょ》だったことは言えない。

宵闇通《よいやみどお》りを歩きながら、コヨミが見えない尻尾《しっぽ》をぶんぶんと振《ふ》り、これでもかと愛想《あいそ》をバラまく。

「へー、ビーフシチューかぁ。いいなあ……私も食べたいなー。つか、なゆさん偉《えら》いよね。一人暮らしだとつい手ぇ抜《ぬ》いちゃうのに」

ナユタも一人なら手を抜《ぬ》く。が、ここでそのことを言ってしまうと、探偵《たんてい》との諸々《もろもろ》に気づかれかねない。

ココミを相手に隠《かく》し事《ごと》はしたくないが、これはかりはクレーヴェルの立場もある。

猫又達《ねこまたたち》が店員を務める蕎麦屋《そばや》、《にゃんこそば》は、三《み》ツ葉《ば》探偵社《たんていしゃ》のすぐ近くにあった。

奥座敷《おくざしき》に陣取《じんど》り、ココミはざるそばを、ナユタはデザートの蕎麦《そば》アイスを注文する。

「セルフサービスのトッピング、種類が増えてますね。蒲鉾《かまぼこ》、桜海老《さくらえび》、かしわ天、カリカリ……カリカリ？」

「あ、それ賄《まかな》い兼用《けんよう》だって。要するにキャットフード」

それを蕎麦屋《そばや》のトッピングに並べてはいけない気もする。

ココミは蕎麦《そば》を手繰《たぐ》り、ナユタはアイスをすくいながら、二人は今夜の仕事について話し合った。

「……つまり、その子役の女の子のお父さんが山代《やましろ》さんって人で、その山代《やましろ》さんは遠藤《えんどう》さんっていう技術者になりすましていたのに、急に失踪《しっそう》しちゃった、と……あのさ。じゃあ、本物の《遠藤《えんどう》さん》のほうはドコ行っちゃったの？」

ココミのごく単純なその疑問に、ナユタは固まった。

他人になりすますには、その他人の個人情報が要《い》る。

その名義で就職するとなれば、住民票やマイナンバー等《など》の身分証明も必要となる。ただ虚偽《きょぎ》

の名前を用意するだけでは、他人になりすませない。

ナユタ達《たち》が捜索《そうさく》を依頼《いらい》されたのは真尋《まひろ》の父親一人だけだが、彼《かれ》がなりすましていた《遠藤《えんどう》》という人物の素性《すじょう》については、まだ何もわかっていなかった。

「……どこ行っちゃったんでしょうね？」

「ねー。不思議だよねー」

コヨミは時折、ナユタが見逃《みのが》しがちな部分を、こうして綺麗《きれい》にえぐる。

（つまり、失踪者《しっそうしゃ》は二人……か）

そのことを頭の片隅《かたすみ》においておき、ナユタ達《たち》は《にゃんこそば》を出た。

すぐ近くにある三《み》ツ葉《ば》探偵社《たんていしゃ》は、二階に事務所を構えている。

階段を上ると、高さ三メートルは優にある黒猫大仏《くろねこだいぶつ》が二人を出迎《でむか》えた。

見る度《たび》に何故《なぜ》かポーズが変わる奇妙《きみょう》な猫像《ねこぞう》だが、今日はソフトクリームを持った片手を天に突《つ》き上《あ》げ、もう片方の手には漫画《まんが》雑誌を抱《かか》え込《こ》み、胸元《むなもと》に添《そ》えていた。

「あ。自由《じゆう》の女神《めがみ》だ」

「自由すぎてもう突《つ》っ込《こ》みどころがわかりません」

ドヤ顔の黒猫大仏《くろねこだいぶつ》を横目に、ナユタ達《たち》は探偵社《たんていしゃ》の扉《とびら》を開ける。

紅茶の香《かお》りが漂《ただよ》う室内には、もうクレーヴェル達《たち》の姿があった。

「やあ、来たか。時間どおりだね」

執務机《しつむづくえ》から手をあげた探偵《たんてい》の正面には、《鬼姫《おにひめ》》によく似た侍姿《さむらいすがた》の少女が座《すわ》っていた。

ソファから立ち上がった彼女《かのじょ》は、ナユタとコヨミに一礼し、子役らしく凛《りん》とした声を張る。

「こんばんは。《マヒロ》といいます。今日はよろしくお願いします」

可愛《かわい》らしい挨拶《あいさつ》を向けられたコヨミが、たちまち相好《そうごう》を崩《くず》した。

「かっ……かわいいっ！　うわ！　ほんとに《鬼姫《おにひめ》》そっくり！　えー！　かわいい！　かわいい！　なゆさん、この子かわいいっ！」

語彙《ごい》が少ないことには目を瞑《つぶ》り、ナユタは苦笑いでコヨミの肩《かた》を押《お》した。

「マヒロちゃん、こちらこそよろしくね。この人は忍者《にんじゃ》のコヨミさん。私より年上のお姉さんだから、頼《たよ》りになるよ」

嘘《うそ》は言っていない。少なくともナユタはコヨミのことを頼《たよ》りにしている。

袴姿《はかますがた》のマヒロは、上半身に胴丸《どうまる》や肩当《かたあ》て、籠手《こて》を装備し、その背に打刀《うちがたな》を背負っていた。

身長が低いために、背負った刀がやけに長く見えているが、武器としてのサイズはあくまで標準的である。

傀儡《くぐつ》の鬼姫《おにひめ》とは異なり、髪《かみ》は黒く眉《まゆ》も細いが、顔立ちはやはり近い。双子《ふたご》とまでは言わないが、姉妹《しまい》か従姉妹《いとこ》のようには見える。

コヨミが跳《は》ねるようにぱたぱたと駆《か》け寄《よ》り、マヒロの肩《かた》を抱《だ》いた。

「よろしくね！　マヒロちゃんって侍《さむらい》？」

「いえ、《兵法者《へいほうしゃ》》です。防具のせいで見た目は侍《さむらい》っぽくなってしまったんですが――」

兵法者《へいほうしゃ》は、侍《さむらい》よりもスキルが多彩《たさい》な反面、スキルごとに設定された使用の前提条件やダメージの増加条件などがややこしく、よりテクニカルな立ち回りが必要とされる上級職だった。

戦い方次第《しだい》では侍《さむらい》以上の爆発力《ばくはつりょく》を生むが、少しでも前提が崩《くず》れると下級職並みのパフォーマンスしか発揮できないため、慣れが必要なロマン職とされている。

マヒロの装備を見る限り、基本は盾役《たてやく》としての運用をしているらしい。

（……《鬼姫《おにひめ》》と対《つい》になる感じなのかな……）

鬼動傀儡《きどうくぐつ》の鬼姫《おにひめ》は、後衛の支援役《しえんやく》として設定されていた。前衛職のマヒロと組めば、おそらくバランスのとれたパーティーになる。

コヨミが高いテンションのままでマヒロに絡《から》み続《つづ》ける間に、探偵《たんてい》がナユタへそっと耳打ちした。

「……君には後で言いたいことがある」

つい先程《さきほど》、目の前でアミュスフィアをつけた件についてらしい。

「だいたいわかってますけれど、そもそもは探偵《たんてい》さんのせいですよ？」

さも当然とばかりに言い返したナユタに、探偵《たんてい》が珍《めずら》しく素で驚《おどろ》いた様子を見せた。

「私のせいとは聞き捨てならないが……」

「だって探偵《たんてい》さん、冤罪《えんざい》が怖《こわ》い、濡《ぬ》れ衣《ぎぬ》が怖《こわ》い、女子高生が怖《こわ》いって言ってばかりで、全然私個人のことを信用してくれないじゃないですか。私のほうから、探偵《たんてい》さんをちゃんと信頼《しんらい》していると態度に出してはっきり主張しない限り、これはもう改まらないと思いまして——少し荒《あら》療治《りょうじ》に出ることにしました」

クレーヴェルが物の見事に固まった。

「……なるほど。私のせいだ」

なまじ理性が強く頭が働く分、正論にはとことん弱いのが彼《かれ》の泣き所ではある。

「……いや、しかし、だからといってああいうのは……」

「この話、私は続けても構いませんが、ココミさんに聞こえますよ」

小声でぼそりと囁《ささや》くと、探偵《たんてい》が即座《そくざ》に口を閉ざした。

爆発物《ばくはつぶつ》の傍《そば》でバーベキューをやらかす趣味《しゅみ》はさすがになかったらしい。

ちょうどココミが向き直る。

「なゆさん、なゆさん！　この子に《鬼姫《おにひめ》》見せてあげたら？　戦闘中《せんとうちゅう》にいきなり出したら、似すぎていてびっくりするかもだし！」

ナユタは頷《うなず》き、アイテムリストから《鬼動傀儡《きどうくぐつ》》を指定した。

ナユタの隣《となり》に光芒《こうぼう》を放って現れた《鬼姫《おにひめ》》を見るや、マヒロが眼《め》を見開く。

「……ほんとだ……私にそっくり……」

兵法者《へいほうしゃ》と陰陽師《おんみょうじ》、職種こそ前衛と後衛で正反対だが、並ぶとやはりよく似ている。

傀儡《くぐつ》は虚空《こくう》を見据《みす》え、ぴくりとも動かない。

もう一方のマヒロも驚《おどろ》いて立ちすくみ、こちらはこちらで傀儡《くぐつ》のようだった。

やがて彼女《かのじょ》は、ぽつりと呟《つぶや》く。

「この人形……やっぱり、パパが作ったものだと思います」

声はかすかに笑っていた。

「ずっと前、パパに〝何か欲《ほ》しいものはないか〟って聞かれて、言ったことがあるんです。〝妹が欲《ほ》しい、一緒《いっしょ》にゲームで遊びたい〟って——こういう形は想像していませんでしたけれど……ふふっ……本格的に実装されたら、私も頑張《がんば》って入手しないとですね」

「そっか……」

ナユタは曖昧《あいまい》に微笑《ほほえ》む。

——《家族の偽物《にせもの》》を実際に作って依存《いぞん》していた身としては、その是非《ぜひ》をつい真剣《しんけん》に考えてしまう。頭ごなしに否定するようなことではなく、手放しに推奨《すいしょう》できることでもない。

マヒロの場合、ナユタとはまた事情が大きく異なるし、今の言葉もただの思い出話と判断していいが、幼い彼女《かのじょ》が父親に会いたがる心根は本物だった。

——その父親、《山代宗光《やましろむねみつ》》について探偵《たんてい》が行った下調べの結果は、あまり芳《かんば》しいものではなかったらしい。

退職した技術者、《遠藤《えんどう》》の行方《ゆくえ》は、運営側も把握《はあく》していなかった。

失踪《しっそう》直前まで暮らしていた賃貸《ちんたい》の部屋は既《すで》に引《ひ》き払《はら》われており、引《ひ》っ越《こ》し先《さき》も不明——ヘッドハントされた先の企業名《きぎょうめい》すら誰《だれ》も知らず、〝本人がそう言っていた〟という以上の証言を得られていない。

こうなると、そもそも転職が事実だったのかどうかすら疑わしい。

要するに、〝二、三日程度の調査では何もわからない〟ということがわかっただけで、ナユタもこの結果を聞かされて以降、最悪のケースを覚悟《かくご》しつつある。

——霧原真尋《きりはらまひろ》の父親、《山代宗光《やましろむねみつ》》は、一介《いっかい》の技術者、《遠藤透《えんどうとおる》》と名を偽《いつわ》り、《アスカ・エンパイア》の開発チームに加わっていた。

その失踪《しっそう》の理由は依然《いぜん》としてわからないままだが、彼《かれ》の身に何か異変が起きたことは間違《まちが》いない。

探偵《たんてい》やナユタの予測ほど具体的ではないにせよ、マヒロも薄々《うすうす》と何かを感じているはずで、その表情には不安の色が濃《こ》かった。

パーティー登録を済ませ、ナユタ達《たち》は探偵《たんてい》事務所を出る。

目指すは《十三階段の地下迷宮《めいきゅう》》、地下六階——おそらくはそこに、「何か」がある。

踏《ふ》み出《だ》す爪先《つまさき》に決意を込《こ》め、ナユタは華奢《きゃしゃ》な拳《こぶし》をそっと握《にぎ》り込《こ》んだ。

《百八の怪異》開発室裏話　其の参

肝試しのお供に・鬼動傀儡１

「……〝田〟の字が多すぎやしないか」との一部指摘をはねのけて遂に実装された《鬼動傀儡》は、開発側にとってもプレイヤー側にとっても待望の大型アップデートとなった。

《百八の怪異》においてソロプレイを強制される《肝試し》系クエストでは、プレイヤーごとの職によってクエストの難度が左右されかねない状況が続いており、結果、「敵を弱めに設定し、全体的な難度を下げる」という窮余の対策がとられていた。

　今回の傀儡実装により、前衛職、後衛職ともに、自身の足りない部分を傀儡によって補えるようになり、攻略の幅が大いに広がった。

傀儡のステータスは所有者より五レベル相当ほど下となっており、所有者の成長に連動して強化されていく。ただし《アスカ・エンパイア》のシステム的に、装備品による補正が極めて大きく、この点は傀儡も変わらない。

　つまり、入手したはいいものの職の都合で死蔵していた良質な装備品を、今後は傀儡に使わせるという選択肢ができた。

　素体は人型、獣型、妖怪型と多種多様だが、快活な美少女型の〝雷火〟、クールな幼女型の〝鬼姫〟、可愛らしい少年型の〝銀夜〟など、容姿に優れたものが人気上位のようである。やはり人形は顔が命らしい。

四章

鬼姫双紙 下

おにひめぞうし・げ

技術者、山代宗光《やましろむねみつ》にはかつて妻子がいた。

今は離婚《りこん》して別々に暮らしている。

離婚《りこん》の理由は複数あるが、決め手になったのは「これ以上、私達《わたしたち》を危険に巻《ま》き込《こ》まないでほしい」という妻からの申し出だった。

山代《やましろ》はこれを受け入れ、妻と娘《むすめ》は旧姓《きゅうせい》に戻《もど》った。

その離婚《りこん》から、さほど間をおかず——

元妻の不安は、唐突《とうとつ》に現実のものとなった。


『……お前、やべえぞ。トナミの連中、完全にお前が投資金を持《も》ち逃《に》げしたと思いこんでやがる。浅沼《あさぬま》のバカが沈《しず》められる直前、苦《くる》し紛《まぎ》れにお前が主犯格だって嘘《うそ》をついたらしい——』

先輩社員《せんぱいしゃいん》からの電話越《ご》しの死刑《しけい》宣告に、彼《かれ》の思考は真っ白に飛んだ。

もし運転中であれば即座《そくざ》に事故を起こしていただろうが、生憎《あいにく》と今は停車中だった。悩《なや》む間もなく死ねていればどんなに楽だったろうかと、後ろ向きな思案が頭をよぎる。

「そんな……だって、俺《おれ》はただのシステム屋で……！　金なんか給料分しか……！」

『向こうはそう思ってねえ。ずっとPC作業担当だったから面も割れてねえし、余計に怪《あや》しく見えてるんだろうさ。今から弁解して通じる相手でもねえし、とりあえずお前も身を隠《かく》せ。隠《かく》れ家《が》に心当たりはあるか？』

山代《やましろ》は震《ふる》えながら首を横に振《ふ》る。

「そんなもの、俺《おれ》にあるわけないでしょ！」

まさか以前の妻子は頼《たよ》れない。親類縁者《しんるいえんじゃ》とも軒並《のきな》み縁《えん》が切れている。

恐怖《きょうふ》から声を荒《あら》らげると、先輩《せんぱい》社員が舌打ちを返した。

『お前を匿《かくま》うとこっちまでヤバくなる。とにかく自力でなんとかしろ。じゃあな』

「は⁉　いや、ちょっ……！」

電話は一方的に切られた。

慌《あわ》てて掛《か》け直《なお》したものの、相手が出る気配はない。

山代《やましろ》は呆然《ぼうぜん》と、青色に染めた短髪《たんぱつ》をかきむしった。離《り》婚《こん》する前は真面目さを装《よそお》い黒髪《くろかみ》で過ごしていたが、そもそも顔立ちが地味なため、髪型《かみがた》まで地味にすると仲間内で舐《な》められやすい。

もっとも——髪型《かみがた》や服装でいくら誤魔化《ごまか》したところで、自分が間抜《まぬ》けな小心者であることはよく自覚している。

「……マジかよ……いや、無理だろ……え？　逃《に》げろって、何処《どこ》へ……」

——現に今も、何も考えられない。

警察へ保護を求めても、微罪《びざい》で釈放《しゃくほう》された後にそのまま殺される。一介《いっかい》のチンピラ風情《ふぜい》にまともな保護など望めない。

通《とお》り魔《ま》的に誰《だれ》かを殺して重罪になり、刑務所《けいむしょ》内で生き延びる——そんな度胸はそもそもない。

離婚《りこん》した妻子にも迷惑《めいわく》がかかってしまう。

助けを求められそうな相手を探して、彼《かれ》は携帯《けいたい》電話のアドレス帳を必死に漁《あさ》った。

手の中で不意に端末《たんまつ》が震《ふる》え出《だ》す。

「……ひっ……！」

——誰《だれ》かから、着信があった。

非通知で番号は出ていない。

「……も、もしもし……？」

冷《ひ》や汗《あせ》を拭《ぬぐ》いながら出ると、ぼそぼそとくぐもった声が聞こえた。

『……山代《やましろ》さん？　俺《おれ》、クラゲっす……なんか、大変なことになってるみたいっすね』

クラゲは会社の元同僚《もとどうりょう》だった。

会社といっても倒産《とうさん》と起業を繰《く》り返《かえ》す投資詐欺《さぎ》専門の悪徳企業《きぎょう》で、山代《やましろ》はそのシステム開発と保守点検を主に行っていた。

クラゲと共に働いたのは短い期間だが、陰気《いんき》なつまらない青年だったと記憶《きおく》している。

——つまり、自分と同類といっていい。

「……ああ、お前か……散々だよ、畜生《ちくしょう》……去年のうちに手ぇ引いときゃ良かった。うまい時に抜《ぬ》けたよな、お前は」

『……山代《やましろ》さん、プログラミングの腕《うで》はいいのに、世間知らずだから——まぁ、俺《おれ》もよく知りませんけど、ヤバいラインはなんとなくわかるんで……』

「そうかい……で、何だよ？　お前が俺《おれ》を助けてくれるってのか？」

自嘲《じちょう》気味にそう呟《つぶや》いた山代《やましろ》は、直後の返答に瞠目《どうもく》した。

『そのつもりっす。俺《おれ》、生活能力ないんで、山代《やましろ》さんいると助かるっていうか……今、車っすか？　そのまま樹海方面って行けます？』

まるでカラオケにでも誘《さそ》うような調子だった。

「……あ？　いや、樹海って……」

『俺《おれ》も今から車で行くんで、現地で落ち合いましょう。そこでこっちの車に移って、山代《やましろ》さんの社用車はその場に乗り捨てて、携帯《けいたい》も置いてってください。樹海で行方《ゆくえ》不明って雰囲気《ふんいき》にします。たぶん警察より先にトナミの人らが見つけるんで、警察沙汰《ざた》にはならないっす。自殺なんて信じないでしょうけど、とりあえず時間稼《じかんかせ》ぎと建て前作りができればいいんで……その後のことは、合流してから話します』

山代《やましろ》は更《さら》に混乱する。

「いや、お前、こっちの状況《じょうきょう》知ってんだろ⁉　やべえんだよ、今。俺《おれ》を匿《かくま》ったら、お前も共犯扱《あつか》いで……」

『本当にヤバくなったら、何も知らねえところに山代《やましろ》さんが転《ころ》がり込《こ》んできたってことにして逃《に》げます。まあ、そんなことにはならないっすけど……どうします？』

——今回は、騙《だま》した相手が悪かった。その後の火消しも最悪だった。誰《だれ》が金を持《も》ち逃《に》げしたのか、山代《やましろ》にもわかっていないが、自分がそのスケープゴートとして仕立て上げられたことは間違《まちが》いない。

捕《つか》まればけじめとして殺される。

金の行方《ゆくえ》を知っていれば吐《は》くこともできるだろうが、そもそも何も知らない。

この絶望的な状況《じょうきょう》で現れた奇妙《きみょう》な助け船に戸惑《とまど》いつつ——山代宗光《やましろむねみつ》は、渇《かわ》き切《き》った喉《のど》からかすれる声を絞《しぼ》り出《だ》した。

「……悪い。助けてくれ——」

『うっす。じゃ、詳《くわ》しいことは合流してから。場所は……』

——通話を終えたところで、山代《やましろ》は脂汗《あぶらあせ》まみれの微睡《まどろ》みから目を覚ました。

まともに眠《ねむ》れた気がしない。

「……また、この夢か——」

そう昔の記憶《きおく》ではないが、あの時期に比べて、状況《じょうきょう》が好転しているのか悪化しているのか、もう彼《かれ》にもよくわからない。

電話を一方的に切った先輩《せんぱい》社員は死んだらしい。たぶん殺されたのだと思う。クラゲも死んだ。こちらは入浴中の病死で、死体の処理には悩《なや》んだが、山代《やましろ》が動くまでもなく〝誰《だれ》か〟が持っていってくれた。

この〝誰《だれ》か〟について、山代《やましろ》は素性《すじょう》をよく知らない。

彼《かれ》らはクラゲの雇《やと》い主《ぬし》だった。無口で愛想《あいそ》がなく、常に淡々《たんたん》としていた。

クラゲの死が発覚した後、唐突《とうとつ》に訪《おとず》れた彼《かれ》らはしばらく内輪で相談した後に、「クラゲの仕事をそのまま引《ひ》き継《つ》いではほしい」と山代《やましろ》に要請《ようせい》してきた。

断れば口封《くちふう》じに始末されると察し、山代《やましろ》はこれを受け入れた。

その代わり、表の仕事はできなくなった。

少しの猶予《ゆうよ》期間を貰《もら》い、ゲームプログラマー《遠藤透《えんどうとおる》》は転職を匂《にお》わせて失踪《しっそう》し、逃亡者《とうぼうしゃ》の《山代宗光《やましろむねみつ》》は姿をくらましたまま、娘《むすめ》の霧原真尋《きりはらまひろ》とも接触《せっしょく》を絶った。

妻子を捨て、友人に死なれ、過去の自分を切り捨てて――名前のない彼《かれ》は、独りになった。

§

《アスカ・エンパイア》にて進行中の長期イベント、《百八の怪異《かいい》》――

その十三番目に配信されたクエスト、《十三階段の地下迷宮《めいきゅう》》は、不可思議な牢獄《ろうごく》からの脱《だっ》出劇《しゅつげき》だった。

スタート地点は地下の留置場である。

三方をコンクリートの壁《かべ》に、残る一方を鉄格子《てつごうし》に囲まれた狭《せま》い部屋に窓はない。

通ってきた転送ゲートは背後で消え、ナユタは独り、牢《ろう》に閉じこめられている。

室内には簡易寝台《しんだい》を兼《か》ねた木製のベンチが一つ——他には何もない。

数秒後、壁《かべ》を挟《はさ》んだ隣《となり》の牢《ろう》から、よく聞き慣れた甲高《かんだか》い声が響《ひび》いた。

「ふぇえ……い、いきなり一人⁉　こんなのやだー！　なゆさんどこー⁉」

ナユタは淡々《たんたん》と応じる。

「落ち着いてください、コヨミさん。すぐ隣《となり》にいます」

たちまちコヨミの気配が緩《ゆる》んだ。

「あ！　良かったぁ！　《幽霊囃子《ゆうれいばやし》》みたいに、捜《さが》して合流しないといけない系と思っちゃった。えっと……この壁《かべ》、ぶっ壊《こわ》せばそっちとつながる？」

「……破壊衝動《はかいしょうどう》が有り余っているみたいで心強い限りですが、さすがに壊《こわ》せないと思います」

できるできないはさておき、コヨミはおそらく本気で言っている。恐怖《きょうふ》から逃《のが》れるためならば、彼女《かのじょ》は時に鬼神《きじん》と化す。

「攻略《こうりゃく》サイトによれば、同時にクエスト入りしたメンバーが揃《そろ》い次第《しだい》、鉄格子《てつごうし》が自動で開くみたいです。少し待ってください」

序盤《じょばん》に配信されたクエストだけに、攻略《こうりゃく》情報はもうネット上に出回っている。長丁場でもありすべてを確認《かくにん》したわけではないが、真尋《まひろ》の父、《山代宗光《やましろむねみつ》》が何かを隠《かく》したらしい地下六階までの道程は、事前に概《おおむ》ね確認《かくにん》しておいた。

「探偵《たんてい》さんとマヒロちゃんも着いてますか？」

ナユタは他の牢《ろう》に声をかけた。ちょうど転送ゲートを通ってきたばかりらしく、足音と同時に返事がくる。

「ああ。私は君の左隣《ひだりどなり》かな」

「私は更《さら》にその隣《となり》みたいです」

メンバーが揃《そろ》ったところで、何処《どこ》からともなく底抜《そこぬ》けに明るいかすれ声の放送が流れてきた。

『死刑囚《しけいしゅう》の皆様《みなさま》、屍人《しにん》の監獄《かんごく》へようこそ！　当監獄《かんごく》では、皆様《みなさま》のより良《よ》い死刑執行《しけいしっこう》のため、セルフサービスにてすべての刑《けい》を執行《しっこう》しております。死にたくなったら牢《ろう》を出て、そのまま地下へとお進みください。なお食料の配給等は一切《いっさい》ございませんので、移動が面倒《めんどう》な方はそのまま牢内《ろうない》にいていただければ、やがて餓死《がし》に至ります。それでは、アンハッピー・エグゼキューション！』

《百八の怪異《かいい》》、クエストの始動を告げる厳《おごそ》かな鐘《かね》の音が響《ひび》き渡《わた》り、鉄格子《てつごうし》の鍵《かぎ》が一斉《いっせい》にがちゃりと開いた。

ここから先はいつ敵に襲《おそ》われるかわからない。

慎重《しんちょう》に牢《ろう》から歩み出たナユタの前に、げんなりとしたコヨミが顔を出した。

「……悪趣味《あくしゅみ》すぎるでしょ、今の放送……」

ナユタも同じことを思ったが、別の牢《ろう》から出てきた探偵《たんてい》はかすかに笑っていた。

「ホラーで悪趣味《あくしゅみ》だなんだというのも今更《いまさら》だがね。確かこのクエストは、専門学校生達《たち》で作った同人サークルからの投稿《とうこう》作品だ。他の作品もこういうテイストで、そこそこファンもついているらしい」

マヒロが即座《そくざ》に反応した。

「あ、私、そのサークルのゲームならいくつか持ってます。《件《くだん》の村》とか《髪《かみ》の栞《しおり》》とか、不条理なのが多いんですけれど――」

「……ん？　マヒロちゃん、もしかして……ホラーとか好きなの？」

ほぼ同じ身長のコヨミがまとわりつきながら問うと、マヒロは曖昧《あいまい》に微笑《ほほえ》んだ。

「はい、大好きです。ホラーとか心霊《しんれい》現象特集とか……パパはそういうの、駄目《だめ》だったんですけれど」

太刀《たち》を背負ったその勇壮《ゆうそう》な胴丸姿《どうまるすがた》で平然と言われると、年下ながら心強い。凜《りん》とした顔立ちとあいまって、化け物退治に赴《おもむ》く女武士の風格さえ漂《ただよ》う。

しかし、そんな彼女《かのじょ》の口から紡《つむ》がれた「パパ」という単語には、何処《どこ》か悲痛な響《ひび》きが宿っていた。

霧原真尋《きりはらまひろ》の父、山代宗光《やましろむねみつ》は、《遠藤透《えんどうとおる》》という他人の名前を使い、《アスカ・エンパイア》の開発チームで働いていた――ここまでは、おそらく間違《まちが》いない。

ナユタと探偵《たんてい》が疑問視している点は、以下の三つに絞《しぼ》られる。

彼《かれ》が他人の名を使い、経歴をごまかしていた理由。

そして今回、失踪《しっそう》に至った理由。

さらには、現在も無事でいるのかどうか――

事と次第《しだい》によっては、彼《かれ》が名を借りていた《遠藤透《えんどうとおる》》という人物の素性《すじょう》についても解明するべきだが、発端《ほったん》が真尋《まひろ》の依頼《いらい》である以上、これは優先順位が落ちる。

真尋《まひろ》の父が、娘《むすめ》に送った最後のメールに残したメッセージ――

《13、B6P、宗光《むねみつ》》

クレーヴェルはこれを、《百八の怪異《かいい》》において十三番目に実装された《十三階段の地下迷《めい》宮《きゅう》》の、地下六階P区を示したものと推測した。

おそらくはそこに、山代宗光《やましろむねみつ》が娘《むすめ》のために残した何かがある。

それが所在のヒントなのか、あるいは失踪《しっそう》理由の説明なのか、もっと別の何かなのか――見つけてみなければわからないが、クレーヴェルには思い当たる節があるらしい。

つい先程《さきほど》、夕食の準備中にもナユタとこんな会話があった。

〝鬼姫《おにひめ》の一件の時、虎尾《とらお》さんが言っていただろう。遠藤《えんどう》さんが待遇《たいぐう》にキレて、作業履歴《りれき》を破棄《はき》して転職した、と――あれがどうも腑《ふ》に落ちなくてね。特に深い付き合いがあったわけじゃないが、腹いせに嫌《いや》がらせをして去っていくような人物とも思えなかった。つまり、作業履歴《りれき》を他人に見られたら困る理由があったんじゃないか……そう考えると、待遇《たいぐう》にキレたのも、履歴《りれき》の破棄《はき》や職場放棄《ほうき》を違和感《いわかん》なく見せるための演技だった可能性が出てくる〟

仮にこの推理が正しいとすれば、破棄《はき》した履歴《りれき》には、彼《かれ》が娘《むすめ》のために残したプライベートな作業の痕跡《こんせき》があったのだろう。

牢獄《ろうごく》から解放された四人は、慎重《しんちょう》に移動を開始した。

牢《ろう》が並ぶ通路の先には、鋼鉄製の扉《とびら》が一つ。

他には窓すらない。

通路が狭《せま》いため、自然と前衛二人、後衛二人の布陣《ふじん》となる。

「私とコヨミさんが前に立ちます。マヒロちゃんは盾役《たてやく》として、探偵《たんてい》さんを守ってあげてください。探偵《たんてい》さんは……まぁ、適当に」

ステータスの都合上、彼《かれ》には特にできることがない。幸運値が高いため宝箱の鍵開《かぎあ》けには向いているが、これは忍者《にんじゃ》のコヨミも得意としている。

マヒロが不思議そうにクレーヴェルを見上げた。

「探偵《たんてい》さんはゲームが苦手なんですか？」

「パズルやストラテジーは好きだけれどね。切った張ったは苦手かな」

飄々《ひょうひょう》と応じる探偵《たんてい》を一瞥《いちべつ》し、ココミがぼそりと呟《つぶや》いた。

「最近、気がついたんだけどさ……探偵《たんてい》さん、ゲームするのがメンドい時は、わざとリタイアしてログイン制限のペナルティを利用してサボってるよね……？　カピバラ十二神将戦で何回リタイアした？」

「さて。何のことだかよくわからないな」

クレーヴェルはそらっとぼけたが、ナユタはとうに気づいていた。あえて指摘《してき》しなかったのは探偵《たんてい》の気苦労に配慮《はいりょ》してのことだが、ココミはナユタよりも遠慮《えんりょ》がない。

ナユタの腕《うで》にしがみつきながら、ココミが後続のマヒロを振《ふ》り返《かえ》る。

「……マヒロちゃん、このおじさんはね。ステータスが幸運値だけに偏《かたよ》ってるから、雑魚《ざこ》相手にも一撃《いちげき》でやられちゃうの……逃《に》げ足《あし》は割と早いから意外にしぶといんだけど、それでも油断してるといつの間にかリタイアしてるから、気が向いたら守ってあげてね。特にバックアタ

……あた……アァあぁあッ!?」

悲鳴に反応して、ナユタはすかさず身を翻《ひるがえ》した。

ナユタ達《たち》の背後——誰《だれ》もいないと思っていた奥《おく》の牢《ろう》から、巨大《きょだい》な蝉《せみ》が複数飛び出してくる。

（開始早々、バックアタック……!?）

蝉《せみ》の体長は人の頭よりも大きく、がしゃがしゃと耳障《みみざわ》りな翅《はね》の音が警戒《けいかい》を煽《あお》った。

《時雨《しぐれ》ノ蝉《せみ》》と呼ばれる雑魚《ざこ》だが、壁《かべ》などに止まって鳴き始めると、その猛烈《もうれつ》な鳴き声で他の敵を呼んでしまう。

防御力《ぼうぎょりょく》は低いため飛んでいるうちに仕留めるのがセオリーだが、狭《せま》い通路で背後を突《つ》かれたために、探偵《たんてい》とマヒロがナユタの進路を塞《ふさ》いでいた。

しかし、反応が鈍《にぶ》い探偵《たんてい》を押《お》し退《の》けるまでには至らない。

「――せぇいっ！」

気合一閃《いっせん》、マヒロが背負った太刀《たち》を抜《ぬ》き放《はな》つと同時に、そのまま稲妻《いなずま》の如《ごと》く斬《き》り下《お》ろした。

背負いの鞘《さや》を利用した変型の抜刀術《ばっとうじゅつ》らしく、鞘走《さやばし》りの瞬間《しゅんかん》にエフェクトの発光が加わる。

襲《おそ》いかかってきた蝉《せみ》が真っ二つに両断され、その残骸《ざんがい》が地に落ちるよりも早く、今度は刃《やいば》が垂直に跳《は》ね上《あ》がった。

この切り返しの斬撃《ざんげき》は後続の蝉《せみ》を真下から叩《たた》き斬《き》り、二匹の蝉《せみ》がただの一瞬《いっしゅん》で四個の残骸《ざんがい》へと姿を変える。

「……ジジッ！　ジジジジジッ！」

「ふみぃーっ！」

落ちてなお地の上を跳《は》ねる蝉《せみ》の残骸《ざんがい》から逃《に》げて、コヨミがナユタにしがみついたままでぐるぐると回り出した。

マヒロはわずかに遅《おく》れて飛んできた三匹目の蟬《せみ》もあっさりと斬《き》り落《お》とし、増援《ぞうえん》がないのを確《かく》認《にん》した上で、背負いの鞘《さや》へと器用に納刀する。

不意打ちをものともしない鮮《あざ》やかな手並みに、探偵《たんてい》がぱちぱちと手を叩《たた》いた。

「お見事。唐竹割《からたけわ》りからの逆袈裟《ぎゃくけさ》か」

「はい。コンボスキルの《扇落《おうぎお》とし》という技《わざ》です。威力《いりょく》は控《ひか》えめですが、抜刀術《ばっとうじゅつ》なので初動が速くて——あと、追撃《ついげき》の切り上げが初太刀《しょだち》よりも命中補正が高いので……」

「にゃーっ！　にゃーっ！」

「……うるさい猫《ねこ》がいるな」

会話の邪魔《じゃま》をする意図はないのだろうが、ココミの悲鳴が蟬《せみ》よりやかましい。意外にしつこく動き回る死骸《しがい》から逃《に》げるのに必死な様は、見ていて可哀想《かわいそう》になるほどだった。

死にきれない蟬《せみ》の死骸《しがい》を遠くへ蹴《け》飛《と》ばし、ナユタはココミの頭を撫《な》でて落ち着かせる。

「ココミさん、そんなに蟬《せみ》が苦手なんですか？　ザリガニやカブトムシには平気で触《さわ》れるんですよね？」

ココミはナユタにしがみつきながら、震《ふる》える声で応じた。

「大きさ違《ちが》うしっ！　あ、あと別のクエストでね……あのでっかい蟬《せみ》が、あのストローみたいな口で、腐乱《ふらん》死体の腹をかき回しながら内臓をズルズル吸ってるグロシーンを目撃《もくげき》しちゃって……それ以来、奴《やつ》らがトラウマに……！」

この話題にマヒロが食いついた。

「あ、それ《蠱毒壺《こどくつぼ》・妖虫《ようちゅう》の謝肉祭》ですよね？　私も見たかったんですが、レイティングの都合で死体がただの水溜《みずた》まりに変わってて……しかもクレームが多くて、シーンごと差《さ》し替《か》えになっちゃった幻《まぼろし》の名シーンじゃないですか。ココミさん、あれを差《さ》し替《か》え前《まえ》に見られたんですか？　いいなあぁ……」

心から羨《うらや》ましげに言うマヒロを、ココミが青ざめた顔で見つめた。

「マ、マヒロちゃん、何げになゆさんより闇《やみ》が深い……っ!?　その年で一体何があったの!?　お姉さんにできることある!?」

どさくさ紛《まぎ》れにマヒロを抱擁《ほうよう》しようとするココミの襟首《えりくび》をひっつかんで止めつつ、ナユタは淡々《たんたん》と正論を紡《つむ》ぐ。

「落ち着いてください、ココミさん。ホラー趣味《しゅみ》は別に闇《やみ》ではないです。多数派ではないかもしれませんが、少なくとも《百八の怪異《かいい》》を率先《そっせん》してプレイしているような層はほぼホラー好きか、好きでなくても耐性《たいせい》がある人達《ひとたち》です」

「嘘《うそ》だっ！　だって私、ホラー苦手だもんっ！」

無意味に荒《あら》ぶるココミを見下ろし、探偵《たんてい》が頭痛を堪《こら》えるように眉間《みけん》を押《お》さえた。

「……私のように仕事の都合でプレイしているならともかく、君は〝ホラーは苦手〟と言いながら明らかに楽しんでいるだろう。嫌《いや》よ嫌《いや》よも好きのうちというか――」

「……まぁ。勢いで女子高生に抱《だ》きついても怒《おこ》られないイベントとか、そうそうないし？」

ナユタも頭痛を堪《こら》える。冗談《じょうだん》だとわかってはいるが、多少は本音も混ざっていそうだった。

「ココミさんはホラーじゃなくてもくっついてきますよね、きっと。たまには探偵《たんてい》さんのほうにしがみついたらどうですか？」

そう指摘《してき》すると、露骨《ろこつ》に嫌《いや》そうな顔が返ってきた。

「えー……いや、探偵《たんてい》さんはなんか違《ちが》うっていうか……顔は美形だと思うけど、抱《だ》きつく対象としてはちょっと……愛嬌《あいきよう》がないっていうか、安心感がないっていうか……なんかこう、怖《こわ》がってる私を笑顔《えがお》で蹴飛《けと》ばして奈落《ならく》に突《つ》き落《お》としそうな闇《やみ》を感じる……」

「なるほど。酷《ひど》い風評被害《ひがい》だ」

探偵《たんてい》が小さくぼやいたが、声はわざとらしく嗤《わら》っていた。

マヒロが首を傾《かし》げる。

「暮居《くれい》さんは、優《やさ》しそうな人だと思いましたけれど……？　現実でお会いした印象では、面倒《めんどう》見《み》のいい素敵《すてき》なお兄さんって感じでした。あと、ナユタさんも綺麗《きれい》な人だなぁ、って——」

ナユタはこのタイミングで重大なことに気づいた。

（あ……真尋《まひろ》ちゃんと口裏合わせしてない）

ココミには、クレーヴェルの自宅で真尋達《まひろたち》と会ったことは伝えていない。「探偵《たんてい》と真尋達《まひろたち》が駅で待ち合わせをしている時に、偶然出会《ぐうぜん》った」と、少々無理のある説明をしている。

もしもクレーヴェルの部屋で一緒《いっしょ》に食事をしていたなどと彼女《かのじょ》が口を滑《すべ》らせたら、おそらくは探偵《たんてい》の社会的立場がただではすまない。

さすがに通報は免《まぬが》れたとしても、コヨミが責め立てればクレーヴェルはより警戒《けいかい》を強め、なし崩《くず》し的に成立していたナユタの訪問を改めて拒絶《きょぜつ》しそうだった。

それは彼女《かのじょ》にとって不本意な流れである。

(探偵《たんてい》さんの部屋のキッチン、うちより広くて使い勝手もいいし、食材を買うお金も出してくれるし、ワインみたいな未成年には買いにくい材料も手に入るし、空き時間には勉強も見てもらえるし……)

今のところ、メリットしかない。

何より――

独りの食卓《しょくたく》は、寂《さび》しい。

話題を逸《そ》らして誤魔化《ごまか》すために、ナユタはすかさず口を挟《はさ》んだ。

「マヒロちゃん、ちょっといい? 万が一、はぐれた時のために、地下六階までの経路を確認《かくにん》しておきたいんだけど――」

「あ、はい。階段が多くてややこしいんですよね。地下五階M区の広場が中継《ちゅうけい》地点としてわかりやすいので、もし途中《とちゅう》ではぐれたらそこに集まりましょう」

各階層は5×5の碁盤《ごばん》の目状に地区が分割《ぶんかつ》されており、中ボスがいるZ区だけが隠《かく》しエリアとなっている。

地図として見れば、まず左上がA区、そこから右に向かってB、C、D区と続き、右上がE区――ここで二段目に切《き》り替《か》わり、F区、G区、H区と続く。

隣接《りんせつ》していない区画へ飛ばされるワープゾーンやショートカットもあり、内部の構造は複雑怪奇《かいき》だが、一度到達《とうたつ》したセーブポイント間は自由に行き来できる。

通常ならば一週間以上かけてコツコツと攻略《こうりゃく》するところだが、サブイベントをスルーして地下六階の目的地を目指すだけならば、二時間とかからない見込《みこ》みだった。

コヨミがナユタの腕《うで》にしがみつきつつ、軽く首を傾《かし》げる。

「で、地下六階のP区って何があんの？　いや、マヒロちゃんへのメッセージとかそういうのじゃなくて、一般《いっぱん》プレイヤーがそこに行くと何があるのかな、ってゆー普《ふ》通《つう》の質問なんだけど……」

――ナユタは、努めて明るい声で応じた。

「このクエストは、各階層ごとにイメージが変わるんです。この地下一階は監獄《かんごく》、地下二階はオフィス、地下三階は学校、地下四階は地下水路、地下五階は鍾乳洞《しょうにゅうどう》……地下六階は研究施《し》設《せつ》で、P区は実験動物の隔離《かくり》区画ですね」

コヨミがぱちくりとまばたきをした。

「……なゆたせんせー、しつもん……」

「……はい。なんですか、ココミさん」

かたかたと震《ふる》えながら、ココミがうつろな視線をさまよわせる。

「……ココミちゃんね、このあいだ、《百八の怪異《かいい》・上半期トラウマシーンベスト10》っていう記事をネットで見かけたんだけど……その第三位に、《死ねない死刑囚《しけいしゅう》・恐怖《きょうふ》の人体実験施設《しせつ》》っていうのがあって……すげー怖《こわ》そうだったから読まずにスルーしたんだけど、もしかして……」

ナユタは神妙《しんみょう》に頷《うなず》いた。

「それです。でも……大丈夫《だいじょうぶ》ですよ。今日はマヒロちゃんがいますから」

ナユタはマヒロの肩《かた》に手を置いた。

マヒロは苦笑いを見せたが、ココミはその理由がわからずまだ怯《おび》えている。

「え……何……どういうこと……？」

「単純に、レイティングの都合です」

ココミよりもよほど大人びた声で、マヒロが応じた。

「パーティーに十五歳《さい》以下のプレイヤーが混ざっていると、パーティー全体の規制がR15より厳しい全年齢《ねんれい》基準になるんです。要するに私と一緒《いっしょ》にいる限り、リアルな死体や残虐《ざんぎゃく》表現はほとんど出てきません。敵のゾンビや今の蟬《せみ》くらいが精一杯《せいいっぱい》だと思います」

しばらくきょとんとした後——ココミがいそいそとメニューウィンドウを表示させた。

「……マヒロちゃん、パーティー登録だけじゃなくてフレンド登録もいい？　今日だけじゃなくて、これからも暇《ひま》な時に声かけてくれる？　むしろもうずっと一緒《いっしょ》に攻略《こうりゃく》しよ？　ギルド名は、えっと……ナユタ、マヒロ、コヨミの頭文字《かしらもじ》をとって〝ナマコ組〟とかどうかな？」

ナユタはすかさず口を挟《はさ》む。

「一緒《いっしょ》にプレイするのは賛成ですが、そのギルド名は嫌《いや》です」

いつぞやのブラインシュリンプ飼育といい、高校生の頃《ころ》までザリガニ釣《つ》りをしていた思い出話といい、コヨミは水生生物に何かこだわりがあるのかもしれない。

一方のマヒロは口元を覆《おお》い、激しく肩《かた》を震《ふる》わせていた。

「ナ、ナマコっ……えふっ……！」

「ええー……マヒロちゃん、笑いの沸点《ふってん》ひっくぅい……」

笑い上戸のマヒロに、コヨミが困惑《こんわく》の眼差《まなざ》しを向けた。

必死に笑いを堪《こら》える彼女《かのじょ》を横から支えつつ、ナユタ達《たち》は牢獄《ろうごく》を抜《ぬ》け出《で》る。

十三階段の地下迷宮《めいきゅう》・地下一階《監獄《かんごく》》A区――窓はなく、点在する蛍光灯《けいこうとう》に薄汚《うすよご》れたコンクリートの壁《かべ》が照らされている。

通路の幅《はば》は大人三人が並んで歩ける程度で、進むだけなら支障はないが、戦闘《せんとう》をこなすにはやや狭《せま》い。遭遇《そうぐう》した敵から逃《に》げにくく、突破《とっぱ》も難しいため、基本的には出てくる敵を片《かた》っ端《ぱし》から倒《たお》していく必要がある。

クレーヴェルがアイテムリストから掌《てのひら》サイズの香炉《こうろ》を取り出した。

「念のため、《白蓮香《びゃくれんこう》》を使っておこう。これで多少は敵との遭遇率《そうぐうりつ》が下がる。固定エンカウントの敵はどうしようもないが——」

「問題ありません。いざとなれば《鬼姫《おにひめ》》もいます」

今の蟬《せみ》との戦いを見る限り、マヒロも想定以上の戦力になる。素早《すばや》さ特化のナユタやコヨミとは違《ちが》い、攻撃力《こうげきりょく》と防御力《ぼうぎょりょく》も確保したお手本のような育成ぶりで、もちろん幸運頼《こううんだよ》りの探偵《たんてい》とは比ぶべくもない。

コヨミがふとその眼《め》から光を消した。

「……今、急に思った。布陣的《ふじんてき》に、探偵《たんてい》さんの立ち位置が完全に昔のソシャゲー主人公なんだけど……可愛《かわい》い女の子達《たち》に前線で戦わせて自分は後方で指揮って、もう課金ガチャ系の王道パターンじゃん。URなゆさんとかSSRコヨミちゃんとか……」

世代的に嚙《か》み合《あ》わないはずのマヒロが、何故《なぜ》か訳知り顔で頷《うなず》いた。

「ああ、イベント毎《ごと》にバレンタインとか花嫁衣装《はなよめいしょう》とか水着とか運動会とかのコスプレするんですよね。で、主人公の探偵《たんてい》さんがそれに課金する、と——」

「お？　マヒロちゃんわかってるねぇ。確率0・03%URの下乳露《ろ》出《しゅつ》気味なチアガールなゆさんを餌《えさ》に、ひたすら十連を回させ続けて、気づけば手元にはRコヨミちゃんカピバラ仕様の山……探偵《たんてい》さん、かわいそう……」

同情と憐憫《れんびん》に満ちたコヨミの戯言《たわごと》を受けて、探偵《たんてい》が深々と嘆息《たんそく》した。

「笑えない冗談《じょうだん》だ。楢伏《ならふし》が高校生の頃《ころ》、その沼《ぬま》にはまったらしい。奴《やつ》はそれで懲《こ》りて、ゲーム自体を一切《いっさい》やらなくなったそうだ。おかげでＳＡＯの騒動《そうどう》とも無縁《むえん》でいられたわけだから、ある意味、運が良かったともいえるが――」

「ん？　楢伏《ならふし》って誰《だれ》？　探偵《たんてい》さんのお友達？」

コヨミはもちろん彼《かれ》のことを知らない。ナユタは横から囁《ささや》く。

「さっき話したマヒロちゃんのマネージャーさんです。その縁《えん》で、今回のお仕事につながったみたいで……」

「あー、《にゃんこそば》で話してた人かぁ。なゆさんをスカウトしようとしたんだっけ？」

マヒロが頷《うなず》いた。

「その気持ちはわかります。楢伏《ならふし》さん、あの後もずっと残念がってました。やってみれば、きっと探偵《たんてい》さんの家に通うより楽……」

「コヨミさん、敵です！」

慌《あわ》ててマヒロの発言を止めようとしたそのタイミングで、ちょうど曲がり角から敵が湧《わ》いてきた。

この絶妙《ぜつみょう》な出現に感謝の念すら抱《いだ》きつつ、ナユタは先行して身構える。

まずは囚人服《しゅうじんふく》に身を包んだゾンビが三体。

その背後に、看守の制服を着用し鞭《むち》を振《ふ》り上《あ》げた狼男《おおかみおとこ》が二体。

囚人《しゅうじん》ゾンビは弱いが、狼看守《おおかみかんしゅ》はやや手強《てごわ》い。

この五体だけならば何も問題はなかったが、距離《きょり》をおいてもう一体――

巨大《きょだい》な黄金の断頭斧《だんとうふ》を抱《かか》えた、半人半馬の鎧《よろい》武者《むしゃ》がいた。

蹄《ひづめ》から兜《かぶと》まで、その全身が黄金に光《ひか》り輝《かがや》いており、一見して通常の雑魚《ざこ》とは様子が違《ちが》う。

ナユタは思わず眼《め》を見開いた。

「《黄金の処刑人《しょけいにん》》……っ⁉」

「うわっ⁉　実物はじめて見た！」

コヨミからも歓声《かんせい》とも悲鳴ともつかない声があがる。

《黄金の処刑人《しょけいにん》》は、いくつかのクエストに登場すると噂《うわさ》のレアエネミーだった。

出現率は推定千分の一以下とも言われるが、レアキャラではありながら、遭遇《そうぐう》して嬉《うれ》しい相手ではない。

一応、ドロップアイテムは高値で売れる。

経験値もそれなりに高い。

ただし強いレア装備などは一切落《いっさいお》とさず、ベテランのパーティーをも壊滅《かいめつ》させるほどに手強《てごわ》い上、移動が早く持久力もあるためまず逃《に》げられない。

つまりは〝遭遇《そうぐう》したら面倒《めんどう》な妨害《ぼうがい》キャラ〟であり、ハイリスクローリターンの典型例となっている。

　ココミが忌々《いまいま》しげに探偵《たんてい》を振《ふ》り返《かえ》った。

「……あのさ。これってもしかして、探偵《たんてい》さんのステータスの……」

「ん。君達《きみたち》は初遭遇《そうぐう》だったか。私はこれで五回目なんだが、アレとは何か縁《えん》があるようでね」

　今回の不幸を招き入れた《幸運の探偵《たんてい》》は、優雅《ゆうが》に微笑《ほほえ》み後ろへ下がった。

「ちなみに今までの四回は強制ログアウトに追《お》い込《こ》まれたが、今日は手練《てだ》れが三人もいるから期待している――じゃ、後は任せた」

「ちょい待てやコラぁっ⁉」

　早々に見物を決め込《こ》む探偵《たんてい》をココミが怒鳴《どな》りつける。戦力として役に立たないことは百も承知だが、どうにも釈然《しゃくぜん》としない。

「ああ、もう……鬼姫《おにひめ》！　戦支度《いくさじたく》！」

　苦戦しそうな気配を早くも察し、ナユタもアイテムリストから《鬼動傀儡《きどうくぐつ》》を召喚《しょうかん》した。

　マヒロによく似た陰陽師《おんみょうじ》姿《すがた》の傀儡《くぐつ》は、感情を宿さぬ澄《す》んだ眼差《まなざ》しに敵を捉《とら》える。

「マヒロちゃんと鬼姫《おにひめ》は探偵《たんてい》さんの防御《ぼうぎょ》を！　処刑人《しょけいにん》は私とココミさんで始末します！」

「はい！　任せてください！」

「……探偵《たんてい》さん、後で覚悟《かくご》しとけっ！」

　逃《に》げ場《ば》のない狭《せま》い通路で、ナユタ達《たち》は懸命《けんめい》に戦い始めた。

――彼女達《かのじょたち》は、まだ知らない。

この《十三階段の地下迷宮《めいきゅう》》において、すべての固定エンカウントは、通常のダンジョンよりも《幸運値》による影響《えいきょう》が大きくなるよう設定されている。

運のいいプレイヤーほどレア敵に遭遇《そうぐう》しやすく、不運なプレイヤーほど通常の雑魚《ざこ》にしか遭遇《そうぐう》しない。

一方で、登場するレア敵はこの《黄金の処刑人《しょけいにん》》を筆頭に、強い割には見返りの少ない厄介《やっかい》者《もの》が揃《そろ》っている。

彼女達《かのじょたち》の悲痛な――聞きようによってはやけくそ気味な恨《うら》み言《ごと》が迷宮内《めいきゅうない》に響《ひび》き渡《わた》るのは、この遭遇《そうぐう》からもうしばらく後のことだった。

§

《十三階段の地下迷宮《めいきゅう》》、地下六階、Q区。

そこは近代的な研究施設《しせつ》を模した、白く清潔な明るい空間だった。

窓はないのに明るすぎて逆に不安を煽《あお》られるほどだが、一つ上の階層が薄暗《うすぐら》い鍾乳洞《しょうにゅうどう》だったため、足下《あしもと》が歩きやすい点は有《あ》り難《がた》い。

目的地のすぐ隣《となり》に位置するこの区画まで辿《たど》り着《つ》いたナユタ達《たち》一行は、探偵《たんてい》一人を除き疲《ひ》労困《ろうこん》憊《ぱい》していた。

ここまでの累計《るいけい》エンカウントは二十数回。

倒《たお》した敵は百体を超《こ》え、そのうちレアエネミーは計十二体――

遭遇《そうぐう》確率千分の一以下とも言われる《黄金の処刑人《しょけいにん》》とは、何故《なぜ》か三回も遭遇《そうぐう》した。

ログインから三時間以上を経て、脱落者《だつらくしゃ》なしにここまで来られたことは奇跡《きせき》に等しい。

ナユタは疲労《ひろう》のために大きく息を吐《は》く。

後衛の支援役《しえんやく》、《鬼姫《おにひめ》》がいなければ途中《とちゅう》で力尽《ちからつ》きていただろうし、新規参入のマヒロがいなければ、クレーヴェルなどは真っ先にやられていたと思う。

足を引っ張るどころか苦戦の原因を招きいれたとうのクレーヴェルは、強化樹脂《じゅし》製の白い壁《かべ》に背を預け、悠々《ゆうゆう》とマップを広げていた。

「よし、あと少しで着く。しかし、想定よりも時間がかかったな」

「……いや、誰《だれ》のせいだと思ってんの……」

「……コヨミさん。気持ちはわかりますが……いえ、同感です」

一度は擁護《ようご》しようとしたものの、ナユタもすぐに諦《あきら》めた。

呑気《のんき》に見物していた探偵《たんてい》はさておき、戦闘《せんとう》要員の三人は疲労《ひろう》のため口数が減っている。はじめは敵が出てくるたびに騒《さわ》いでいたコヨミですら、いつしかその眼《め》から感情を消し、殺人マシーンの如《ごと》く淡々《たんたん》と雑魚《ざこ》を葬《ほうむ》る羅刹《らせつ》と化した。

地図確認《かくにん》の合間に座《すわ》り込《こ》み、マヒロもうなだれた。

「……探偵《たんてい》さんが高レベルな理由がわかりました。他のメンバーに戦闘《せんとう》を一任しても、このペースでレア敵に遭遇《そうぐう》していたら、レベルもどんどんあがりますよね――」

探偵《たんてい》が軽く肩《かた》をすくめた。

「いや、さすがに普段《ふだん》はここまで酷《ひど》くない。このダンジョンはレア敵の出現率が他より高めに設定されているようだ。あるいは、運のステータスが影響《えいきょう》しやすい仕様なのかもしれないが……ともあれ、目的地は目と鼻の先だよ。気を引《ひ》き締《し》めて行くとしよう」

颯爽《さっそう》と歩み出すクレーヴェルに比して、ナユタ達《たち》の足取りは重い。

「……なゆさん。次、レア敵が出てきたら、探偵《たんてい》さんを生《い》け贄《にえ》に捧《ささ》げよう……？」

「……せっかくここまで連れてきたんですから、マヒロちゃんのためにもう少しだけ我慢《がまん》してあげてください。解決した後なら、ちょっとくらい理不尽《りふじん》な真似《まね》をしてもいいですから」

探偵《たんてい》が冷ややかな微笑《びしょう》で振《ふ》り返《かえ》った。

「よくないからね？　そういう恐《おそ》ろしい相談は本人のいないところでやりたまえ」

「探偵《たんてい》さんに聞こえなかったら、脅《おど》しにならないじゃないですか」

即座《そくざ》に言い返しながら、ナユタはやっと姿勢を正した。

「それで、肝心《かんじん》のP区では何を探せばいいんですか。山代《やましろ》さんという人からマヒロちゃんに宛《あ》てたメッセージがもしもそこにあるとしたら、他のプレイヤーにはわからないように隠《かく》してあるはずですが……」

探偵《たんてい》が片目を瞑《つぶ》った。

「現場を見てみないとなんとも言えないが、さほど難解な仕掛《しか》けではないはずだ。マヒロ嬢《じょう》に解けなければ意味がないわけだし、逆にいえば、彼女《かのじょ》なら簡単にわかるような仕掛《しか》けだろう。唯一《ゆいいつ》の懸念《けねん》は時間なんだが……マヒロ、まだ大丈夫《だいじょうぶ》かな？」

既《すで》に夜の十時を回っている。小学生が遊ぶには遅《おそ》い時間帯だった。

マヒロが小さく頷《うなず》く。

「大丈夫《だいじょうぶ》です。母は仕事で帰りが遅《おそ》いので、私は先に寝ていることになってます。寝室《しんしつ》を覗《のぞ》かれたら、ゲームで遊んでいるってバレちゃいますけれど……いつものことなので、見逃《みのが》してくれると思います」

「それを聞いて安心した。さて──着いたようだな」

一行の前の通路は、鉄格子《てつごうし》とシャッターで二重に封鎖《ふうさ》されていた。その先が、今回の目的地となる《地下六階・P区》である。

すぐ脇《わき》の壁《かべ》にはセキュリティ管理の操作パネルが備え付けてあり、入室申請《しんせい》をすればシャッターが開く仕組みらしい。

ナユタは深呼吸で意識を切《き》り替《か》え、拳《こぶし》を軽く握《にぎ》り込《こ》む。

「ここって、鍵《かぎ》は要《い》らないんですよね？」

「入る分にはね。内部に入ると、今度は外に出るための鍵《かぎ》を入手しないと脱出《だっしゅつ》できなくなる。一種のトラップなんだが、その鍵《かぎ》を探す過程で、死なない死刑囚《しけいしゅう》への生きたままの解剖《かいぼう》や拷問《ごうもん》じみた人体実験シーンを見せつけられる、という流れだ」

ココミがぶるりと肩《かた》を震《ふる》わせ、マヒロと腕《うで》を絡《から》めた。

「マヒロちゃん、期待してるからっ……！」

マヒロが困ったように微笑《ほほえ》む。

「……えっと、単純に何も起きなくなるだけですよ？　期待されるようなことは……」

「その〝何も起きない〟っていうのが凄《すご》く大事なの！　人生なんて平穏《へいおん》無事が一番！　そもそも《アスカ・エンパイア》ってカピバラに埋《う》もれてお昼寝《ひるね》するためのゲームだからね！」

「違《ちが》います。いえ、平穏《へいおん》無事が一番なのは同意しますが——」

ココミの偏《かたよ》った主張を聞き流して、ナユタは操作パネルから《OPEN》を選択《せんたく》した。

他の項目《こうもく》、《緊急《きんきゅう》》は警報を鳴らし敵を呼び寄せるトラップで、《内線》は録音のヒントが流れてくる。もう一つ、《CLOSE》という項目《こうもく》もあるが、これはもちろん選択《せんたく》できない。

シャッターと鉄格子《てつごうし》がゆっくりと開いていくのを見守りながら、ナユタは探偵《たんてい》に囁《ささや》いた。

「《内線》も一応、押《お》しておきますか？」

「そうだね。フラグには影響《えいきょう》しないらしいけれど、面倒《めんどう》がるほどのものでもない」

スイッチを押《お》すと、天井《てんじょう》のスピーカーから砂嵐《すなあらし》混じりの放送が流れてきた。

『この区画は現在、システムの暴走により閉鎖《へいさ》されています。内部で《死ぬ》ことはできませんので、死刑囚《しけいしゅう》の皆様《みなさま》はご注意ください』

死にたくても死ねない——ここから先は、そういう設定の区画らしい。

ふむ、と探偵《たんてい》が唸《うな》った。

「このクエストの設定が読めてきたな。ここは《現実》じゃない。いや……もちろんそもそもVRゲームなんだが、ゲーム内の設定としても、ここは一種の仮想空間なんだろう。死ねる罠《わな》と死ねない罠《わな》が存在し、我々死刑囚《しけいしゅう》は死に方をある程度まで選べる一方で、死にたくても死ねないという悪夢も存在する——山代《やましろ》氏は、どういう意図でこのクエストをメッセージの隠《かく》し場《ば》所《しょ》に選んだのかな」

その意図がどうあれ、あまりマヒロに聞かせたい話にはなりそうもない。

マヒロがふと目つきを曇《くも》らせた。

「このクエストの制作チームが、ブログに載《の》せていたコメントなんですが——〝人は生まれた瞬間《しゅんかん》から、いずれ死ぬことが決まっている〟〝この世界は刑務所《けいむしょ》で、人生は死に至るまでの執《しっ》行猶予《こうゆうよ》にすぎない〟〝それならせめて楽に死ねるように、模範囚《もはんしゅう》として過ごしたい〟って書いてあって——痛々しいとか中二病ってコメントもありましたが、私はなんとなく、納得《なっとく》しちゃいました」

クレーヴェルがかすかに嗤《わら》った。

「なるほどね。なかなかこじらせている。しかし、死刑囚《しけいしゅう》は死に方も生き方も選べないが、我々は自分で生き方を選べるし、生きた結果として死を迎《むか》えることができる。不慮《ふりょ》の事故や病死といったどうにもならない死はあるが、少なくともその日を迎《むか》えるまでの間をどう過ごすか、その選択肢《せんたくし》を持っている。これは死刑囚《しけいしゅう》とは大きく違《ちが》う点だよ」

クレーヴェルがそっとマヒロの頭を撫《な》でた。

「……もちろん、境遇《きょうぐう》によってとれる選択肢《せんたくし》の個人差は大きいし、運不運もある。それでも、この世を刑務所《けいむしょ》と思って嫌々《いやいや》ながら服役《ふくえき》するよりは、日々の生活を前向きに楽しんだほうが、きっといい死に方ができる可能性が高い。少なくとも私はそう思っている」

探偵《たんてい》の言葉を聞きながら、ナユタはマヒロの肩《かた》を後ろからそっと抱《だ》いた。

誰《だれ》でも最後には死ぬ。これは紛《まぎ》れもない真理だが、それぞれの人生は一様ではない。

もしも人生を牢獄《ろうごく》のようにしか感じないとしたら、それはあまりに寂《さび》しい。

思案げに俯《うつむ》いたマヒロに、探偵《たんてい》が優《やさ》しく諭《さと》すような声を向けた。

「制作者の気持ちもわかるんだけれどね。人生はいずれ死刑《しけい》に至るまでの牢獄《ろうごく》なのか否《いな》か——卑怯《ひきょう》な大人としては、〝それを決めるのは本人次第《しだい》〟というあたりで締《し》めたいところなんだけれど、実際のところ、人生において自由を感じられる時間というのはそう多くない。学生のうちはやたらと時間に縛《しば》られるし、経済力もないから遊ぶ金もそうそうない。社会人になれば今度は生活のために働かなければならない。それらが嫌《いや》で逃《に》げ出《だ》すと、ドロップアウトしてその先の人生が立ちゆかなくなる——死刑囚《しけいしゅう》は穿《うが》ちすぎにせよ、なかなか不自由な世の中には違《ちが》いない。しかしそれでも、食料の確保すら覚束《おぼつか》なかった古代や中世の生き方に比べれば、たかだか数百年で随分《ずいぶん》な進歩だと思うよ」

開いたシャッターの向こう側へ、ナユタ達《たち》は歩き出した。

マヒロと腕《うで》を絡《から》めたコヨミが、呆《ほう》けた顔でぽつりと呟《つぶや》く。

「えっと……よくわかんなかったけど、つまり探偵《たんてい》さんが死刑《しけい》を覚悟《かくご》した上でなゆさんに手を出して、一時の欲望でドロップアウトした挙げ句に死ぬより酷《ひど》い目にあわされる可能性が高い、って話？」

あまりの言い草に、クレーヴェルが眉間《みけん》を押《お》さえた。

「……私自身、結構な与太話《よたばなし》をしたという自覚はあるんだが、君の解釈《かいしゃく》はもう抜《ぬ》き出《だ》した単語を悪意のままに並《なら》び替《か》えただけだな……」

「探偵《たんてい》さんの話が長すぎるんですよ。コヨミさん、探偵《たんてい》さんはこう言ったんです。〝コヨミさんの生き方を見習うべきだ〟って」

コヨミが首を傾《かし》げた。

「えー……？　探偵《たんてい》さん、そんなこと言ってた？　ガチで？」

「……残念なことに、さほど間違《まちが》っていない。君の生き方はそこそこ正しいと思う」

百年にも満たない、さして長くもない人生を自分なりに楽しむ術を、コヨミは会得《えとく》しているように見える。「笑う門《かど》には福来《ふくき》たる」という格言のとおり、彼女《かのじょ》はその愛嬌《あいきょう》のある性格でもって周囲から愛されていた。

ナユタはふと考える。

（マヒロちゃんのお父さんの山代《やましろ》さんって……写真では、気弱そうな人だったな――）

優《やさ》しげではあったが、同時に頼《たよ》りないとも感じた。

もちろん、人は見た目だけでは判断できない。善人そうに見えて悪どい輩《やから》もいるし、その逆もある。

やたらと胡散臭《うさんくさ》い外見のクレーヴェルは女子高生に怯《おび》える良識人だし、子供のような外見のコヨミは真面目に働く年上の社会人で、怜悧《れいり》な子役と思えたマヒロは笑い上戸かつ寂《さび》しがりな普通《ふつう》の小学生だった。

髪《かみ》を染める、髭《ひげ》を生やす、あるいは表情の些細《ささい》な変化などによっても、受ける印象は大きく変わってしまう。

もしもナユタが髪《かみ》を金髪《きんぱつ》にして肌《はだ》を黒く焼いたら、たとえ中身がまったく同じでも、おそらく周囲からの扱《あつか》いは大きく変わる。

山代宗光《やましろむねみつ》という技術者はどうなのか。

遠藤透《えんどうとおる》と名を偽《いつわ》っていたからには、遵法《じゅんぽう》精神は薄《うす》いのかもしれない。一方で彼《かれ》は、少なくとも四月までは「真面目に働く」という選択肢《せんたくし》をとっていた。

彼《かれ》が一体どんな事情を抱《かか》えていたのか、ナユタ達《たち》はまだ把握《はあく》していない。

地下六階、P区。

レアエネミーを退けてやっとの思いで侵入《しんにゅう》した実験区画は、耳が麻痺《まひ》したのかと疑うほどに静まりかえっていた。

§

「うわぁ。ほんとに何にもない……」

細かく区切られた実験区画を探索《たんさく》しつつ、コヨミが拍子抜《ひょうしぬ》けしたように呟《つぶや》いた。

周囲の壁《かべ》は白く清潔で、手術台に人影《ひとかげ》はなく、檻《おり》や拘束《こうそく》器具もすべてが無人となっている。

近代的、あるいは未来的な実験施設《しせつ》として寂《さび》しい光景ではあるが、恐怖《きょうふ》を感じるような要素は特にない。

敵は出てくるため、その不意打ちに警戒《けいかい》しつつ、ナユタは壁《かべ》の収納スペースを漁《あさ》っていった。

「実際にはそこら中で血が飛び散って、絶叫《ぜっきょう》と悲鳴の地獄《じごく》絵図らしいですよ。トラウマにならなくて良かったですね」

収納スペースもほぼ空である。その奥《おく》で死にきれない生きた肉塊《にくかい》が震《ふる》えているということも特になく、単純に何もない。

「ほんとだよねぇ。こういうクエストばっかりだったら精神的にも楽なのに……いや、よく考えたらこれが普通《ふつう》だよ！　《百八の怪異《かいい》》が始まってから麻痺《まひ》してたけど、そもそも《アスカ・エンパイア》って別にホラーゲームじゃないからね⁉」

探偵《たんてい》が眼《め》を細めた。

「まぁ、そうだな……初期から妖怪《ようかい》退治や化け物退治のクエストが多かったから、現状にもあまり違和感《いわかん》はないんだが、君のその不満は理解できる。一応、《百八の怪異《かいい》》とは関係のない通常のクエストも配信されているものの、さすがにペースが落ちているし、そもそも開発のリソースが足りていない。山代《やましろ》さんも随分《ずいぶん》な超過《ちょうか》勤務が続いていたようだし――」

ナユタはふと疑問に思う。

「そんなに忙《いそが》しいのに、あの化《ば》け猫《ねこ》のホテルとか夜行列車とか、よく作る暇《ひま》がありましたよね？」

「全部署が常に忙《いそが》しいわけでもないからね。仕様が決まるまでの待ち時間もあるし……ただ、大きなトラブルが起きるとほぼ不眠《ふみん》不休になるそうだ。虎尾《とらお》さんあたりも暇《ひま》な時はかなり暇《ひま》そうだが、忙《いそが》しくなると一週間単位で音信不通になる」

周囲を警戒《けいかい》していたマヒロが小さく頷《うなず》いた。

「それはパパも言ってました。何処《どこ》で働いているかは教えてくれなかったんですが、仕事が忙《いそが》しくなったり急に暇《ひま》になったりで、なかなか予定が組みにくい、って」

クレーヴェルが頷《うなず》いた。

「ふむ——他に、お父さんと君との会話で、特に印象に残っていることはないかな？　ここに何をどう隠《かく》したのか、そのヒントを君はもう持っているはずなんだ」

マヒロが困ったように首を傾《かし》げた。

「すみません、特には……芸能活動や学校のこととか、私の話が多くて、パパはあんまり自分のことは話さない感じだったんです。何か聞いても、だいたいはぐらかされちゃって」

「なるほど。そうなると、ヒントらしいヒントは最後のメールくらいか。〝13、B6P、宗《むね》光《みつ》〟——場所はこの付近で合っていると思うんだがね」

「P区といっても広いですしね。虱潰《しらみつぶ》しにヒントを探すとなると効率が悪いです」

この区画には分岐路《ぶんきろ》こそ少ないが、大量の小部屋がある。

ナユタは収納棚《だな》を漁《あさ》る手を休め、しばし考《かんが》え込《こ》んだ。すぐ傍《そば》ではコヨミがぶつくさとぼやき始める。

「探偵《たんてい》さんの推理は割と信用してるけどさー。今回はハズレだったんじゃないの？　この地下六階まで結構な難度だったじゃん。もしマヒロちゃん一人だったら絶対無理だろうし、そんなめんどくさいとこに娘宛《むすめあ》てのメッセージなんて隠《かく》すかなぁ？　一階ならまだわかるけど……」

クレーヴェルが何かを思いついたようにくすりと微笑《ほほえ》んだ。

「……ココミ、君はなかなか眼《め》の付け所がいい。隠《かく》し場所《ばしょ》がこの地下六階である必然性、かつ特殊《とくしゅ》な幸運値のせいだろうから想定外のはずだ。マヒロ嬢《じょう》にもフレンドがいるし、今回の難度は私の――まず、難度についてはどうにかなる。マヒロ嬢にもフレンドがいるし、今回の難度は私のと上の階でもいい――あえてこの区画を指定した理由、見えた気がするよ」

探索《たんさく》を中止し、クレーヴェルが通路の奥《おく》を指さした。

「私の予測が正しければ、このあたりには何もなさそうだ。奥《おく》に《通信室》があるから、そちらへ向かおう。詳細《しょうさい》は歩きながら話す」

颯爽《さっそう》と歩み出す探偵《たんてい》の背を、ナユタは慌《あわ》てて追いかける。

「危ないですから先行しないでください。ここまで来て不意打ちからの一撃死《いちげきし》なんて笑い話にもなりません。で……何に気づいたんですか」

探偵《たんてい》が片目を瞑《つぶ》った。

「ああ、要するに《レイティング》の問題なんだ。この地下六階P区は、トラウマランキングの上位に入るほど残酷描写《ざんこくびょうしゃ》が激しい。そして全年齢《ぜんねんれい》の基準が適用されると、それらのイベントのほぼすべてが発生しなくなる。ただし――《ここから脱出《だっしゅつ》するためのスイッチ》まで削除《さくじょ》するわけにはいかない」

あ、とナユタは声を漏《も》らした。

クレーヴェルが歩きながら説明を続ける。

「本来の脱出《だっしゅつ》手順はこうだ。襲《おそ》ってくる研究員や囚人達《しゅうじんたち》を倒《たお》し、シャッターを開けるよう、《通信室》からセキュリティに要請《ようせい》する——この過程で、通信室の鍵《かぎ》やパスワード、各種ヒントを発見するための細かな探索《たんさく》要素が入る。一方でプレイヤーが子供の場合、残酷《ざんこく》描写《びょうしゃ》の都合でこの流れがほぼカットされ、探索《たんさく》自体も大幅《おおはば》に簡略化されるんだ。ただ、通信室からセキュリティに要請《ようせい》する部分だけは、脱出《だっしゅつ》のキーイベントとして残されているはずだから……何か仕込《しこ》むとしたらそこだろう」

ナユタは探偵《たんてい》の言葉を慎重《しんちょう》に噛《か》み砕《くだ》いた。

鬼動傀儡《きどうくぐつ》・鬼姫《おにひめ》を見つけた時、虎尾《とらお》が「木を隠《かく》すなら森」とぼやいたことをふと思い出す。

イベントやその他のオブジェクトが少ない場所に新たなイベントを追加で仕込《しこ》むと、その変化は目立ってしまう。

元からイベントが多い場所に仕込《しこ》めば変化は埋没《まいぼつ》するが、その分、見つけてほしい相手にも伝わりにくくなる。

運営側には変化を気づかれにくく、幼い娘《むすめ》にとっては見つけやすい、理想的な隠《かく》し場所《ばしょ》——

それがここだったらしい。

「レイティングを逆手にとった隠《かく》しメッセージ、ですか——」

「このクエストを選んだ理由は他にもある。メール末尾《まつび》の短い暗号だけで場所を示しやすい点、

さらには序盤《じょばん》に配信されたクエストだけに、修正やエラーへの対応が既《すで》に出尽《でつ》くしている点

――こういう初期のクエストに今更《いまさら》、開発側の手が入る可能性は低いから、仕込《しこ》みにも気づかれにくい。怒《おこ》ったふりまでして作業履歴《りれき》を破棄《はき》した点も含《ふく》めて、なかなか用意周到《しゅうとう》だ」

厳重に施錠《せじょう》された通信室へ辿《たど》り着《つ》くと、探偵《たんてい》は壁《かべ》の操作パネルに向き合った。

「思ったとおり、我々の場合はパネル操作だけで開錠《かいじょう》できるようになっている。本来はここまでに一悶着《ひともんちゃく》あるんだろうけれどね」

がこん、と鍵《かぎ》の外れる音がして、重々しい金属製の扉《とびら》が開き始めた。

その向こう側は監視《かんし》モニターと通信機器が並ぶ小部屋である。

中央の台座には、これ見よがしに《緊急《きんきゅう》回線》と記された受話器がセットされていた。

探偵《たんてい》に促《うなが》され、マヒロがそれを手に取る。

「……あの、もしもし――？」

『セキュリティシステムへ接続するためのパスワードをお願いします』

返ってきたのは機械的な音声だった。

マヒロが戸惑《とまど》ってクレーヴェルを見上げる。

「本来は探索《たんさく》で見つけるものなんだろうが……今回は必要ない。君の父親の名前だ」

メールの末尾《まつび》へ不自然に記載《きさい》された、父親の名――

それをマヒロは、震《ふる》える声で口にする。

「……宗《むね》……光《みつ》……？」

『──少々、そのままでお待ちください』

機械的な音声が切れ、オルゴールのような音色が受話器から漏《も》れ聞《き》こえてきた。

コヨミが指先で指揮の真似事《まねごと》をする。

「あ、この曲、聞き覚えある。なんだっけ？」

「パッヘルベルのカノンですね。保留音やＢＧＭの定番です」

オルゴール風にアレンジされているが、優雅《ゆうが》で特徴的《とくちょうてき》なその旋律《せんりつ》は耳慣れたものだった。

受話器を手にしたまま、マヒロが呟《つぶや》く。

「この曲……パパの端末《たんまつ》の着信音です」

クレーヴェルの眼《め》がすっと細くなった。

「なるほど──ナユタ、コヨミ、私がいいと言うまで、しばらく喋《しゃべ》らないでくれ。マヒロ、君も、私達《わたしたち》はここにいないものと思って電話を続けてくれ。もし同行者について聞かれたら、君のフレンドで、今は他の部屋を探索中《たんさくちゅう》だと伝えてほしい。不在でなければ、おそらく──その電話は、これから《本人》につながる」

マヒロの四肢《しし》が強張《こわば》った。

──他の誰《だれ》かに見つけられても支障がないように、山代宗光《やましろむねみつ》はデータとしてのテキストなどは残さず、〝自分につながるホットライン〟を、《宗光《むねみつ》》というキーワードと紐《ひも》づけておいたらしい。

おそらくはパソコンの音声チャット機能を流用したような仕組みだろうが、これなら万が一、真尋《まひろ》以外の誰《だれ》かがこの仕掛《しか》けを見つけても、ただの間違《まちが》い電話で済む。

また、真尋《まひろ》と直接に言葉をかわすことで、彼女《かのじょ》の問いを正確に受け止めることもできる。

一分か、二分か――

繰《く》り返《かえ》しの曲がしばらく鳴り続けた末に、やっと通話がつながった。

『……もしもし？』

やや震《ふる》え気味の、男の声が聞こえた。

マヒロが受話器に両手を添《そ》える。

「パパ⁉　無事なの⁉　いまどこ⁉」

『……真尋《まひろ》、か？　はは……よく、あの暗号がわかったな……何か……何かあったのか？』

不安げにかすれるその声に、いつも冷静なはずのマヒロが大声で噛《か》みついた。

「何かあったのはパパのほうでしょ⁉　私がどれだけ心配したと思って……！」

姿は見えないが、男のたじろいだ様子が衣擦《きぬず》れの音で伝わる。

『ご、ごめん！　……今、そこには真尋《まひろ》一人なのか？』

この質問にあわせて、クレーヴェルが人差し指を口元に添《そ》えた。ナユタもつい、念押《ねんお》しのためにコヨミの口を手で塞《ふさ》ぐ。

マヒロは声色《こわいろ》を変えず、いかにも自然体で父の問いに応じた。

「うん、私一人。ここに着くまではフレンドの子達《たち》にも手伝ってもらったんだけれど、今は手分けして他の部屋を調べてるとこ」

子役として働いているだけに、咄嗟《とっさ》につく嘘《うそ》は堂に入《い》ったものだった。

『そ、そうか……あのな、実はその部屋を出た正面の隠《かく》しロッカーに、《鬼動傀儡《きどうくぐつ》》の《鬼姫《おにひめ》》っていう個体が……』

「パパ。話を逸《そ》らさないで。何処《どこ》にいるの？　何があったの？　どうして失踪《しっそう》なんかしたの？　一つ一つちゃんと答えてくれないと、私も納得《なっとく》できない」

電話の向こうで、山代《やましろ》が泣きそうな呻《うめ》き声《ごえ》を漏《も》らした。

『……すまない。何も話せない。でも、こっちは大丈夫《だいじょうぶ》だ。だから真尋《まひろ》、俺《おれ》のことは忘れて、母さんと真っ当に暮らしてほしい――』

「待って！　話せないなら話さなくてもいいから、せめて私と会うくらい……！」

『……お前達《まえたち》に迷惑《めいわく》がかかる。芸能活動、頑張《がんば》ってるよな？　俺《おれ》が傍《そば》にいると、いつか本当に巻《ま》き込《こ》んでしまいそうなんだ。だから……』

「ほら！　やっぱり〝大丈夫《だいじょうぶ》〟なんて嘘《うそ》じゃない！」

マヒロが声を荒《あら》くした。

「人をこれだけ不安にさせておいて、〝心配するな〟って勝手すぎるでしょ⁉　もうわけわかんない……私はただ、パパに会いたいだけなのに――」

ナユタ達《たち》と話す時とは違《ちが》い、マヒロの声はすっかり年相応の子供のものになっていた。これは演技とは思えない。

（マヒロちゃん……やっぱり、普段《ふだん》は無理をして……）

母子家庭で母は多忙《たぼう》、自身も家計を助けるために芸能活動をしているとなれば、彼女《かのじょ》が無条件に甘《あま》えられる相手は、おそらくこの父親だけだったのだろう。

ナユタは探偵《たんてい》の腕《うで》をそっと摑《つか》み、目配せをした。（自分も彼《かれ》と話をしていいか）という問いだったが、探偵《たんてい》は首を横に振《ふ》り、電話に声を拾われないよう、ナユタの耳元でそっと囁《ささや》く。

（今は堪《た》えてくれ。電話の向こう側に、彼《かれ》以外の〝誰《だれ》か〟がいる可能性もある。我々の存在を知られると、彼《かれ》の身が危ない）

ナユタは口を噤《つぐ》んだ。

――クレーヴェルは、自分よりも多くの状況《じょうきょう》を想定し、その上で安全な道を模索《もさく》している。一時の感情に任せて彼《かれ》の足を引っ張るほど、ナユタも愚《おろ》かではない。

『ごめんよ、真尋《まひろ》……あまり長くは話せないんだ。もし何かあったら、この電話はなるべくつながるようにしておくから……もちろん、運営にバレなければだけど、その時はまた何か考える。とにかく、俺《おれ》と会うのは諦《あきら》めてくれ。お前達《まえたち》の安全のためなんだ――』

苦しげに憔悴《しょうすい》したその声は、とても嘘《うそ》をついているようには思えない。少なくとも、「新しい家族ができたから、元の家族を切り捨てている」などという話ではないらしい。

「パパ、待って！　何も話せないなら、私に何かできることは……！」

『………俺《おれ》のことを、もう探さないでくれ。本当に危険なんだ。今までゲーム上で真尋《まひろ》と会っていたのは、俺《おれ》がどうしても真尋《まひろ》に会いたくて、危険を無視して甘《あま》えていただけなんだ――でも、こっちで状況《じょうきょう》が変わった。これからは……もうゲーム上でも会わないほうがいい。VR機器を使うのも避《さ》けたいんだ』

クレーヴェルが眉間《みけん》に皺《しわ》を寄せた。

「そんな……」

言葉に詰《つ》まるマヒロを見かねて、ナユタは無言のまま、彼女《かのじょ》の肩《かた》へ手を置いた。

『すまない、もう切る。とにかく、こっちは無事だから……その点だけは安心してくれ。真尋《まひろ》もどうか、元気で――』

「……うん」

逃《に》げるように通話は切れた。

無力感に肩《かた》を落とすマヒロを、ナユタはぎゅっと抱《だ》き寄《よ》せる。

「ナユタさん……私……」

「……よかったね、真尋《まひろ》ちゃん。お父さん、ちゃんと生きてたよ」

囁《ささや》くと、マヒロがわずかに肩《かた》を震《ふる》わせた。

「あ……は、はいっ……！　そうですよね……ちゃんと、無事でした――」

安堵《あんど》すべきなのか、それとも哀《かな》しむべきなのか――混乱したマヒロは、ナユタの胸に顔を埋《うず》めて泣き出してしまう。

その背をゆっくりと撫《な》でさすりながら、ナユタはクレーヴェルに視線を送った。

探偵《たんてい》は、片目を瞑《つぶ》っている。

「――マヒロ、ありがとう。今の会話を通して、彼《かれ》の置かれている状況《じょうきょう》にあらかた予想がついた。ここから先は大人の仕事だ。私はすぐにログアウトして動く」

ナユタは驚《おどろ》いた。

「探偵《たんてい》さん、何かわかったんですか？　今の会話に、ヒントらしいヒントなんてなかったと思うんですが――」

マヒロの父、山代《やましろ》の言動は確かに怪《あや》しかったが、正直にいえばわけがわからない内容だった。まともな情報に乏《とぼ》しく、「何も話せない」で押《お》し切《き》られたようなものである。

探偵《たんてい》は鹿撃《しかう》ち帽《ぼう》を目深《まぶか》に被《かぶ》り直《なお》した。

「とんでもない。情報の宝庫だったよ。彼《かれ》は間違《まちが》いなく犯罪に巻《ま》き込《こ》まれている。相手は複数で、家族に危害を及《およ》ぼしかねない程度に厄介《やっかい》な連中だ。しかし、山代《やましろ》氏は利用価値があるから生かされている――これだけ情報を得られれば充分《じゅうぶん》、動き方の指針を立てられるさ」

しゃがみ込《こ》んだクレーヴェルがマヒロを向き直らせ、泣き濡《ぬ》れたその瞳《ひとみ》を真っ向から見つめた。

「マヒロ――まずは一週間、何もせずに耐《た》えてくれ。絶対に、彼《かれ》の捜索《そうさく》などをしないこと。我々の動きをもしも気取《けど》られたら、お父さんの身が危なくなる。私が連絡《れんらく》するまで、ここから電話をするのも我慢《がまん》してほしい。約束できるかな？」

マヒロが頷《うなず》くのにあわせて、クレーヴェルは彼女《かのじょ》を安心させるように微笑《びしょう》を浮《う》かべた。

「よろしい。では、私は先に失礼する。ナユタ、コヨミ、マヒロ嬢《じょう》のことを頼《たの》む。君達《きみたち》はセーブポイントから戻《もど》るといい」

娘《むすめ》三人で寄《よ》り添《そ》う中、探偵《たんてい》は一足先にログアウトしていった。

途中《とちゅう》離脱《りだつ》のため、ダンジョン突入《とつにゅう》からここまでの道程で彼《かれ》が得た経験値やアイテム類は抹消《まっしょう》となる。

セーブポイントからログアウトすれば、経験値やアイテムはもちろんイベントフラグも保持されるが、探偵《たんてい》はそれを無視するほどに急いでいる様子だった。

「うわ、もったいな……！　あれだけレア敵に遭遇《そうぐう》したのに。ここからセーブポイントまで、敵さえ出なければ十分かそこらだよね？」

マヒロの頭を撫《な》でながら、コヨミが不思議そうに呟《つぶや》いた。

「確かに……いつも余裕《よゆう》たっぷりな探偵《たんてい》さんにしては珍《めずら》しく、急いでましたね」

訝《いぶか》るナユタの胸の中で、マヒロが身を強《こわ》ばらせた。

不安がらせてしまったことを反省し、ナユタはあえて笑顔《えがお》を作る。

「あ、大丈夫《だいじょうぶ》だよ、マヒロちゃん。探偵《たんてい》さんはステータスこそあんなだけど、そもそもゲーム内での経験値とかアイテムとかあんまり気にしてない人だから。それより——お父さんからのプレゼント、回収しておく？」

部屋を出た正面の隠《かく》しロッカーに、《鬼動傀儡《きどうくぐつ》・鬼姫《おにひめ》》がある——山代《やましろ》はそんなことを言っていた。

おそらくはナユタが拾った物と同型である。

《鬼動傀儡《きどうくぐつ》》のデザインは多様で、鬼姫《おにひめ》以外にも老若男女《ろうにゃくなんにょ》の人型、狛犬《こまいぬ》や竜《りゅう》などの神獣型《しんじゅうがた》、雪女や女郎蜘蛛《じょろうぐも》のような妖怪型《ようかいがた》など多岐《たき》にわたっていた。

有料のカスタマイズで後から変更《へんこう》可能だが、父親としては、やはり娘《むすめ》に〝妹〟のような傀儡《くぐつ》を贈《おく》りたかったらしい。

娘《むすめ》のためにレアアイテムを仕込《しこ》むなど公私混同も甚《はなは》だしいが、結局、この《鬼動傀儡《きどうくぐつ》》は店売り品としてではなく、特殊《とくしゅ》クエスト《化秘覇道《かびはどう》・試練の道》のクリア報酬《ほうしゅう》として配布されることが既《すで》に決まっていた。

ナユタ達《たち》のテストプレイを経て、《化秘覇道《かびはどう》》もプレイヤーのレベルに応じて難易度が変化する仕様となり、早ければ来週にも、素体そのものは誰《だれ》もが入手可能になる。

いざそうなれば、もはや《レアアイテム》とは呼べない。

コヨミが廊下側《ろうかがわ》を見ながら首を傾《かし》げた。

「部屋の正面に隠《かく》しロッカー……？　壁《かべ》しかないけど、何処《どこ》かにスイッチでもあるのかな。なゆさん、マヒロちゃんをお願い！　私、代わりにちょっと見てくる」

「はい。気をつけてくださいね」

無言で泣き続けるマヒロを慰《なぐさ》めるうちに、やがて廊下側《ろうかがわ》からコヨミの呼び声が響《ひび》いた。

「なゆさん、マヒロちゃん！　《鬼姫《おにひめ》》、あったー！　けど……うん？　なんか違《ちが》くない、コレ？」

二人が廊下《ろうか》へ出ると、白い壁《かべ》の一隅《いちぐう》にロッカーサイズの窪《くぼ》みができていた。

そこには確かに《鬼姫《おにひめ》》が収まっている。

ただ、ナユタが入手したものとは衣装《いしょう》やカラーリングが違《ちが》っていた。

ナユタの鬼姫《おにひめ》は、銀髪《ぎんぱつ》に白い狩衣《かりぎぬ》——

一方、目の前にある新しい鬼姫《おにひめ》は黒髪《くろかみ》に巫女《みこ》装束《しょうぞく》で、白衣の上に千早を着込《きこ》み、赤い胸紐《むねひも》を優雅《ゆうが》に結んでいた。

その姿をまじまじと見つめ、コヨミが納得顔《なっとくがお》に頷《うなず》く。

「これ、ジョブ的には《神楽巫女《かぐらみこ》》なのかな？　だとしたら、なゆさんの鬼姫《おにひめ》は支援《しえん》特化の陰陽師《おんみょうじ》タイプで、この子は回復特化の神楽巫女《かぐらみこ》タイプってことだよね。兵法者《へいほうしゃ》のマヒロちゃんとは相性《あいしょう》良さそう」

ほんの少しの逡巡《しゅんじゅん》を見せて——マヒロは、自分とよく似た傀儡《くぐつ》の手をそっと握《にぎ》った。

傀儡《くぐつ》の鬼姫《おにひめ》は無表情で、マヒロも泣きやみはしたものの表情がない。

まるで双子《ふたご》の傀儡《くぐつ》のようなその姿に、ナユタはふと、胸を締《し》め付《つ》けられた。

§

コヨミやマヒロと別れたナユタは、《アスカ・エンパイア》からログアウトし、現実世界へと戻《もど》った。

そこはいつもの自室ではなく、クレーヴェルのオフィス兼《けん》住居である。

アミュスフィアを取り外した時、ソファに横たわった彼女《かのじょ》の体には、一枚の薄《うす》い毛布がかけられていた。

部屋は薄暗《うすぐら》いが、隅《すみ》の間接照明がついており真《ま》っ暗闇《くらやみ》ではない。

クレーヴェルの姿はなく、テーブルの上には伝言のメモと一万円札が置かれていた。

〝VR空間で調査の続きをやっている。もう遅《おそ》い時間だから、君はタクシーを呼んで帰りなさい〟

本人は寝室《しんしつ》らしい。メモにはタクシー会社の電話番号まで併記《へいき》されていた。

さすがに現金は受け取れないが、ナユタはしばらく考《かんが》え込《こ》む。

時刻は二十三時を回ろうとしていた。終電には間に合うが、確かに未成年の娘《むすめ》が一人で出歩くような時間帯でもない。

かといって、タクシーをわざわざ呼ぶ気にもなれない。

そもそも今——ちょうどいい具合に眠《ねむ》い。

今日は水曜日で、明日は普通《ふつう》に学校がある。

（……メモに気づかなかったふりして、このままここで寝ちゃおうかな——）

ナユタの自宅は学校から徒歩五分と近い。

クレーヴェルはいい顔をしないだろうが、早朝に帰宅して制服に着替《きが》え、そのまま学校へ向かえば充分《じゅうぶん》に間に合う。

方針を決めたナユタが自分の体温を残したソファへ戻《もど》ったところで、寝室《しんしつ》の扉《とびら》が開いた。

クレーヴェルが溜息《ためいき》と共に独り言を漏《も》らす。

「……まだログアウトしていないのか」

「いえ、たった今、接続を切ったところです」

ナユタは即座《そくざ》に涼《すず》しい声を返した。狸寝入《たぬきねい》りで聞き流しても良かったが、アミュスフィアがもう外れていることに気づかれれば、どうせすぐに起こされてしまう。無駄《むだ》な抵抗《ていこう》をする気はない。

　クレーヴェルが部屋の照明を明るくした。

「ちょうど良かった。タクシー代を渡《わた》すから、君はもう帰るといい」

　ナユタは身を起こし、眠《ねむ》い眼《め》を軽く擦《こす》る。

「タクシー代は受け取れません。もう眠《ねむ》くて、今から帰るのが面倒《めんどう》だったので、ここで寝てしまおうかと思っていたんですが――どうしても帰れと言うなら、電車を使います」

　クレーヴェルがわずかに唸《うな》った。

「だから君、いくら私が冤罪《えんざい》に怯《おび》える小心者だからといって、油断しすぎだ……いや、私の側にも問題があったことは認める。確かに私には、君という個人に対する信頼《しんらい》と敬意が欠けていた。人に罪をなすりつけるような不埒《ふらち》な輩《やから》と君を同列視するつもりは毛頭なかったんだが、そう受け取られても仕方がない言動があったことは否《いな》めない。その点は大いに反省しよう」

　探偵《たんてい》の堅苦《かたくる》しい言い回しを受けて、ナユタは鷹揚《おうよう》に頷《うなず》いた。

「ご理解いただけて何よりです。探偵《たんてい》さんのそういう潔《いさぎよ》いところは美徳だと思います」

「……ありがとう。で、だ。私も反省するから、君にも多少は警戒《けいかい》と自衛の精神を期待したい。私個人がどうこうではなく、一般的《いっぱんてき》な成人男性に対する振《ふ》る舞《ま》いとして、相手や世間に誤解されかねない行動は慎《つつし》んでほしい。要するに…… 〝世間の眼《め》〟というものの恐《おそ》ろしさについても、君にはぜひご留意いただきたい」

クレーヴェルの要請《ようせい》は、ほぼ懇願《こんがん》に等しかった。

「わかりました。探偵《たんてい》さんが私を必要以上に腫《は》れ物扱《ものあつか》いしない限り、きちんと弁《わきま》えるべき部分は弁《わきま》えます。それでいいですか？」

クレーヴェルがほっとしたように肩《かた》の力を抜《ぬ》いた。

「話が早くてありがたい。では、今夜は車で送ろう。タクシーが嫌《いや》だからといって、まさかこの時間帯に君を放り出すわけにもいかない」

ナユタは立ち上がりながら、深々と嘆息《たんそく》した。

「……言った傍《そば》から、さっそく腫《は》れ物扱《ものあつか》いされている気がします」

「これは当たり前の気遣《きづか》いだ。私の判断ミスで君に万が一のことがあったら、それこそ大地《だいち》に申し開きができない。それに——実は今から、虎尾《とらお》さんのところへ移動しないといけなくてね。山代《やましろ》さんの件で、先方で作業履歴《りれき》を残さない雑務を少々——オンラインで作業すると、なんだかんだでログが残るから」

玄関《げんかん》へ歩き出しながら、ナユタは驚《おどろ》いた。

「虎尾《とらお》さん、こんな深夜まで作業しているんですか？」

探偵《たんてい》が片目を瞑《つぶ》る。

「夜間の保守は交代制なんだ。室長の虎尾《とらお》さんはローテーションに入ってないんだが、部下が出られない時や緊急時《きんきゅうじ》に臨時でちょくちょく入っている。今日は——実は、山代《やましろ》さんの件で待機してもらっていた。元同僚《もとどうりょう》の《遠藤透《えんどうとおる》》氏のことを、虎尾《とらお》さんなりに心配しているようでね。念のため、クエスト内のログの監視《かんし》と解析《かいせき》をお願いしておいたんだ」

「ええ……それなら、ついでに敵との遭遇率《そうぐうりつ》を下げてほしかったですね」

ナユタが今、眠気《ねむけ》と戦っているのも、今夜の冒険《ぼうけん》が想定以上に激しかったせいである。コヨミなどはおそらくもう熟睡《じゅくすい》しているはずだった。

マンションのエレベーターで駐車場《ちゅうしゃじょう》へと降りながら、クレーヴェルが嗤《わら》う。

「気持ちはわかるが、その手の調整は意外と厄介《やっかい》なんだ。他のプレイヤーがいないテスト用のサーバーならともかく、一般公《いっぱん》開済みのフィールドへの調整はクエスト全体に影響《えいきょう》する。作業履歴《りれき》も残るから、〝何のための調整か〟と他から突《つ》っ込《こ》まれた時に言い訳がしにくい。開発者だからなんでもできるってわけじゃないからね」

そのあたりの事情は、現場を知らないナユタにもなんとなく理解できた。

エレベーターを降りて駐車場《ちゅうしゃじょう》を歩きながら、クレーヴェルが小声で呟《つぶや》く。

「――まぁ、私の幸運値を一時的にでもこっそり引き下げてくれれば、クエストへの影響《えいきょう》なく簡単に対処できたはずなんだが」

「あ」

ごく真っ当な指摘《してき》に、ナユタは改めて探偵《たんてい》を軽く睨《にら》んだ。

助手席のドアを開けながら、クレーヴェルがわずかに舌を見せる。

「とはいえテストプレイでもない限り、虎尾《とらお》さんはそういう操作はしないよ。今回の協力だって、向こうにしてみれば失踪《しっそう》した《遠藤透《えんどうとおる》》氏の不正を明らかにするのが狙《ねら》いだ。ただ、あのホットラインを運営側に修正されると、遠藤《えんどう》氏に我々の動きを感づかれる可能性がある。調査のための猶予《ゆうよ》期間を貰《もら》わないといけない」

運転席に座《すわ》ったクレーヴェルが、アクセルをゆっくりと踏《ふ》み始《はじ》める。

シートに背中を預け、ナユタは欠伸《あくび》を堪《こら》えた。

「そういえば、探偵《たんてい》さん……前に、〝現実での調査活動はしない〟って言ってませんでしたっけ？」

「もちろん、しないよ。危ないからね。素人《しろうと》が探偵《たんてい》の真似事《まねごと》なんかするものじゃない」

ナユタはくすりと微笑《ほほえ》んだ。

「今回のは違《ちが》うんですか？」

「真尋嬢《まひろじょう》から受けた依頼《いらい》は、今夜のクエストへの同行で無事終了《しゅうりょう》した。ガイド料は少し割高の二万円前後で、これは楢伏《ならふし》に請求《せいきゅう》するとして――ここから先は、厄介《やっかい》な旧友に頼《たの》まれて仕方なく、ちょっとした手伝いをするだけだ。調査なんて大層なものじゃないし、もしも危なくなったら、真尋嬢《まひろじょう》には悪いがすぐに手を引かせてもらう。依頼料《いらいりょう》も発生していないから、あえて危険を冒《おか》す義理もない」

夜の道路を見据《みす》えるクレーヴェルの横顔は、弱気な言葉とは裏腹に冷たく冴《さ》えていた。

そろそろ付き合いも長くなってきたナユタは、探偵《たんてい》の言葉を正確に理解できる。

「〝もしも危なくなったら〟の、主語が抜《ぬ》けています。より正確には、〝もしも真尋《まひろ》ちゃんにも危険が及《およ》びそうなら〟――ですよね？」

探偵《たんてい》が眉《まゆ》をひそめた。

車は法定速度を遵守《じゅんしゅ》し、ゆっくりと走っていく。

「君は私を買いかぶっている。深淵《しんえん》を覗《のぞ》く者は深淵《しんえん》から覗《のぞ》かれる――退《ひ》き時《どき》を間違《まちが》えると、いずれ引《ひ》きずり込《こ》まれる。以前は警察官という肩書《かたがき》が命綱《いのちづな》になっていたが、ただの民間人になった今の私には、そうした保険もない。命綱《いのちづな》がないから自由に動き回れる反面、気づけば底なし沼《ぬま》に踏《ふ》み込《こ》んでいた、なんてことにもなりかねないわけだ。まあ……今の山代《やましろ》氏が、まさにそんな状態にあると推測できる。彼《かれ》は引《ひ》き際《ぎわ》を間違《まちが》えたか、あるいは踏《ふ》み込《こ》むべきではない世界に命綱《いのちづな》なしで飛《と》び込《こ》んでしまったんだろう。引っ張り上げられるかどうか、詳《くわ》しく調べてみないとわからないが――無理だと判断したら、真尋嬢《まひろじょう》には虚偽《きょぎ》の報告をする。私は、狡猾《こうかつ》な大人だからね」

ナユタは無言で頷《うなず》いた。

おそらくは山代《やましろ》本人も、娘《むすめ》を巻《ま》き込《こ》まぬよう行方《ゆくえ》をくらませたつもりなのだろう。

幸いにして死ぬ度胸はなかったようだが、自殺を考えたこともありそうだった。少なくとも先程《さきほど》、電話から聞こえた彼《かれ》の声は、それほどに疲弊《ひへい》していたように思う。

点々と過ぎていく街灯をぼんやり眺《なが》めながら、ナユタは深呼吸をする。

車に特有の嫌《いや》な臭《にお》いはあまり感じない。代わりに、クレーヴェルがつけている香水《こうすい》の匂《にお》いが鼻先をかすめた。

もうすっかり慣れた柑橘系《かんきつけい》の香《かお》りが、ナユタに眠気《ねむけ》を思い出させる。

うつらうつらとしていると、クレーヴェルの嘲笑《ちょうしょう》がわずかに聞こえた。

「なるほど、寝顔《ねがお》は年相応だ」

言い返す気力はなかったが、ナユタはつい、眠気《ねむけ》に負けて夢現《ゆめうつつ》に余計なことを言ってしまう。

「……両親が死んでから──タクシーにも、あまり乗らないようにしていたんです。思い出すのが怖《こわ》くて……でも探偵《たんてい》さんと知り合ってから、なんだか平気になりました──」

彼女《かのじょ》の両親は、運転中の事故で死んだ。

前後の記憶《きおく》が曖昧《あいまい》なためか、車に乗れなくなるほどのトラウマは負っていないつもりだが、乗ればどうしても思い出してしまう。心に負った傷はそう易々《やすやす》とは消えてくれない。

寝言《ねごと》に近いそんな言葉を漏《も》らした後から、クレーヴェルは口を閉ざしてしまった。

これ幸いと、ナユタはそのまま眠《ねむ》ってしまう。

これといって、悪夢などは見なかった。

§

山代宗光《やましろむねみつ》は今朝も悪夢から目覚め、悪夢のような現実を迎《むか》えた。

ほんの数日前——

娘《むすめ》の真尋《まひろ》から、電話を貰《もら》う夢を見た。

あれは多分、自分の儚《はかな》い願望が見せた幻《まぼろし》だったのだと思う。

食パンだけの味気ない朝食を済ませ、死んだ魚のような眼《め》で、彼《かれ》は今日もPCに向き合う。

モニターの端《はし》には手書きのメモが何枚も貼《は》られている。それらの作業指示書は、生活費と一緒《いっしょ》に郵便受けの中へたまに届く。

指示の内容は、セキュリティの甘《あま》い通販《つうはん》サイトからの個人情報窃盗《せっとう》であったり、官公庁に潜伏《せんぷく》した協力者と連携《れんけい》してのハッキングであったり、個人情報の収集や詐欺《さぎ》に利用するためのサイト制作であったりと、それなりに忙《いそが》しい。

住所、氏名、年齢《ねんれい》、マイナンバー、免許《めんきょ》や保険証、クレジットカード情報——すべてが揃《そろ》った個人情報が手に入ると、成功報酬《ほうしゅう》もそれなりに増えた。

前任者のクラゲは、流行《はや》らないネットショップに偽装《ぎそう》した個人情報取引用のサイトまで用意し、多重債務者《たじゅうさいむしゃ》等から本人や知人の個人情報を買う仕組みまで作っていた。

山代《やましろ》がゲームプログラマーとして使っていた《遠藤透《えんどうとおる》》の名義も、そのサイトで得たものらしい。

これ自体はさほど大した収入になるわけでもなく、居候《いそうろう》状態だった山代《やましろ》は他人の名前で《アスカ・エンパイア》の開発現場に潜《もぐ》り込《こ》み、生活の糧《かて》を得ていた。

本物の《遠藤透《えんどうとおる》》が何処《どこ》にいるのか、何をしているのか――山代《やましろ》は知らない。

知りたくもない。

どこかで身元不明の死体となっているのか、あるいは引きこもって社会から隔絶《かくぜつ》しているのか、はたまた――借金の末に、臓器でも売られたのか。

普通《ふつう》に働いているという可能性はかなり低い。その場合は所得税や住民税など、税方面からなりすましが発覚するリスクが生まれる。

そんな個人情報を、クラゲがわざわざ選んで寄越《よこ》したとも思えない。この偽装《ぎそう》を持ちかけた時、彼《かれ》は山代《やましろ》に「これはとっておきっす」と告げ、ニヤニヤ笑っていた。

親類縁者《しんるいえんじゃ》もなく家族もいない――そんな人間は今時、珍《めずら》しくもない。ただ、その上で既《すで》に死んでいて、なおかつ死体が見つかっておらず、公的な書類でも好き勝手に扱《あつか》える個人情報となると、これはそれなりに貴重といえる。

そうした情報を現実に悪用している犯罪者ならばなおのこと、その貴重性を痛感できる。

かつてのクラゲを雇《やと》っていたのも、間違《まちが》いなくそうした悪用する側の人々だった。

クラゲが誰《だれ》に雇《やと》われていたのか。

そして、その後を引《ひ》き継《つ》ぐ羽目になった自分が誰《だれ》に使われているのか――

肝心《かんじん》の雇《やと》い主《ぬし》について、山代《やましろ》は何も知らない。

気にはしつつも、それは知ってはいけない事柄《ことがら》のような気がしている。

また、彼《かれ》らにとっての山代《やましろ》は、突然死《とつぜんし》したクラゲの代わりになる都合のいい人材でしかなかったが――逃亡中《とうぼうちゅう》の山代《やましろ》にとっては、彼《かれ》らの存在こそが命綱《いのちづな》そのものであり、その機嫌《きげん》を損《そこ》ねるわけにはいかなかった。

クラゲの遺体処理と引《ひ》っ越《こ》しにあわせて、ゲームプログラマー《遠藤透《えんどうとおる》》に代わる新しい身分証明も手に入れた。しばらくはこれで、また身を隠《かく》せる。

不意に玄関《げんかん》で、その新しい名が呼ばれた。

「安西《あんざい》さん、お届け物でーす」

宅配便はよく届く。近所にあまり店がないため、生活用品なども取り寄せて済ますことが多いし、あまり外を出歩く気にもならない。

「はい、お世話様……」

玄関《げんかん》を開けると、段ボール箱を抱《かか》えた作業服の青年と、もう一人――スーツ姿の狐目《きつねめ》の青年とが立っていた。

配達人が二人いるというのもおかしいが、狐目《きつねめ》の青年については山代《やましろ》にも見覚えがある。

「え……？　あんた……？」

「ご無沙汰《ぶさた》しています、遠藤《えんどう》さん。立ち話もなんですから、少々お邪魔《じゃま》しますね」

返事をする前に、狐《きつね》のような青年、暮居海世《くれいかいせい》はずかずかと安アパートへ踏《ふ》み込《こ》んできた。

配達人を装《よそお》ったもう一人の青年もその後に続き、山代《やましろ》を室内に押《お》し込む。

「どうもはじめまして、山代《やましろ》さん。俺《おれ》、お嬢《じょう》さんの芸能活動のマネージメントをやらせてもらっています、楢伏《ならふし》といいます。別に何かしようって気はないんでご安心を——あ、外にまだ仲間がいますんで、逃《に》げないでくださいねー」

眼鏡をかけた配達員が、けらけらと楽しげに嗤《わら》った。そのくせ、彼《かれ》の目には怒《いか》りにも似た物騒《ぶっそう》な険しさが宿っている。

「は……？　へ……は？」

寝起《ねお》きの頭で動転し、山代《やましろ》は何も抵抗《ていこう》できない。この場に《アスカ・エンパイア》の協力者である《三《み》ツ葉《ば》探偵社《たんていしゃ》》のクレーヴェルがいることもおかしいし、娘《むすめ》のマネージャーと名乗る青年に至ってはもちろん初対面だった。

「いや、ちょっと……暮居《くれい》さん？　なんだよ、これ……いや、あ、遠藤《えんどう》って……俺《おれ》は安西《あんざい》で……山代《やましろ》じゃなくて……」

安物の椅子《いす》へ勝手に腰掛《こしか》け、クレーヴェルがにっこりと微笑《ほほえ》んだ。

「もう調べはついていますから、誤魔化《ごまか》す必要はありません。いくつかお知らせしたいことがあり、居場所を調べさせてもらいました」

「調べって……え？　いや、どうやって⁉」

山代《やましろ》はかたかたと震《ふる》え出《だ》す。

相手は裏社会の人間などではない——と思うが、なにしろ理解が追いつかない。

「先日、真尋嬢《まひろじょう》と通話したでしょう？　十三階段の地下迷宮《めいきゅう》、地下六階、Ｐ区——お嬢《じょう》さんから依頼《いらい》を受けて、あの暗号を解いたのは私なんです。で、虎尾《とらお》さん達《たち》にも協力をお願いして、通信ログからおおよその位置を割り出しました。その後、知り合いの探偵《たんてい》にも協力してもらって、この地域に最近越《こ》してきた単身者を……まあ、そのあたりはどうでもいいでしょう。貴方《あなた》にとって重要なのは、〝もう逃《に》げる必要はなくなった〟という事実のほうです」

「……は……？」

この期に及《およ》んでも目の前の青年が何を言っているのかわからず、山代《やましろ》は頬《ほお》をひきつらせた。

暮居《くれい》は淡々《たんたん》と語り出す。

「貴方《あなた》を匿《かくま》っていた組織は、公安のマークに気づいて既《すで》に逃亡《とうぼう》しました。何も知らない貴方《あなた》は捨てられた——生活費も指示ももう届きません。連中の正体は私も知りませんが、個人情報の調達班と、それを利用する組織とが分かれていて、貴方《あなた》は調達班の下働きをさせられていたようですね。それから、貴方《あなた》が逃《に》げ出《だ》すきっかけになった《トナミ興業》絡《がら》みの投資詐欺《さぎ》案件ですが……誰《だれ》が犯人だったのか、私は知りませんが、先方では粛清《しゅくせい》も終わって資金も使《つか》い込《こ》まれた分以外は戻《もど》り、貴方《あなた》への疑いは完全に晴れているようです。とっくに手配も解けて、貴方《あなた》の存在自体が忘れ去られています」

山代《やましろ》は今度こそ目を剝《む》いた。

「な、な……なんで……⁉　なんで、あんたがそんなこと知って……！」

狐目《きつねめ》の青年は小憎《こにく》らしいほどに涼《すず》しい顔で肩《かた》をすくめた。

「調べたからです。うちの社員達《たち》は優秀《ゆうしゅう》でして——ああ、うちの社員の優秀《ゆうしゅう》さは、開発部にいた遠藤《えんどう》さんならご存知ですよね。社長命令なんかまともに聞きやしないのに、真尋嬢《まひろじょう》が出てきた途端《とたん》にあっという間に掌《てのひら》を返しまして……あのロリコンどもが」

最後の一言が妙《みょう》に苦々しげだったのは、おそらく山代《やましろ》の気のせいではない。

山代《やましろ》は呆然《ぼうぜん》と立ちすくむ。

「……疑いが……晴れた……？」

「はい。投資詐欺《さぎ》の件は片づいています。そもそも警察沙汰《ざた》にすらなっていませんから、逃《に》げた貴方《あなた》がその後の情報を何も得られなかったのは仕方ありません。ネット上に出回る類《たぐい》の話題でもありませんしね」

暮居《くれい》が席を立ち、山代《やましろ》を一睨《ひとにら》みした。

「お知らせしたかったことはそれだけです。もう貴方《あなた》の命を狙《ねら》う人間はいません。しかし——貴方《あなた》がいくつかの罪を犯《おか》していることは事実です。自首してください。さもなくば、私が通報します」

山代《やましろ》は――

壊《こわ》れたように、嗤《わら》い出《だ》した。

「……ははっ……はははっ……俺《おれ》は……俺《おれ》は、何から逃《に》げてたんだか……なんだったんだよ、一体……神経すりへらして……こんな田舎《いなか》に引きこもって……わけわかんねえ連中の犯罪にわけわかんねえまま荷担《かたん》して……なにやってんだ……ホント……」

声はかすれ、消え入る寸前だった。

黙《だま》って聞いていた楢伏《ならふし》が舌打ちを漏《も》らす。

「わけわかんねえのはこっちだ。あんな可愛《かわい》い娘《むすめ》さんがいて、あんたほんとに何やってんだよ……プログラミングの腕《うで》もあるんだから、もうちょい賢《かしこ》く生きられただろうが。年上のおっさん相手に説教なんかしたくねえけど、いくらなんでも悪いほうに流されすぎだろ」

返す言葉もなく、山代《やましろ》はうなだれた。

「……ああ。そのとおりだ。自首するよ、暮居《くれい》さん。元々、警察から逃《に》げていたわけじゃない。捕《つか》まったところで、何年かして釈放《しゃくほう》された時点で連中に殺されると思《おも》い込《こ》んでいたから逃《に》げていただけで……真尋達《まひろたち》にも、いつか危害が及《およ》ぶんじゃないかと気が気じゃなくて……でも、なんか、もう……本当に、どうでもよくなった――」

脱力《だつりょく》して、彼《かれ》はその場に座《すわ》り込《こ》んだ。

これは悪夢の続きかもしれない。あるいは悪夢ではなく良い夢なのかもしれないが、いずれにせよ、緊張《きんちょう》を強《し》いられる逃亡《とうぼう》生活の中で、彼《かれ》の現実感はすっかり麻痺《まひ》していた。

腰《こし》が抜《ぬ》けたようにへたり込《こ》む山代《やましろ》を、暮居《くれい》と楢伏《ならふし》が左右から抱《かか》え起《お》こす。

「外に車があります。警察署までは付《つ》き添《そ》いますよ」

「……さっきは言いすぎました。すんません」

楢伏《ならふし》という青年は、粗雑《そざつ》だが気のいい男らしい。真尋《まひろ》のマネージャーというだけでなく、おそらく親身になって彼女《かのじょ》の相談に乗ってくれていたのだろう。

左右を支えられながら、山代《やましろ》はとぼとぼと外へ出る。

アパートの前にはライトバンが停《と》まっていた。どうやら芸能事務所の送迎用《そうげいよう》らしく、窓には濃《こ》いカーフィルムが貼《は》られている。

そのドアが、ふと開いた。

車から降り立ったのは、黒髪《くろかみ》をツインテールにまとめた、まだ幼さを残す少女だった。眼《め》にいっぱいの涙《なみだ》を溜《た》め、彼女《かのじょ》は細い体をかすかに震《ふる》わせている。

その背後には、彼女《かのじょ》の肩《かた》を支える清楚《せいそ》な印象の見知らぬ娘《むすめ》もいた。

「……真尋《まひろ》ちゃん。間違《まちが》いない？」

「……はい……パパです……」

涙《なみだ》にかすれる声で呟《つぶや》き、彼女《かのじょ》は一歩、前へ踏《ふ》み出《だ》す。

山代《やましろ》は、その場に膝《ひざ》をついた。

直後に飛《と》び込《こ》んできた最愛の娘《むすめ》を抱《だ》きとめ、自分が知る頃《ころ》よりも少し伸《の》びた身長と、少し増えた体重を強く実感する。

VR空間では頻繁《ひんぱん》に会っていたはずなのに、ずいぶんと長い間、離《はな》れ離《ばな》れになっていた気がした。

泣きながらしがみつく愛娘《まなむすめ》に、必死で謝《あやま》りながら――

山代宗光《やましろむねみつ》は、嗚咽《おえつ》を漏《も》らす。

涙《なみだ》が溢《あふ》れるたびに、麻痺《まひ》していた現実感が熱を帯び蘇《よみがえ》ってくる。

長く続いた悪夢から覚め、傀儡《くぐつ》のような日々を越《こ》え、彼《かれ》は今、ようやく自分の人生を取《と》り戻《もど》そうとしていた。

《真の怪異》開発室裏話　其の四

奇妙な肖像権問題・鬼動傀儡2

　待望の追加要素となった《鬼動傀儡》だが、実装までの道程は決して平坦なものではなかった。

　最初にコラボを予定していた企業の唐突な撤退、仕様の変遷、意見の衝突、開発陣の混乱——それらの紆余曲折を経て、ようやく試験的な実装にこぎつけた頃、ネット上のコミュニティに奇妙な噂が流れる。

「鬼動傀儡の《鬼姫》が、とある子役の少女に酷似している——」

　画像を確認した開発陣は青ざめた。もはや偶然では片づけられないレベルで、あまりに似すぎていたのだ。

　急な仕様変更の連続により、傀儡のデザインは個々の開発者に委ねられ、多忙のためにチェック体制が甘くなっていたことは否めない。

　対応の協議中、外部協力者のC氏を通じて、子役の関係者N氏と連絡がついた。

　そして友好的かつ建設的な意見交換を経て、容姿の一致は「ただの不可思議な偶然」であることが確定し、また該当する子役が当ゲームの熱心なプレイヤーで修正等も望んでいなかったことから、この件に関する修正案は凍結された。

　近い将来、当社のCMやイベントにてよく似た容姿の子役が抜擢されたとしても、それはあくまで偶然の産物である。

　偶然とはかくも恐ろしい。

終章

夜空ノ海月

よぞらのくらげ

世界はつまらない。

びっくりするほど、つまらない。

不平不満を言うつもりはない。

物事を楽しむためには結句《けっく》、「楽しむ才能」が必要になる。

海ではしゃぐ才能。

本を読んで感動する才能。

河原でのバーベキューで盛り上がる才能。

漫才《まんざい》を見て笑い転げる才能。

犬や猫《ねこ》を愛《め》でる才能。

自分だけの何かを創り出すことに快感を見出《みいだ》す才能――

そうした一切《いっさい》の〝楽しむ〟という才能を、彼《かれ》は残念ながら自分の中に見つけられなかった。

だから、何もかもがつまらない。

これは「ないものねだり」なのだろう。

おもしろいものが何もないと駄々《だだ》をこねるばかりで、何も楽しむことができない――そんな自分の無能に呆《あき》れ返《かえ》りながら、彼《かれ》は細々と惰性《だせい》のままに、深海をたゆたうクラゲのように生きてきた。

世間にはおそらく、自分のような人間がそれなりにいる。

特に好きなものも、これといった趣味《しゅみ》もなく、日々を生きるためにさして興味のないどうでもいい仕事をこなし、泥《どろ》のように眠《ねむ》ってゾンビのように働き続け、何も得られないままいつか寿命《じゅみょう》を迎《むか》えて死に至る——

そんな人間は目立たないだけできっと珍《めずら》しくもないし、彼自身《かれじしん》、自分はそういう生き方しかできないのだろうと確信してしまっていた。

「……お前、子供の頃《ころ》、貧乏《びんぼう》なわけでもねえのにゲームとかオモチャとかほとんど買ってもらえなかったクチだろ？　教育のためとか、そんな理由で」

かつての会社の先輩《せんぱい》、山代宗光《やましろむねみつ》のそんな指摘《してき》に、クラゲは薄笑《うすわら》いで応じた。

「うぃっす。大当たりです。なんでわかったんすか？」

互《たが》いに別々のモニターを覗《のぞ》き込《こ》み、まったく違《ちが》う作業を続けながら、二人は真夜中の不毛な会話を続ける。

「諦《あきら》めることに慣れちまった奴《やつ》の症状《しょうじょう》なんだよ、それ。欲《ほ》しいけど手に入らない、じゃあ諦《あきら》める——そういうのを繰《く》り返《かえ》しているうちに、そもそも何も欲《ほ》しくなくなる。欲《ほ》しがるって行為《こうい》自体が無意味だと脳の報酬系《ほうしゅうけい》が判断して、考え方をそこで固定しちまうんだ。親は我慢《がまん》することを教えたつもりでも、実際にはいろんなことを諦《あきら》めやすい無気力な性格に育ててるだけっつー……まあ、大人の浅知恵《あさぢえ》ってヤツだよな。人間ってのは慣れる動物だから、こうなると性格の矯正《きょうせい》は難しい。お前、たぶんもう一生そのまんまだぞ」

冗談《じょうだん》のように笑うでもなく、叱《しか》るように責めるでもなく、ただの事実とばかりに淡々《たんたん》とそんなことを言う。

「もちろん、我慢《がまん》を強《し》いられた連中みんながそうなるわけじゃねえし、逆に大人になってから娯楽《ごらく》にドハマりして人生踏《ふ》み外《はず》すタイプの奴《やつ》もいるけど——他人と違《ちが》う育て方をしたら、他人と馴染《なじ》めない社会不適合者に育つってのは、まあ当たり前の話だよな」

クラゲは素直《すなお》に頷《うなず》いた。

「ですよねぇ……いや、でもまったく欲がないわけじゃないんすよ。睡眠欲《すいみんよく》とか呼吸欲とか排泄欲《はいせつよく》とか生存欲みたいなのはちゃんとありますし」

「……最低限の生理的欲求じゃねえか。そこまでなくなったら死んじまうだろ。物欲とか性欲とか名誉欲《めいよよく》とか、そういうのだよ」

「あー、そっちは微妙《びみょう》っつか、割と諦《あきら》めがちっすねえ……特に名誉欲《めいよよく》とかあったら、こんなとこで詐欺《さぎ》の片棒なんか担《かつ》いでねーです」

山代《やましろ》が鼻で嗤《わら》った。

「そりゃそうだ。まぁ……そのおかげで俺《おれ》は助かったんだけどな」

「俺《おれ》も《遠藤《えんどう》》さんのおかげで助かってるっすよ。一人暮らしだと家事がメンドいんで」

「実際、そのくらいしか役に立ってねえけどな」

今の山代宗光《やましろむねみつ》は、派遣《はけん》社員の《遠藤透《えんどうとおる》》と名乗っている。

この名義は、個人情報の収集サイトでクラゲが入手したもの――ではない。山代《やましろ》本人には詳細《しょうさい》を省いてそんな嘘《うそ》を伝えたが、実のところ、この名義の来歴はもう少しだけ複雑なものとなっている。

詳《くわ》しく話す気はさらさらない。どうせ嫌《いや》な顔をされるだけだし、非正規とはいえ就職までしておいて、今更《いまさら》、ほいほいと変えられるものでもない。

「しかしアスカの開発も、よく俺《おれ》みたいな紛《まが》い物《もの》の技術者を雇《やと》ってくれたよな。多少ブラックだって噂《うわさ》は聞いてたけど、仕事量が多いだけで殴《なぐ》られたり怒《ど》鳴《な》られたりってこともねぇし、残業代もきっちり出るし……いくら来年からの新規イベント準備で人手が足りねえからって、面接即《そく》採用は拍子《ひょうし》抜《ぬ》けしたわ」

部外秘にあたらない仕事の一部を自宅まで持ち帰って律儀《りちぎ》に進めながら、山代《やましろ》は何度目かわからないそんな感想を漏《も》らした。

生活費を稼《かせ》ぐ目的で、山代《やましろ》は名を変えて派遣《はけん》社員となり、《アスカ・エンパイア》の開発職へ潜《もぐ》り込《こ》んだ。

これは僥倖《ぎょうこう》といっていい。

一部のゲームメーカーでは、他業種に先駆《さきが》けてオフィスのVR化が実験的に始まっている。山代《やましろ》の配属先も、現実の社屋へ出向くのは月に数回程度で、その他の日は自宅からアミュスフィアで仕事場へログインすればいいという部署だった。

つまり連日の通勤が必要ないため、潜伏《せんぷく》生活には極《きわ》めて都合がいい。顔見知りに会う危険性もぐっと減る。

元から地味な顔立ちの山代《やましろ》が、髪型《かみがた》も服装も変え眼鏡までかけているため、誰《だれ》かに会ったところでそうそう気づかれはしないだろうが、外出の機会そのものを減らせるに越《こ》したことはない。

クラゲは集めた個人情報を整理しながら笑った。

「《百八の怪異《かいい》》でしたっけ？　その新規イベントに向けて、アスカの開発部からすげぇ切羽《せっぱ》詰《つ》まった求人情報が出てるって、ネットの一部界隈《かいわい》で話題になってたんすよ。〝ぜってーやべぇ〟って噂《うわさ》もありましたけど、俺《おれ》はあのゲームやっていて、いい開発チーム抱《かか》えてるんだろうなぁと思ってたんで——遠藤《えんどう》さんならいけると思ったんすよね」

山代《やましろ》が眉《まゆ》をひそめた。

「……それはまぁ、ありがたかったけどよ。なんで俺《おれ》に振《ふ》ったんだ？　お前こそ、こんな仕事から足洗って就職でもしちまえば良かったのに。プログラマーとしての腕《うで》なんか似たようなもんだろ」

クラゲは太った体をゆっくりと背もたれに預けた。

「こっちのほうが楽なんで。そもそも俺《おれ》、時間に縛《しば》られてチームで仕事すんのとかすげー苦手なんす。デスマーチとか冗談《じょうだん》じゃねーですし、時間どおりに起きたり出社したりとかありえねーって感じで」

山代《やましろ》が首を傾《かし》げた。

「ああ？　いや、お前、前の会社じゃちゃんと働いてたし、そこそこ戦力になってたじゃねえか」

「だってあそこ、超《ちょう》フレックスだったじゃないすか。とりあえず必要な分の仕事さえこなせば、遅刻《ちこく》も居眠《いねむ》りもゲームもお構いなしで――あそこで定時で仕事してたの、主任だった山……遠《えん》藤《どう》さんぐらいっすよ」

うっかり昔の名を呼びそうになり、クラゲは咄嗟《とっさ》に言い直した。

周囲より明らかに真面目な仕事ぶりゆえに、山代《やましろ》も投資詐《さ》欺《ぎ》の主犯などと勘違《かんちが》いされたのかもしれない。

今まで自覚がなかったのか、山代《やましろ》が唸《うな》った。

「……そういや、あんま時間どおりに動いている奴《やつ》はいなかったかもな。ほとんど住《す》み込《こ》み状態で働いてる奴《やつ》はいたけど」

「つか、だから社長も遠藤《えんどう》さんを手放せなかったんすよ。俺《おれ》なんか、社長が知り合いから〝クズのエンジニアを探してる〟って言われた時に〝ちょうどいいのがいる〟ってドナドナみたいにあっさり売られて、その後も一仕事終わるたびになんだかんだで異動させられて……気づいたらココでした」

「そっちのほうが良かったってのも、皮肉な話だよな……俺《おれ》は連中に捕《つか》まったら命がないってのに」

転《ころ》がり込《こ》んだばかりの頃《ころ》に比べ悲《ひ》壮感《そうかん》はずいぶんと薄《うす》れたが、それでも山代《やましろ》の声は辛気《しんき》くさい。

クラゲはあえてニヤニヤと笑った。

「まあ、今だけの辛抱《しんぼう》っすよ。ああいう過激な人達《ひとたち》は、長生きできなかったり別件で捕《つか》まったり、いろいろありそうなんで……遠藤《えんどう》さんがこのまま《遠藤透《えんどうとおる》》として年食って、中年太りで体型も変わって、ハゲちらかして腰痛《ようつう》抱《かか》える頃《ころ》には、もうすっかり忘れ去られてると思うっす」

「……十年以上、か——まぁ、連中のしつこさを考えたら最低でもそれくらいは必要か」

物憂《ものう》げに嘆息《たんそく》してコーヒーを飲み干し、山代《やましろ》がパソコンの電源を落とした。

「……お先に風呂《ふろ》入ってくるわ」

「うぃっす。あがったらまた、娘《むすめ》さんと《アスカ》ですか？」

山代《やましろ》がまた唸《うな》った。先程《さきほど》よりも、声の質がやや重い。

「……それなんだけどよ。このまま、会っていていいと思うか？」

クラゲは目を細める。

「はぁ？　何言ってんすか？」

「いや、だってよ……俺《おれ》と娘《むすめ》がVR空間でとはいえ、定期的に会っているなんて連中に知れたら……せっかく離婚《りこん》までして離《はな》れたのに、あいつにも危害が及《およ》ぶんじゃないかって……」

山代《やましろ》の漏《も》らした不安に、クラゲはつい舌打ちを返した。

両隣《りょうどなり》とも空室――より正確には、クラゲの雇《やと》い主《ぬし》がアパートを丸ごと借り上げ社宅扱《あつか》いにしているため、話し声を他人に聞かれる心配はほぼないが、それでも大声で話すような内容ではない。

クラゲは山代《やましろ》に顔を近づけ、殊更《ことさら》に声をひそめた。

「娘《むすめ》さんにはちゃんと口止めしてるんでしょ？　そもそもトナミの連中、遠藤《えんどう》さんの離婚歴《りこんれき》どころか、結婚《けっこん》していたことすら把握《はあく》してねえっすよ。会社でもずっと独身ってことになってましたし、徹底的《てっていてき》に隠《かく》してたじゃないっすか」

「いや、そうなんだけどな……万が一ってことも――」

クラゲは呆《あき》れた。

山代《やましろ》はそこそこ賢《かしこ》いはずだが、自分や家族のこととなると客観性をなくしてしまうらしい。

今、山代《やましろ》と急に連絡《れんらく》がとれなくなったりしたら、娘《むすめ》は怪《あや》しんで父親を探すかもしれない。まかり間違《まち》がって山代《やましろ》の名を「探し人」としてネットにでも公開されようものなら、それこそとんでもないことになる。

「遠藤《えんどう》さんって、悪いほうに考えすぎて自滅《じめつ》するタイプっすよね……立ち回り方が下手っつーか。とにかくVR空間でくらい娘《むすめ》さんに会ってあげてくださいよ。現実より遥《はる》かに安全なんすから。そんなリスクまで考えるのは、〝呼吸したら心臓が止まるかも〟って、怯《おび》えて息止めるようなもんすよ」

少々、大袈裟《おおげさ》な言い方をしたが、実際にクラゲは山代《やましろ》の家族に危害が及《およ》ぶリスクをほぼ0と見ている。

離婚《りこん》してから月日が経《た》っているため、その存在に辿《たど》り着《つ》くまでがまず容易でない。仮に見つけられたとしたら、よほど優秀《ゆうしゅう》な調査業者がいるはずで、そんな人材がいるならば母子側の生活ぶりを見て「金がない」ことくらいはわかるし、警戒感《けいかいかん》がなければ「何も知らない」こともわかる。

むしろクラゲの元に潜伏《せんぷく》していることを気づかれる可能性のほうが遥《はる》かに高い。

山代《やましろ》は遠く離《はな》れた家族より、今の自分自身について警戒《けいかい》すべきだった。

ただしこれを指摘《してき》すると不安を煽《あお》ってしまい、逆にぼろを出しかねない。クラゲとしては適当にスルーするつもりでいる。

——そもそも彼《かれ》は、〝山代宗光《やましろむねみつ》〟を助けたわけではない。

結果として山代《やましろ》を助ける形にはなったが、クラゲの本当の目的はもう少し青臭《あおくさ》く、自分でも正気を疑う質のものだった。

その思いを隠《かく》したまま、クラゲは山代《やましろ》と男二人の奇妙《きみょう》な共同生活を続けている。

山代《やましろ》が入浴している間に、クラゲも仕事を切り上げ、《アスカ・エンパイア》へログインした。

特にすることはないが、ゲーム内のメッセージくらいはチェックしておきたい。

新着は一件。日付は昨日だった。

〝くらげさん、さっきは相談にのってもらってありがとうございました。明日、パパと遊ぶ約束をしているので、思い切ってスカウトされたことも話してみます。芸能活動とか反対されそうだけど、別に怖《こわ》い事務所ではないみたいですし、くらげさんに聞いてもらえて決意が固まりました。また一緒《いっしょ》に、クエスト攻略《こうりゃく》もよろしくお願いします！〟

フレンドからのメッセージにあたりさわりのない返信を送って、ゲーム内のクラゲはつい薄《うす》笑《わら》いを浮《う》かべる。

顔の造型が残念な上に笑うのが苦手なせいで、怪《あや》しい表情にしかならないが、特に悪どいことは考えていない。

彼女《かのじょ》とゲーム内で知り合ったのは、とあるクエストでのレアアイテム争奪戦《そうだつせん》がきっかけだった。

プレイヤー同士の戦闘中《せんとうちゅう》に偶然《ぐうぜん》居合わせたクラゲは、追《お》い詰《つ》められていた彼女《かのじょ》の側へ気まぐれに加勢し――結果的にはそのまま一方的に蹂躙《じゅうりん》されたものの、後日、再会してフレンドになった。

その《正体》に気づいたのはある程度、親しくなってからだったが、VR空間というのは広いようで案外狭《せま》いらしい。

メッセージのやりとりだけをしてすぐにログアウトし、クラゲは現実に戻《もど》る。

湯上がりの山代《やましろ》が、PCの前で麦茶を飲んでいた。

「どうした。珍《めずら》しく晴れ晴れした顔してるじゃねえか。なんかいいことでもあったか」

クラゲはそらっとぼける。

「いいえ、別に。山代《やましろ》さんも、約束のある日は相変わらずカラスの行水っすね」

「待ち合わせに遅《おく》れると不安にさせちまうからな。あいつは親と違《ちが》って繊細《せんさい》なんだ」

山代《やましろ》と娘《むすめ》の待ち合わせの時刻までは、まだ三十分以上もある。

むしろ親に似たんすよ、とは言えず、クラゲは適当に頷《うなず》いておいた。

――人生は、概《おおむ》ねつまらない。

ただ、時としてほんの少し、おもしろく感じる瞬間《しゅんかん》がないわけでもない。

そういう瞬間《しゅんかん》を自力でたくさん作り出せる人間が、つまりリア充《じゅう》と呼ばれる人々なのだろうが、そんな才能を欠片《かけら》も持たないクラゲにも、ちょっとした奇跡《きせき》が訪《おとず》れることがごく稀《まれ》にあるらしい。

特段、〝彼女《かのじょ》〟に好意を持っているわけではない。

むしろ兄が妹を見守るような心持ちに近いが、それはそれで分不相応だとも思う。

近所の子供に懐《なつ》かれたような、という表現が一番近いかもしれない。

だったらその子供の前でくらいは、大人として立派なふりをしてみたい――そんな些細《ささい》な〝欲〟が生まれた。

だからクラゲは、危機に瀕《ひん》していた山代宗光《やましろむねみつ》を助けた。

そうすれば、少なくとも彼女《かのじょ》は〝大好きな父親〟を失わずに済む――そう考えた。

「じゃ、遠藤《えんどう》さん、ごゆっくり。俺《おれ》は仕事してますんで」

「おう。二、三時間で戻《もど》る」

山代《やましろ》がログインし、その意識が現実から切《き》り離《はな》された後、クラゲは心臓を押《お》さえぼんやりと呟《つぶや》いた。

「………あー。かったりぃ……」

山代《やましろ》のことではなく、自身の体のことである。彼《かれ》は心臓に欠陥《けっかん》を抱《かか》えている。

発覚したのはつい数年前だが、いつ発作《ほっさ》が起きるかわからないと医師に警告され、食生活を改め過度の負担をかけないようにとも言われた。

このまま何も起きないかもしれないし、どこかのタイミングで不意に鼓動《こどう》が止まるかもしれない。

不安には思うが、どのみち人はいずれ必ず死に至る。自分に限った話ではないし、この程度の患者《かんじゃ》は珍《めずら》しくもないらしい。

助けた山代《やましろ》も、どう足掻《あが》いたところでいずれは老衰《ろうすい》で間違《まちが》いなく死ぬ。

——自分も含《ふく》めたすべての人間は、必ずいずれ死を迎《むか》える。

あの世には何も持っていけない。

金も、名誉《めいよ》も、思い出さえも持ってはいけない。死ねば人は等しく亡骸《なきがら》となり、自我《じが》は消《き》え失《う》せ、灰となって忘れ去られる。

しかし、何も持ってはいけないが——〝残していく〟ことはできるらしい。

子供、財産、仕事や行為《こうい》の成果——

つまりは、自身が生きていたという客観的な証《あかし》。

もっともクラゲは、そういったものにもまるで縁《えん》がない。

諦《あきら》めることにすっかり慣れてしまった彼《かれ》は、ぼんやりとただクラゲのようにたゆたっている。

(俺《おれ》みたいなクズ野郎《やろう》は……何も残せず、誰《だれ》からも忘れられて、無意味に死んでいくんだろうな——)

彼《かれ》は本気で、そう思っていた。

§

真尋《まひろ》の父、山代宗光《やましろむねみつ》が自首してから数日が過ぎた頃《ころ》。

三ツ葉探偵社《みつばたんていしゃ》を訪《おとず》れたマヒロは、少々、困った状況《じょうきょう》に追《お》い込《こ》まれていた。

彼女《かのじょ》の左右には、二人の鬼姫《おにひめ》——

かたや陰陽師《おんみょうじ》、かたや神楽巫女《かぐらみこ》の装束《しょうぞく》を身にまとい、兵法者《へいほうしゃ》のマヒロにぴたりと寄《よ》り添《そ》っている。

衣装違《いしょうちが》いのマヒロが三人並んでいるようなもので、気分は三つ子に近いが、左右の二人は一切《いっさい》言葉を発さない。

そんなマヒロ達《たち》の前で、カメラを構えたコヨミがしきりに指示を飛ばしている。

「八号ちゃん、マヒロちゃんの肩《かた》にほっぺたすりよせて！　十号ちゃんは目線少し上！　あー、いいよー！　いい！　なゆさん、ライティングもうちょい下から！」

照明係のナユタが、指示にあわせてレフ板を傾《かたむ》ける。

フラッシュの明滅《めいめつ》と共にシャッター音が連続で響《ひび》き、コヨミの甲高《かんだか》い声が重なった。

「いいねー！　かわいい！　かわいいよ、まひろん！　これこのままポスターに使える！　スクショは後で楢伏《ならふし》ちゃんにも送っとくね！　八号ちゃん、右手で十号ちゃんの左手と握手《あくしゅ》！

あ、握《にぎ》り方違《ちが》う！　指を絡《から》めて、こう……マヒロちゃん、教えてあげて！　恋人《こいびと》つなぎ！」

「いえ、知らないです……」

小学生の知識をそこまで過信されても困る。

鬼姫《おにひめ》三姉妹《しまい》の撮影会《さつえいかい》を横目に、執務《しつむ》机《づくえ》の探偵《たんてい》が重い溜息《ためいき》を吐《つ》いた。

「……ここでやるな、とは言わない。外でやられるほうがよほど問題だからね。だが……コヨミ、君はその写真を何に使う気だ？」

コヨミが不思議そうに首を傾《かし》げた。

「え？　個人的に眺《なが》めてニヤニヤしたりとか……あ、スマホの壁紙《かべがみ》にはするかもだけど。あー、でもなゆさんとのツーショットもお気に入りだしなー。迷うなー。いっそなゆさんとマヒロちゃんの絡《から》みも──」

「絡《から》みとか言わないでください。そろそろ切り上げましょう。マヒロちゃんも疲《つか》れたでしょうし」

仕事ならば「大丈夫《だいじょうぶ》です」と強がるところだが、今日に限ってはナユタの援護《えんご》を受け入れたい。

先日の《十三階段の地下迷宮《めいきゅう》》攻略《こうりゃく》に絡《から》んで、「何かお礼をしたい」とコヨミに告げたところ、有無《うむ》を言《い》わせぬ勢いでこの撮影会《さつえいかい》が始まった。

これがお礼になるのかどうかという時点で怪《あや》しいが、少なくともコヨミは心から楽しんでいる様子ではある。

ナユタから発せられた撮影会終了《さつえいかいしゅうりょう》のお達しに、コヨミが唇《くちびる》を尖《とが》らせた。

「えー。もう？　まぁ……今回はこれくらいでいいかぁ。次はなゆさんも一緒《いっしょ》に水着で撮影会《さつえいかい》しようね！」

「……マヒロちゃん、絶対に断ってね。コヨミさんは本気だから」

陰陽師《おんみょうじ》姿《すがた》の傀儡《くぐつ》、鬼姫《おにひめ》複製八号をアイテムリストに仕舞《しま》いながら、ナユタが本気の忠告を寄越《よこ》した。

マヒロも自らの傀儡《くぐつ》、神楽巫女《かぐらみこ》の鬼姫《おにひめ》複製十号を仕舞《しま》いつつ、曖昧《あいまい》に頷《うなず》く。

「水着は私もちょっと……ナユタさんみたいなスタイルだったら映《は》えそうですけれど」

カメラを仕舞《しま》ったコヨミがナユタにまとわりついた。

「なゆさんは別格だからねー。グラビアアイドルでもなかなかいないレベルの逸材《いつざい》だし！　楢《なら》伏《ふし》ちゃんが本気で残念がるのも当然よー。あ！　でもマヒロちゃんにはマヒロちゃんの魅力《みりょく》があるからね！　むしろ将来的にはなゆさん越《ご》えの可能性すらあるから！　楢伏《ならふし》ちゃんも期待してるっぽかったし！」

クレーヴェルが力なく肩《かた》を落とした。

「楢伏《ならふし》か……奴《やつ》と君が知り合う事態はなるべく避《さ》けたかったんだが……」

マヒロのマネージャーである楢伏《ならふし》とコヨミは、まだゲーム内では会っていない。そもそも楢《なら》伏《ふし》はアカウントすら持っていないが、「協力者のコヨミにも礼を言いたい」と頼《たの》まれ、マヒロが電話で連絡《れんらく》を取り持った。

そこで何か妙《みよう》な波長が合ったのか、ナユタの希少性とマヒロの将来性について意気投合し、その両者からいい感じに信頼《しんらい》されているクレーヴェルへの嫉妬《しつと》談義を経て、少々テンションが高めの盟友関係へと発展してしまった。

傍《そば》で会話を聞いていたマヒロなどは、コミュニケーション能力が高い人間同士の共鳴とはかくも恐《おそ》ろしい勢いで進むものかと戦慄《せんりつ》したほどである。

ナユタが探偵《たんてい》の自宅へちょくちょく訪《おとず》れている件については、マヒロも楢伏《ならふし》も一応は口止めされている。

だがマヒロはともかくとして、楢伏《ならふし》は勢いで口を滑《すべ》らせそうな気配が濃厚《のうこう》であり、クレーヴェルはここでも爆弾《ばくだん》を抱《かか》え込《こ》む羽目になった。

マヒロとしても同情を禁じ得ないが、せめて発覚した時にはそれなりのフォローはしようと考えている。

探偵社《たんていしゃ》の扉《とびら》にノックの音が響《ひび》き、神主姿《かんぬしすがた》の男がふらりと入ってきた。

「暮居《くれい》君、ちょっといいかね――お？」

マヒロの姿を見るなり、彼《かれ》は怪訝《けげん》そうに目を見開いた。

「なんだ、君ら。もう鬼動傀儡《きどうくぐつ》を改装したのか。前衛職ばかりだから、陰陽師《おんみようじ》の鬼姫《おにひめ》のほうが便利だろうに――」

「いえ。私はプレイヤーです」

太刀《たち》を背負ったマヒロが会釈《えしやく》すると、神主《かんぬし》が一歩退いた。

「あ！　そうか、君が遠藤《えんどう》……山代《やましろ》君の娘《むすめ》さんか。いや、失敬失敬。あんまり鬼姫《おにひめ》とそっくりだったから、つい――」

しきりに頭を下げながら、神主《かんぬし》の男は苦笑いを見せた。

気持ちはわかる。マヒロ自身、鬼姫《おにひめ》と向き合っていると、鏡を挟《はさ》んで別衣装《いしよう》の自分を見ているような心持ちになる。

クレーヴェルが椅子《いす》から立ち上がった。

「こちらが先日、お話ししたマヒロ嬢《じよう》です。虎尾《とらお》さん、今日はどうしました？」

神主《かんぬし》の男は運営側の技術者らしい。つまりは偽名《ぎめい》で働いていた父の同僚《どうりよう》か上司にあたる。

虎尾《とらお》は自身の頭を軽く叩《たた》きながら、空いていた椅子《いす》に座《すわ》り込《こ》み、ボットの猫又《ねこまた》が運んできた麦茶を受け取った。

「ああ、ありがとう――いや、山代《やましろ》君のことで警察の聴取《ちようしゆ》に応じてきたんだが、どうも想像以上にややこしいことになっていたみたいでね。君にも一応、話しておこうと思ったんだ」

クレーヴェルが首を傾《かし》げた。

「私もあらかたの事情は把握《はあく》しているつもりですが――」

「これはまだ知らないだろう。《遠藤透《えんどうとおる》》氏の死体が見つかったそうだよ」

マヒロは一瞬《いっしゅん》、何を言われたのかわからなかった。

《遠藤透《えんどうとおる》》は、父の山代宗光《やましろむねみつ》が使っていた偽名《ぎめい》である。

虎尾《とらお》は麦茶をすすりながら、猫背《ねこぜ》を更《さら》に丸めた。

「もちろん、我々が知るうちの技術者の遠藤《えんどう》君ではなくて、〝本物〟の遠藤透《えんどうとおる》氏のほうだ。何処《どこ》かの川に浮《う》いていた身元不明の遺体がそうだったらしい。警察は、山代《やましろ》君がこの遠藤《えんどう》氏を殺害したんじゃないかとも疑ったようなんだが――この容疑はもう晴れている。心臓が弱かったようで死因は病死。山代《やましろ》氏の供述によると、風呂場《ふろば》で死んでいたのを誰《だれ》かが持っていったと――この連中が、公安の追っているどっかの組織の構成員なんだろうね。死体を川へ捨てるだけというのはやけにお粗末《そまつ》だが、手っ取り早い遺棄《いき》手段ではある。見つかっても、外傷さえなければ川へ落ちて流されただけと判断されやすい」

何やらややこしい話になってきた。

困惑《こんわく》したマヒロは、ついその表情を不安に歪《ゆが》めてしまう。

それに気づいた虎尾《とらお》が慌《あわ》てて早口に転じた。

「いやいや、山代《やましろ》君にとって悪い方向に進んでいる話じゃないからね？　ただ、なんとも不可解というか、妙《みょう》な状況《じょうきょう》になっていて……投資詐欺《さぎ》の後、逃《に》げた山代《やましろ》君を匿《かくま》っていたのが、その遠藤《えんどう》氏だったそうなんだ。一時期、同じ会社で働いていたとかで、まぁ……年は少し離《はな》れているが、友人といっていいのかな。ただこの遠藤《えんどう》氏は、普段《ふだん》から別の偽名《ぎめい》で生活していて、山代《やましろ》君自身も、自分が使っていた名前が彼《かれ》の本名だとは知らなかったらしい。おそらく犯罪行為《こうい》を行う上で、本名は隠《かく》したままにしておきたかったんだろう。で、その隠《かく》しておいた本名を、山代《やましろ》君に偽名《ぎめい》として使わせた――」

コヨミが珍《めずら》しく真顔で唸《うな》った。

「つまり……山代《やましろ》さんを自分のかわりに働かせて、将来の厚生《こうせい》年金をかすめとろうとした……？」

「……すごいな。君からそんなに理の通った指摘《してき》が、この一瞬《いっしゅん》で出てくるとは思わなかった」

探偵《たんてい》の皮肉交じりの感想に、虎尾《とらお》が苦笑《くしょう》を重ねた。

「そいつはまた随分《ずいぶん》と気の長い詐欺行為《さぎこうい》だ。その可能性もないわけじゃないが――むしろ自分の名義なら、納税やらなんやらの公的手続きでもボロが出にくいという利点を重視したんだろう。あともう一つ――どうやらこの遠藤《えんどう》氏、いずれは本気で山代《やましろ》君を社会復帰させるつもりで、自分の雇《やと》い主《ぬし》の組織とはあまり関わらせないように立ち回っていた節がある」

虎尾《とらお》の説明に納得顔《なっとくがお》で頷《うなず》いたのは探偵《たんてい》のみだった。マヒロを含《ふく》む他の三名は、まだ今一つぴんときていない。

虎尾《とらお》が声をひそめた。

「つまりだね、盗《ぬす》み出《だ》した個人情報を山代《やましろ》君に流用させると、それが山代《やましろ》君と犯罪組織をつなぐ線になってしまうが、自分の名義を使わせておく分にはそうした問題が起きにくい――と、こいつはただの推測なんだがね。結局、この遠藤《えんどう》氏が先に突然死《とつぜんし》してしまい、混乱した山代《やましろ》君は《アスカ・エンパイア》の開発職を捨てて、マヒロ嬢《じょう》にも別れを告げて失踪《しっそう》。そのまま亡《な》き遠藤《えんどう》氏の仕事を引《ひ》き継《つ》いでしまった、という流れらしい」

クレーヴェルが眼《め》を細めた。

「山代《やましろ》さんが投資詐欺《さぎ》の件で命を狙《ねら》われたタイミングで、救いの手を差《さ》し伸《の》べたのが彼《かれ》だったわけですか――こちらの調査でもそこがよくわからなかったんです。偽名《ぎめい》を使い始める原因となった投資詐欺《さぎ》の件は、その界隈《かいわい》の事情通から聞き出せましたし、山代《やましろ》さんの居場所は件《くだん》の通信ログから見つけられましたが――その間にいったい何が起きていたのか、ここがどうにも曖《あい》昧《まい》で。命の危険を冒《おか》してまで匿《かくま》うとは、山代《やましろ》さんと彼《かれ》はよほど懇意《こんい》だったのでしょうね」

虎尾《とらお》が肩《かた》をすくめた。

「ところが、そうでもないらしい。決して仲が悪いわけではなかったようだけれど、山代《やましろ》氏本人も〝どうして彼《かれ》が自分を助けてくれたのか、よくわからない〟なんて言っているそうだ。何か、本人にしかわからない理由があったのかもしれないな」

取り留めのないそんな話を聞きながら、マヒロは遠藤《えんどう》なる顔も知らない人物の冥福《めいふく》を祈《いの》った。彼《かれ》がいなければ、おそらく父は反社会的な集団に捕《つか》まって殺されていた。犯罪者であっても、マヒロにとっては恩人といえる。

父は懲役刑《ちょうえきけい》になるだろうし、いつ戻《もど》ってこられるかもわからないが、それでも生きてはいる。数年後にはまた会えるはずで、その頃《ころ》にはもうマヒロも反抗期《はんこうき》を迎《むか》えているかもしれないが、「また会える」のと「もう会えない」のとでは雲泥《うんでい》の差《さ》があった。

少なくとも——もう寂《さび》しさと不安で泣く必要はない。

クエスト《十三階段の地下迷宮《めいきゅう》》の制作者は、〝人生はいずれ死刑《しけい》に至るまでの牢獄《ろうごく》〟だと表現した。

マヒロはその表現につい納得《なっとく》しかけたが、クレーヴェルからは〝考え方次第《しだい》で変わる〟とも諭《さと》された。

後ろ向きな考え方のまま生きれば牢獄《ろうごく》になるだろうし、前向きに楽しめばそう捨てたものでもない——当たり前の話だが、思《おも》い詰《つ》め、考《かんが》え込《こ》んでしまうことが多いマヒロのような人間にとっては、これがなかなか難しい。

(そういえば……前にも同じようなこと、言われたっけ)

〝マヒロちゃんは、なんでもかんでも悪いほうに考えすぎっすよ〟

——以前、《アスカ・エンパイア》で知り合ったあるフレンドにも、苦笑《くしょうま》混じりにそんなことを言われた。

そんな記憶《きおく》を思い出すマヒロの隣《となり》で、ナユタが探偵《たんてい》に小声で問いかける。

「山代《やましろ》さんの懲役《ちょうえき》って……何年くらいになるんでしょうか」

探偵《たんてい》が天井《てんじょう》を見上げた。

「捜査《そうさ》の結果次第《しだい》だが——末端《まったん》でなおかつ自首もしているし、本人も給料以上の収入は得ていなかったようだ。罪状が私の予想の範囲内《はんいない》なら、三年から五年程度と見当をつけている。さすがに執行猶予《しっこうゆうよ》は無理だが、情状酌量《じょうじょうしゃくりょう》の余地もあるし……虎尾《とらお》さん達《たち》も、減刑《げんけい》の嘆願書《たんがんしょ》を出してくれるんでしょう？」

虎尾《とらお》が猫背《ねこぜ》を丸め立ち上がった。

「退職前の行動は誉《ほ》められたものじゃないが、事情を知った後だとねぇ……安月給であれだけの激務をこなしてくれた功労者だし、《百八の怪異《かいい》》実装直前の、一番忙《いそが》しい時期を乗り切った戦友でもある。コンプライアンスやらいろいろあるが、同僚達《どうりょうたち》の評判も良かった。なんとか娘《むすめ》さんのためにも立ち直ってほしいところだね。それじゃ、そろそろ失礼を——」

虎尾《とらお》が辞去したところで、ココミがマヒロの手をとった。

「じゃ、マヒロちゃん！　気分転換《てんかん》にショッピング行こっか！　あやかし横丁《よこちょう》の呉服屋《ごふくや》さんに、いー感じの和風ゴスロリ服が入荷《にゅうか》してたさー。マヒロちゃんにちょー似合いそうなヤツ！」

有無《うむ》を言《い》わせぬ勢いが、今は少し心地《ここち》いい。考《かんが》え込《こ》む余裕《よゆう》を奪《うば》ってくれる。

「あ、はい。ええと、探偵《たんてい》さんはどうしますか？」

「私は仕事中でね。君達《きみたち》だけで行ってくるといい」

クレーヴェルはわざとらしくキーボードを叩《たた》き始《はじ》める。若い娘《むすめ》三人の買い物に付き合う精神力は、さすがの彼《かれ》も持ち合わせていないらしい。マヒロやナユタは大人しいほうだが、二人を連れ回すコヨミの活力は底が知れない。

ナユタもくすりと微笑《ほほえ》み、マヒロの肩《かた》へ両手を置いた。

「行こうか、マヒロちゃん。買い物の後は、《十三階段の地下迷宮《めいきゆう》》の続きね。一応、クリアはしておきたいでしょ？」

その柔《やわ》らかな声は、年に似合わない包容力すら感じさせる。父が出所する頃《ころ》には自分も彼女《かのじよ》のようになれるのかと考えると、まるで自信がない。

探偵《たんてい》事務所を出て街を歩きながら、マヒロは何げなくフレンドリストを広げた。

ずらりと並ぶプレイヤーネームの隣《となり》には、大まかな最終ログインの時期が明記されている。数時間以内、三日以内、一週間以内――ナユタやコヨミはもちろんログイン中だが、だいたい一ヶ月ほどログインがなければ、もう他のゲームに移るなどしてやめてしまったと判断していい。

そういったフレンドは削除《さくじよ》して、時折、リストを整理している。

出張や入院等《など》の特殊《とくしゆ》な事情があればまた別だが、その場合には自己《じこ》紹介《しようかい》の欄《らん》に一言添《そ》えられる。

やがてマヒロの視線は、リストの一番下で止まった。

（……〝くらげ〟さん、最近、ログインしてないなぁ——）


フレンドリストの中では、一番の古株だった。

最終ログインは数ヶ月前——他の誰《だれ》かならそのまま削除《さくじょ》してしまうところだが、マヒロは一瞬《いっしゅん》、躊躇《ちゅうちょ》する。

——何故《なぜ》か、その名が引っかかった。

消さないほうがいいと、頭の中でもう一人の自分が主張している。

しばらく迷った末に、彼女《かのじょ》は何も操作をしないままリストを閉じた。

彼《かれ》はいずれ、またふらりとログインしてくるかもしれない。

その時には改めて礼を言いたいことがいくつかある。

不安な時に相談にのってもらったこと。

父親の様子がおかしかった時に勇気づけてもらったこと。

父親が多忙《たぼう》でログインできない時、一緒《いっしょ》に遊んでもらったこと——

フレンドリストの一番下にその名前があるだけで、何故《なぜ》だか見守られているような心持ちになった。

「なになに、マヒロちゃん、リストなんか開いてどーしたの？　あ、他のフレンドさんも攻《こう》略《りゃく》に誘《さそ》う？」

「できれば後衛の人が欲《ほ》しいですね。どうしても鬼姫頼《おにひめだよ》りになってしまうので――」

「すみません、目当ての人はログインしていませんでした。今日は三人でお願いします」

ココミやナユタと話しながら――

ふと誰《だれ》か、知り合いとすれ違《ちが》った気がして、マヒロは背後を振《ふ》り返《かえ》った。

しかし、そこには誰《だれ》もいない。

小首を傾《かし》げて再び歩き出す彼女《かのじょ》の頭上には、まるで海をたゆたう海月《くらげ》のように丸い月が、ぽっかりと眩《まぶ》しく浮《う》いていた。

終

あとがき

ご無沙汰《ぶさた》しています、渡瀬《わたせ》です。

今回のクローバーズ・リグレット二巻は、電撃文庫マガジンの別冊付録、「ソードアート・オンライン・キャラクターブック」に収録された短編四本に加筆修正したものになります。寂《さび》れた温泉宿への不可解な怪奇《かいき》旅行譚《りよこうたん》にはじまり、巨大《きよだい》な鼠《ねずみ》の大量発生が引き起こすパニックホラーを経て、髪《かみ》が伸《の》びそうな人形の因縁話《いんねんばなし》を綴《つづ》る前後編へとつながる、まさに定番ホラーネタでまとめた一冊なのですが――読み返してみると、あんまり怖《こわ》くありません。

誰《だれ》もいない温泉宿→こわい。
巨大《きよだい》な鼠《ねずみ》の大量発生→こわい。
等身大の幼女の人形→こわい。

と、それなりに怖《こわ》そうな要素をぶち込《こ》んでいるような気がするのですが、これが怖《こわ》くないということは、書いているうちに自分にもいよいよホラー耐性《たいせい》がついてきたのかもしれません。

そう期待して積んでいたホラー系のゲームを再プレイしたら普通《ふつう》に怖《こわ》かったです。おかしい。

こんなはずでは。

……ホラー好きな方から怒《おこ》られそうなのでそろそろ妄言《もうげん》は切り上げますが、今回の短編集自体はもちろんホラーではないものの、舞台《ぶたい》となっている《アスカ・エンパイア》で進行中のイベント《百八の怪異《かいい》》は、あくまでホラーを題材にしたものという設定です。

ホラーにもいろいろありまして、恐怖《きょうふ》の対象も幽霊《ゆうれい》、ゾンビ、異常者、怪奇《かいき》現象、動物、魚、怪物《かいぶつ》、宇宙人、殺人鬼、お化《ば》け屋敷《やしき》、自動車、自然災害、極限環境と多岐《たき》にわたります。

中でも最近、個人的に気になっているのが鉄道系のホラーでして——しばらく前にネット上で話題になったきさ○ぎ駅とか、あるいは某《ぼう》有名ゾンビゲームでの列車内での戦闘《せんとう》シーンとか、映画にもなった海外の地下鉄を舞台《ぶたい》にした有名ホラー作品とか、何故《なぜ》か非常に心惹《ひ》かれます。

某《ぼう》地域には怪談《かいだん》列車というやたら楽しげなイベントもあるようです。

ホラーにおあつらえむきの閉鎖《へいさ》空間、そこに集《つど》う見知らぬ乗客達《たち》、いずれは何処《どこ》かに辿《たど》り着《つ》くという期待感、日常的な乗り物であるがゆえにより際立《きわだ》つ非日常感——こうした複数の要素がポイントだと思うのですが、いずれはそんな鉄道物のホラーも書いてみたいなぁとしみじみ思いつつ、今回は先にＶＲ空間で欲望を吐露《とろ》してしまいました。

とはいえ紙幅《しふく》の都合もあり、餓野《うえの》発《はつ》の夜行列車がちらりと登場する程度なのですが、三巻ではもう少し長めに、クレーヴェル達《たち》一行による豪華《ごうか》寝台《しんだい》列車の旅が収録される予定です。毎回のように趣味《しゅみ》に走ってしまいたいへん恐縮《きょうしゅく》です。

あと趣味《しゅみ》ついでに、前巻のあとがきでも触《ふ》れましたが、そろそろVRでの鉄道旅や銀河鉄道系のコンテンツが本当に欲《ほ》しいです。リクライニングチェアを用意して待機しておきます。

さて——

今巻も読者の皆様《みなさま》、監修《かんしゅう》していただいた川原《かわはら》先生、イラストのぎん太《た》さん、ストレートエッジの三木《みき》さんをはじめ、様々な方々のお力添《ちからぞ》えを得て、こうして無事刊行となりました。なかなか筆速が安定せず心苦しい限りなのですが、ご助力の甲斐《かい》あって、キャラクターブックへの連載《れんさい》はどうにか完走できました。重ね重ね、いつもありがとうございます。

それではまた次巻にて、お目にかかれることを祈《いの》りつつ——

2017年　冬　渡瀬《わたせ》草一郎《そういちろう》

◉渡瀬草一郎著作リスト

「陰陽ノ京」（電撃文庫）
「陰陽ノ京　巻の二」（同）
「陰陽ノ京　巻の三」（同）
「陰陽ノ京　巻の四」（同）
「陰陽ノ京　巻の五」（同）
「パラサイトムーン　風見鳥の巣」（同）
「パラサイトムーンII　鼠達の狂宴」（同）

「パラサイトムーンⅢ　百年画廊」（同）
「パラサイトムーンⅣ　甲院夜話」（同）
「パラサイトムーンⅤ　水中庭園の魚」（同）
「パラサイトムーンⅥ　迷宮の迷子達」（同）
「空ノ鐘の響く惑星で」（同）
「空ノ鐘の響く惑星で②」（同）
「空ノ鐘の響く惑星で③」（同）
「空ノ鐘の響く惑星で④」（同）
「空ノ鐘の響く惑星で⑤」（同）
「空ノ鐘の響く惑星で⑥」（同）
「空ノ鐘の響く惑星で⑦」（同）
「空ノ鐘の響く惑星で⑧」（同）
「空ノ鐘の響く惑星で⑨」（同）
「空ノ鐘の響く惑星で⑩」（同）
「空ノ鐘の響く惑星で⑪」（同）
「空ノ鐘の響く惑星で⑫」（同）
「空ノ鐘の響く惑星で　外伝―tea party's story―」（同）
「輪環の魔導師　闇語りのアルカイン」（同）

「**輪環の魔導師2** 旅の終わりの森」(同)
「**輪環の魔導師3** 竜骨の迷宮と黒狼の姫」(同)
「**輪環の魔導師4** ハイヤードの竜使い」(同)
「**輪環の魔導師5** 傀儡の城」(同)
「**輪環の魔導師6** 賢人達の見る夢」(同)
「**輪環の魔導師7** 疾風の革命」(同)
「**輪環の魔導師8** 永き神々の不在」(同)
「**輪環の魔導師9** 神界の門」(同)
「**輪環の魔導師10** 輪る神々の物語」(同)
「**ストレンジムーン** 宝石箱に映る月」(同)
「**ストレンジムーン2** 月夜に踊る獣の夢」(同)
「**ストレンジムーン3** 夢達が眠る宝石箱」(同)
「**ワールド エンド エクリプス** 天穹の軍師」(同)
「ソードアート・オンライン オルタナティブ **クローバーズ・リグレット**」(同)
「ソードアート・オンライン オルタナティブ **クローバーズ・リグレット2**」(同)
「陰陽ノ京 月風譚 **黒方の鬼**」(メディアワークス文庫)
「陰陽ノ京 月風譚 弐 **雪逢の狼**」(同)
「**源氏 物の怪語り**」(同)

本書に対するご意見、ご感想をお寄せください。

電撃文庫公式ホームページ 読者アンケートフォーム
http://dengekibunko.jp/
※メニューの「読者アンケート」よりお進みください。

ファンレターあて先
〒 102-8584 東京都千代田区富士見 1-8-19
アスキー・メディアワークス電撃文庫編集部
「渡瀬草一郎先生」係
「ぎん太先生」係

初出 ……………………………………………………………………………………

「電撃文庫MAGAZINE Vol.54」(2017年3月号付録『ソードアート・オンライン』キャラクターブックVol.1)〜
「電撃文庫MAGAZINE Vol.57」(2017年9月号付録『ソードアート・オンライン』キャラクターブックVol.4)

文庫収録にあたり、加筆、訂正しています。

……………………………………………………………………………………………

電撃文庫

ソードアート・オンライン オルタナティブ
クローバーズ・リグレット2

渡瀬草一郎《わたせそういちろう》

2018年1月10日　初版発行
2024年1月20日　3版発行

発行者　山下直久
発行　株式会社KADOKAWA
〒102-8177　東京都千代田区富士見2-13-3
0570-002-301（ナビダイヤル）
装丁者　荻窪裕司（META＋MANIERA）
印刷　株式会社KADOKAWA
製本　株式会社KADOKAWA

ISBN978-4-04-893594-4　C0193　Printed in Japan

電撃文庫　https://dengekibunko.jp/

電撃文庫創刊に際して

文庫は、我が国にとどまらず、世界の書籍の流れのなかで〝小さな巨人〟としての地位を築いてきた。古今東西の名著を、廉価で手に入りやすい形で提供してきたからこそ、人は文庫を自分の師として、また青春の想い出として、語りついできたのである。

その源を、文化的にはドイツのレクラム文庫に求めるにせよ、規模の上でイギリスのペンギンブックスに求めるにせよ、いま文庫は知識人の層の多様化に従って、ますますその意義を大きくしていると言ってよい。

文庫出版の意味するものは、激動の現代のみならず将来にわたって、大きくなることはあっても、小さくなることはないだろう。

「電撃文庫」は、そのように多様化した対象に応え、歴史に耐えうる作品を収録するのはもちろん、新しい世紀を迎えるにあたって、既成の枠をこえる新鮮で強烈なアイ・オープナーたりたい。

その特異さ故に、この存在は、かつて文庫がはじめて出版世界に登場したときと、同じ戸惑いを読書人に与えるかもしれない。

しかし、〈Changing Times,Changing Publishing〉時代は変わって、出版も変わる。時を重ねるなかで、精神の糧として、心の一隅を占めるものとして、次なる文化の担い手の若者たちに確かな評価を得られると信じて、ここに「電撃文庫」を出版する。

1993年6月10日
角川歴彦

電撃文庫DIGEST　1月の新刊

発売日2018年1月10日

はたらく魔王さま!18 【著】和ヶ原聡司　【イラスト】029	マグロナルド幡ヶ谷駅前店に新店長がやってきた。新体制にバタつく中、さらに千穂も受験のためバイトを辞めることに!　お店と異世界両方の危機を救うべく、魔王に秘策が!?
ストライク・ザ・ブラッド APPEND1 **人形師の遺産** 【著】三雲岳斗　【イラスト】マニャ子	吸血鬼だけが発症する奇病、吸血鬼風邪に倒れた古城。張り切って彼を看病する雪菜だが……!　シリーズ初の番外編。もうひとつの「聖者の右腕」の物語!
ソードアート・オンライン オルタナティブ **クローバーズ・リグレット2** 【著】渡瀬草一郎【イラスト】ぎん太【原案・監修】川原 礫	《アスカ・エンパイア》というVRMMO内で《探偵業》を営むクレーヴェル。戦巫女のナユタと忍者のコヨミを助手に迎え(?)、今日も新たな《謎(クエスト)》に挑む。
賭博師は祈らない③ 【著】周藤 蓮　【イラスト】ニリツ	賭博が盛んな観光地バースへたどり着いたラザルス。気ままで怠惰な逗留をリーラと楽しむはずだったが、身分不明の血まみれ少女を保護してしまったことで、ある陰謀に巻き込まれ……。
陰キャになりたい陽乃森さん **Step2** 【著】岬 鷺宮　【イラスト】Bison倉鼠	陽乃森さん陰キャ化事件からしばらく。今度は陰キャ部員たちが陽キャになる……だと!?　って、無理に決まってんだろ……。でもそこに陽乃森さんが加担することで、事態は急展開し——!?
新作 **うちの姉ちゃんが** **最恐の貧乏神なのは問題だろうか** 【著】鹿島うさぎ　【イラスト】かやはら	俺は超貧乏人。理由は、俺の姉を自称する貧乏神・福乃が憑いているからだ。見た目が可愛い福乃だが、激オコになると、しょんべん漏らすほど怖い。マジだぜ……。
新作 **ゼロの戦術師** 【著】紺野天龍　【イラスト】すみ兵	突然人類に発現した異能の力《刻印(ルーン)》。その才能の優劣によって序列を決められる世界。生まれつき《ウィアド(能なし)》のエルヴィンは、ある少女と出会い、図らずも世界の大きなうねりに巻き込まれていく——。
新作 **君のみそ汁の為なら、** **僕は億だって稼げるかもしれない** 【著】えいちだ　【イラスト】シソ	大好きな春日井食堂の看板娘・夢路さん(と看板メニューのみそ汁定食)を守る為、貧乏学生である僕が学費100万を元手に1億稼ぐ戦いが始まる!
新作 **エレメンタル・カウンセラー** **—ひよっこ星守りと精霊科医—** 【著】西塔 鼎　【イラスト】風花風花	「こいつは『こころの病』……治せる病気だ」。精霊と対話する『星守り』の巫女・ナニカの前に現れた男・オトギ。二人の、精霊の"心"を救う異世界の旅が始まる——。
新作 **天華百剣 —乱—** 【著】出口きぬごし【イラスト】あきは【原作】天華百剣プロジェクト	300万DLを突破した人気スマホアプリ『天華百剣』の原作ストーリーが、いよいよノベル化!　三十二年式軍刀甲をはじめ、強く可愛く健気な〈巫剣〉たちがキミの心を"斬る"!!